エヴァの震える朝

15歳の少女が生き抜いたアウシュヴィッツ

エヴァ・シュロス
訳／吉田寿美

朝日文庫

本書は一九九一年五月、新宿書房より刊行された『エヴァの時代——アウシュヴィッツを生きた少女』を改題したものです。文庫化に際し、あらたに著者のインタビューを巻末に加え、本文中の一部表記を改めました。

To my daughters Caroline,Jacky and Sylvia,and to
my father Erich and my brother Heinz,whom
they never knew,with the hope that this book will
bring them closer.

我が娘キャロライン、ジャッキー、シルヴィアに。
そして彼女たちがついにこの世でまみえることの
なかった我が父エーリッヒと兄ハインツに本書を捧げる。
これを通して彼らがより近く結ばれることを。

序文

三年ほど前のあるお茶の時間、私たち夫婦が仲良しのアニタと夫のバーリーとともに一時《ひととき》を過ごしていたときのことだった。話題があるところに触れた際、一九三〇年代の子どもの頃にイギリスに亡命してきたアニタは、イギリスで生まれ育ち、十歳のとき第二次世界大戦の終戦を迎えた夫のバーリーが、ホロコースト（ユダヤ人大虐殺《だいぎゃくさつ》）で私が実際どういう目に遭《あ》ったのか、ほとんど何も知らないと言いだした。

しばらく躊躇《ちゅうちょ》したあと、私は自分自身が経験してきた当時の模様《もよう》をポツリポツリと彼らに話し始めた。アニタとバーリーに私の夫も加わって、彼らは身をのりだすようにして私の話に耳を傾け、そこここで真剣そのものの質問を投げかけてきたが、同時に彼らの理解していることが余りにも限られていることに私は気づかされた。

気がついてみると、いつの間にか私は話に深入りしていて、それまで一度も口にすることがなかったばかりか、却《かえ》って何十年にもわたって心の中で押し殺してきた、ごく個人的な秘めた部分まで打ち明けていた。長い一夕《いっせき》が過ぎても口を開く者もなく、私たちはみんなで泣いていた。彼らは自分たちをはじめ今の多くの人たちが、どれほど当時の事実にうといかを知って、大きな衝撃をうけたようだった。

夫も含め三人は私の経験を是非《ぜひ》書いてみるようにと熱心にすすめたが、彼らの言葉はそのあと何週間も私のうちにつきまとった。当然、他のことにも思いが及んだ。即《すなわ》ち、私が大戦中に経験したさまざまな出来事は、まさしく私自身の人生のさなかを通過していったものだが、今の私には当時のような激しい苦悩も憎《にく》しみもない。そして一方では、人間が善なるものだということも信ずることができなくなっている。

「……人間の本性はやっぱり善なのだということを、いまでも信じているからです」

死後、私の義妹となるアンネ・フランクは日記の中でそう書いているが、アンネがそういえたのはアウシュヴィッツやベルゲン・ベルゼンを経験する前だったからだと考えないではいられないのである。

あの恐ろしいすべての期間を通して、私は全能なる何ものかが、私を守り導いていてくれるのを感じていた。その確信があとになって深まれば深まるほど、今度は別の疑問が私を悩ませるようになった。兄と父を含む何百万という人のなかから、何故《なぜ》私だけが生き残ったのだろう。あの歴史上未曾有《みぞう》の人間大量抹殺遂行《まっさつすいこう》の結果、世界は少しでも進歩しているのだろうか。当時のことを繰り返し語りつぎ、あらゆる角度から光を当ててみる必要があるのではないか。強制収容所から生きて帰れたほんのひと握《にぎ》りの人々が、その人しか語りえない事実を鮮明に記憶しつづけるのに、あとどれだけの時間が残されているだろう。幾《いく》百万の人々の死が無に帰《き》することのないよう、記憶がすっかり色あせないうちにこれを書き留めておくことは、生き残ったものの義務ともいえるのではないだろうか。

たとえ僅《わず》かの読む人の心を動かすだけでも、もしその読者になお一層《いっそう》、同胞《どうほう》である人間を思いやる気持ちを触発することができるとすれば、それだけでも手記を著《あらわ》す意味があり、自分の務めも果たすことになるに違いない。

そう思うに至って、私は自分のホロコーストの体験をまとめるべく、永年の友人であり編集者でもあるイヴリン・ジュリア・ケントに助けを求めた。そうするとイヴリンは私がほとんど口も開かないうちに言った。「あなたが手記を書くと心を決めるのを、二十年前初めて会った時から待っていた」と。

こういう経緯から本書が生まれることになった。

原書出版（一九八八年）当時、著者記す

エヴァの震える朝●目次

第Ⅱ部　アウシュヴィッツ・ビルケナウ

第Ⅲ部　帰還——ロシアを通って

エヴァの震える朝

15歳の少女が生き抜いたアウシュヴィッツ

EVA'S STORY

A SURVIVOR'S TALE BY THE STEP-SISTER OF ANNE FRANK

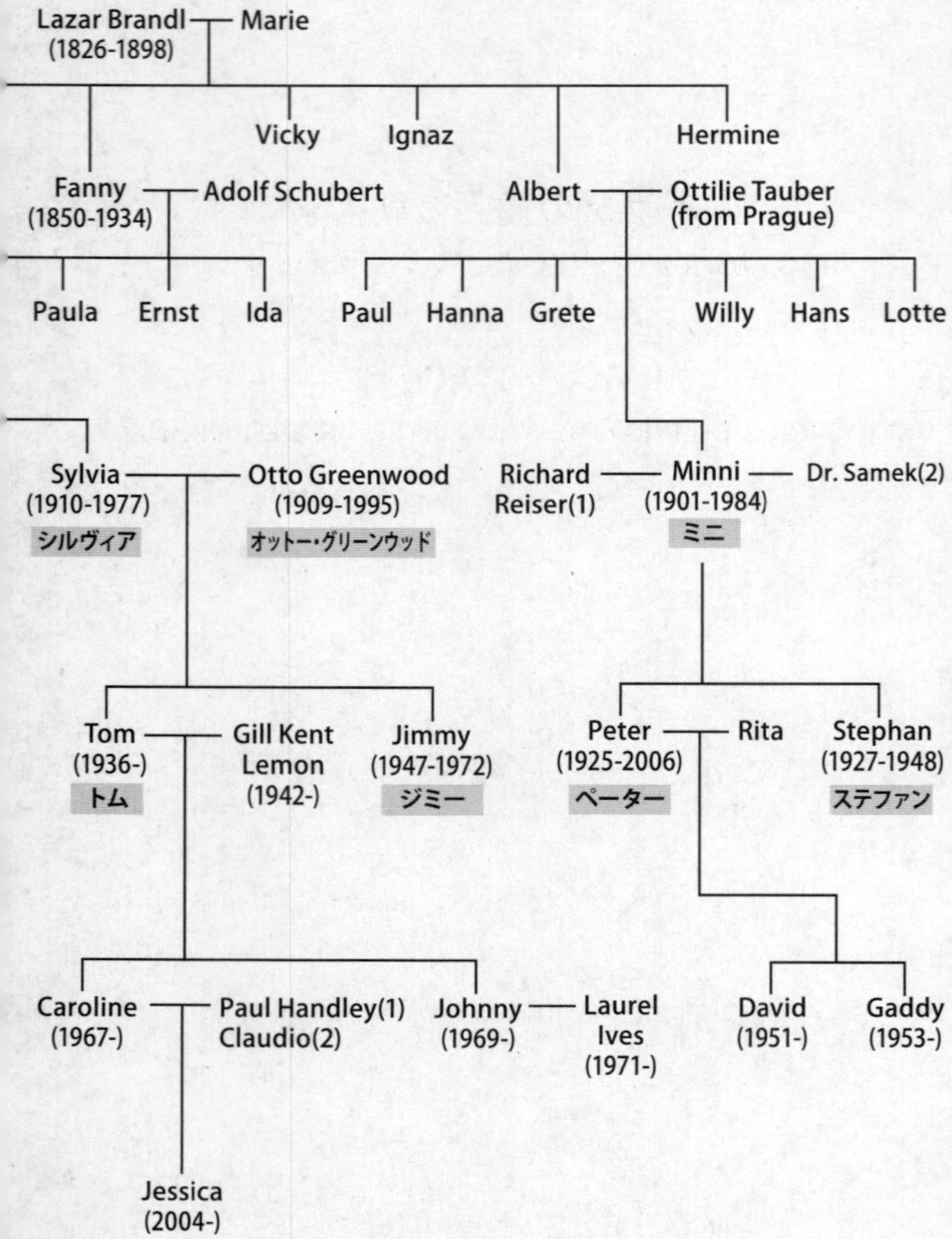
Lazar Brandl
(1826-1898)
Marie
Vicky
Ignaz
Hermine
Fanny
(1850-1934)
Adolf Schubert
Albert
Ottilie Tauber
(from Prague)
Paula
Ernst
Ida
Paul
Hanna
Grete
Willy
Hans
Lotte
Sylvia
(1910-1977)
シルヴィア
Otto Greenwood
(1909-1995)
オットー・グリーンウッド
Richard
Reiser(1)
Minni
(1901-1984)
ミニ
Dr. Samek(2)
Tom
(1936-)
トム
Gill Kent
Lemon
(1942-)
Jimmy
(1947-1972)
ジミー
Peter
(1925-2006)
ペーター
Rita
Stephan
(1927-1948)
ステファン
Caroline
(1967-)
Paul Handley(1)
Claudio(2)
Johnny
(1969-)
Laurel
Ives
(1971-)
David
(1951-)
Gaddy
(1953-)
Jessica
(2004-)

エヴァの家系図

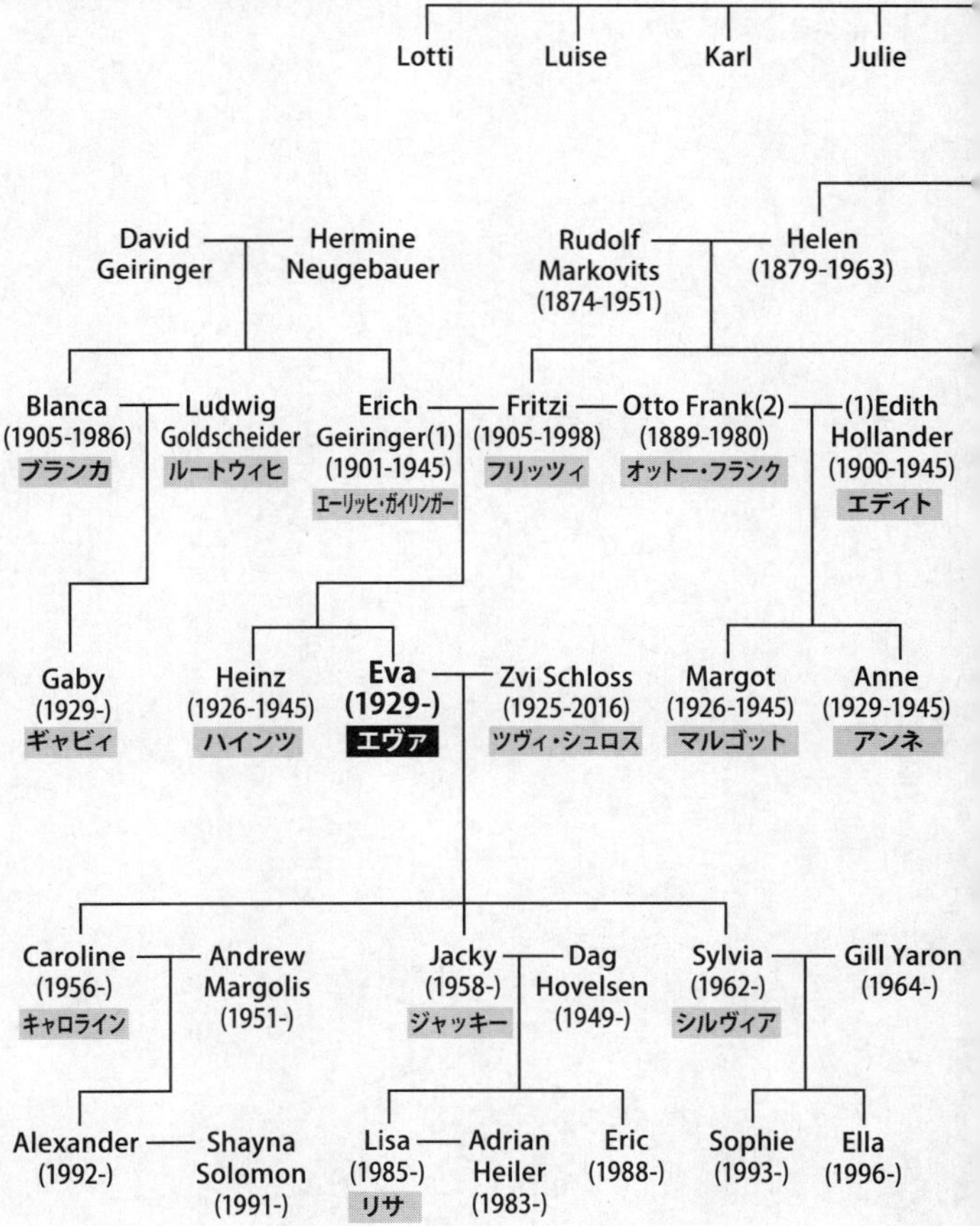
Lotti
Luise
Karl
Julie
David Geiringer
Hermine Neugebauer
Rudolf Markovits (1874-1951)
Helen (1879-1963)
Blanca (1905-1986) ブランカ
Ludwig Goldscheider ルートウィヒ
Erich Geiringer(1) (1901-1945) エーリッヒ・ガイリンガー
Fritzi (1905-1998) フリッツィ
Otto Frank(2) (1889-1980) オットー・フランク
(1)Edith Hollander (1900-1945) エディト
Gaby (1929-) ギャビィ
Heinz (1926-1945) ハインツ
Eva (1929-) エヴァ
Zvi Schloss (1925-2016) ツヴィ・シュロス
Margot (1926-1945) マルゴット
Anne (1929-1945) アンネ
Caroline (1956-) キャロライン
Andrew Margolis (1951-)
Jacky (1958-) ジャッキー
Dag Hovelsen (1949-)
Sylvia (1962-) シルヴィア
Gill Yaron (1964-)
Alexander (1992-)
Shayna Solomon (1991-)
Lisa (1985-) リサ
Adrian Heiler (1983-)
Eric (1988-)
Sophie (1993-)
Ella (1996-)

第Ⅰ部　ウィーンからアムステルダムへ

第一章　オーストリア脱出

あの戦慄《せんりつ》すべき日々に続く数年の間、平常の生活に戻ってからも、私は執拗《しつよう》に襲《おそ》ってくる悪夢にうなされ続けた。――陽の光がさんさん降りそそいでいる街路を歩いていると、突然風景が暗転して、不気味なブラックホールが私を呑《の》みこもうと足元に口を開ける――決まって汗びっしょりになって、ガタガタ震えながら夢から覚めるのだった。夢は何もかも忘れているときも容赦《ようしゃ》なく訪れてきた。ああ、何もかも終わったのだ、こうしてちゃんと生きているではないか、そう自分に言い聞かせ言い聞かせして、私はそのあとの半生《はんせい》を何とか生きてきた。

そんなわけで、私は自分の過去を永《なが》い間すべて胸ひとつにたたみこんで移住先のイギリスで暮らしてきたが、今になって私は、当時自らの身に起こった奇跡ともいうべきかずかずの出来事を思い返し、またそうすることによって私がアウシュヴィッツ・ビルケナウ強制収容所を生き延びて無事に生還《せいかん》するのを助けてくれた恩ある人々のことを、記録を通してしっかり記憶に留《とど》めたいと願うようになった。私が今日あるのは、すべてこれらの人々のお蔭《かげ》であって、そのことを忘れたくないと思うからだ。

私は一九二九年五月十一日、ウィーンに生まれた。母エルフリーデ・マルコヴィッツ――普段は短くフリッツィと呼ばれていた――はユダヤ人中流家庭出の、明るくてとても奇麗《きれい》な人だった。彼女は十八歳のとき、同じオーストリア出身で二十一歳になる青年実業家、エーリッヒ・ガイリンガーと結婚することになった。二人とも互いに一目惚《ぼ》れだったと、私たちは子どもの頃よく聞かされたものだった。色白ですらりとした美人の母、黒髪に深い青い瞳《ひとみ》をもち女の人の心を思わずときめかさずにはおかないような微笑《ほほえ》みをふとこぼす父。この若いカップルは、はた目にも目立つ似合いの夫婦だった。フリッツィとエーリッヒ――私にとっては大切なママとパパは深い愛情と尊敬の気持ちで固く結ばれていた。他の若い夫婦たちとグループを組んでオーストリアの山々を歩き回るのが、新婚時代の二人にとってお決まりの楽しい週末の過ごし方だった。エネルギッシュで活力にあふれていた父は、野外活動やスポーツといえば種類のいかんを問わず何でも人一倍好きだった。

一九二六年、二人にハインツ・フェリックスと名づけられた男の子が生まれ、その三年後、周りのみんなから祝福され大歓迎されて、一家の最後のメンバーとなる娘の私が生まれた。

母は毎日のように、近くに住んでいる自分の両親と妹のところへ私を連れていってくれた。私の両親は伝統派の厳格なユダヤ教徒には属さず、むしろ自分たちを普通のオーストリア人と少しも変わらない当たり前のオーストリア市民の一員とみなすのを好んでいたが、ユダヤ人の間にとくに親しい友人がいたこともあって、私の幼な友だちはそういった家庭の子どもたちだった。

小学校に行くようになって、初めて自分たちがユダヤ人だということを意識させられるようになった。聖書の時間になるとユダヤ人の児童だけクラスのみんなから別にされて、ヘブライ語のお祈りの仕方やユダヤ民族の歴史習俗《しゅうぞく》の主だったものを教えられたからだ。昔から自分たち民族に伝わる文化遺産を知って大いに興味をそそられたハインツと私は、安息日《あんそくにち》を迎える金曜日の夕方になると、慣習にならって燭台《しょくだい》に火をつけてほしいといってママにせがんだものだった。ママは私たちを喜ばせようと言う通りにしてはくれたが、シナゴーグの礼拝に連れていってもらえるのは、大きな祝日の時に限られていた。

パパは子どもたちを育てるに当たって、どんなときもわがままを通さず、いつも素直で快活《かいかつ》な子であるよう、そして自分に自信をもつよう、仕向けようとした。ときにはプールの一番深いところにまだ赤ん坊の私を連れていって、「ほら怖いことなんかちっともないんだよ」となだめながら、プールサイドでハラハラしているママを尻目に、私を水中に投げこむのだった。三歳になる私をパパは「高い高い」をしながら大きなワードローブの天辺《てっぺん》にかかえ上げ、さあパパのところに飛び降りてごらん、と両腕を広げて下から見上げたものだ。おっかなびっくり、それでもパパをすっかり信じきっていた私は、いつも思いきってワードローブの上から飛び降りたが、もちろんパパが捕まえ損なうことなどあるわけもなく、私はスリル満点のこの挑戦をけっこう楽しんだ。私より三つ大きかったハインツはとてもデリケートな性質《たち》だったので、この種の遊びが大嫌いだった。

休日を利用して、パパは家族みんなをチロルやオーストリア・アルプスの山歩きに連れ出してくれたが、私はこんな山歩きがうれしくてならなかった。四歳のころ、一家で山中に迷ってしまったこともあった。何時間も山道を迷い歩いたあげく、足が痛くなってとうとう私はブーツを放り出してしまったが、それでも喜々《きき》として岩場から岩場へとみんなのあとにしっかりとついていった。パパが木の幹や岩先にロープをくりつけて縄梯子《なわばしご》を渡してくれ、二人で上の方に登っていってターザンごっこもした。上に登って下を見下ろすと、心配そうに顔をしかめたママとハインツが私たちの方を見上げているのだった。私はパパのすることなら何から何まで真似《まね》したかった。ハインツとちがってパパのスポーツ好きな性格を受け継いでいた私は、パパを喜ばせるためにも強い子になってみせたいと子ども心にいつも思っていた。柔らかいベッドや枕は姿勢を悪くするとパパが言うのを聞くと、次の山歩きのとき平べったい石をみつけた私は、意気揚々《ようよう》とそれを家に持ち帰った。理想的な枕になると思ったのに、ベッドの中でハインツに大笑いされ、ひどく悔しい思いをさせられた。

私は健康そのものだったけれど偏食がちでやせぎすだったので、毎日ママに肝油《かんゆ》を飲まされるのがうんざりだった。大好物のスパゲッティとソーセージさえあれば他に何も欲しくないというのに、大嫌いな紫キャベツやほうれん草まで無理矢理《やり》食べさせられ、口をつけなかったりお皿に残したりすると、「お部屋の隅っこに立たせますよ」。ママが恐い顔をしていつも私を脅した。でも私には多分に強情《ごうじょう》っ張りなところがあって、自分がいけないような時でもなかなか素直にあやまれなかった。

そこへいくと、ハインツの方はずっと聞き分け上手で、また創造力の点でも遥《はる》かに恵まれた子どもだった。それでママは日頃慰《なぐさ》め顔に優しく私を諭《さと》すのだった。

「お前は、実践的な子なのね、そしてお兄ちゃんは何といっても賢い子なの」

大の本好きで想像力にあふれていたハインツは、当時人気を博していたドイツの西部劇作家カール・マイの作品に夢中になっていて、私にも上手にその内容を語り聞かせてくれたものだった。お話の中でハインツは主人公のレッドインディアンのヴィネトゥ、そして私は主人公の古き良き友、相棒のシャターハントに扮《ふん》した。ハインツはお化けの真似《まね》も天下一品《てんかいっぴん》だった。夜になって子ども部屋で二人きりになると、ハインツがベッドの上で押し殺した摩訶《まか》不思議な声をしぼり出して、いよいよお化けごっこが始まるのだった。その怪しい声色《こわいろ》をきくと、途端《とたん》に私は震え上がって興奮で胸がしめつけられた。懐中電灯を使って赤、黄、緑のスポットを天井に変幻自在に泳ぎ回らせるという演出までついていたので、子ども部屋には本物のお化けがいるとしか思えなかった。

ハインツは、天涯《てんがい》孤独のおじいさんの聞くも涙の物語を創《つく》りあげて、私を泣き出させる方法も考えついた。息も絶え絶《だ》えの声色で今わのきわの床《とこ》についたおじいさんのお話が始まると、決まってさめざめと涙にくれてしまうのを、私はどうしても抑えることができなかった。そこで二人は一計《いっけい》を思いついた。家に来客があるたびに、その前でこの一場面を披露して見せることにしたのだ。

「さてただ今より、指一本触れることなく、ここに居《お》りますエヴァを三分以内に泣かせてごらんにいれましょう」

ハインツが口上《こうじょう》よろしく例のお話を始めると、案の定、私の目からはみるみる滂沱《ぼうだ》の涙があふれ出てくるのだった。死んでゆく哀《あわ》れな老人にハインツの姿がダブって、目の前をよぎるのを私はどうすることもできなかった。

七歳のときに起こした眼の炎症の間違った処置がもとで、ハインツは慢性的に眼を病むようになり、気をもんだパパとママがあちこち医者を訪ね歩いたが、とうとう九歳のとき片方の眼が見えなくなってしまった。それでもハインツは健気《けなげ》に耐えたので、眼が不自由なために少年時代が暗いものになるということはいささかもなく済んだ。

私たち兄妹が祖父母や叔父叔母《おじおば》、いとこたちに囲まれ、互いに絶えず往《ゆ》き来しながらこうして幸せな生活を満喫していたこのころ、やがてウィーンに暮らすすべてのユダヤ人の上に、厳格な意味でのユダヤ教徒か否かを問わず恐ろしい運命が見舞おうとしていることなど思いもよらないことだった。

一九三三年、私が四歳のとき、ヒトラー率いるナチス政権がドイツに誕生した。これを契機にドイツ国内には反ユダヤ主義《アンチ・セミティズム》を標榜《ひょうぼう》する示威《じい》運動のうねりが押し寄せ、ユダヤ人排斥《はいせき》に加えてユダヤ人所有財産の没収が公然と行われるようになった。そして一九三八年三月十二日、オーストリア国民の熱狂的歓迎を受けてドイツ軍がウィーンに入城してきた。この日を境にこれまでのウィーンの空気は一変した。今まで親しかった非ユダヤ人の友人たちは、突如《とつじょ》として態度を翻《ひるがえ》し、私たちすべてに敵意をむき出しにするようになった。迫りくる危険に感づいた大勢のユダヤ人がオランダやイギリス、アメリカ合衆国に向けて慌《あわ》ただしくオーストリア脱出を試み始めた。

ママの妹シルヴィアも、夫のオットー・グリーンウッドと赤ん坊のトムと一緒に、一九三八年の八月、イギリスに向けてウィーンを離れ、ランカシャー州ダーウェンに移り住むことになった。イギリスでは当時失業者が大勢いたが、オットーがベークライトの専門家だった関係で、雨傘の取《と》っ手《て》を製造する会社の技術指導員として働く許可証をイギリス政府から取りつけることができたのだった。その一年後、戦争勃発《ぼっぱつ》の直前、シルヴィア叔母たちは両親を自分たちのところへ呼び寄せることにも成功した。

私より一カ月早い生まれでいちばんの仲良しだったいとこのギャビィも、母ブランカつまりパパの妹と美術史家の父ルートウィヒ・ゴルトシャイダーとともに、いち早くロンドンに逃れた。ルートウィヒ叔父がウィーンで勤めていた美術図書出版社ファイドン・プレスも、開戦前にイギリスに拠点を移した。同社は今でもイギリス有数の美術図書の出版社として活動している。

パパも一家の国外移住を真剣に考え、自分の経営する製靴《せいか》工場を同じ業種の集中しているオランダ南部へ移転する計画にのり出した。それに合わせ家族の移住先としてブリュッセルとアムステルダムが候補にのぼったが、ママはいろいろの点でウィーンに似かよったところのある国際都市ブリュッセルの方が、言葉ひとつとっても都合がいいという意見だった。私を除いて、パパもママもハインツもフランス語には不自由しなかったからだ。

パパは当初から製靴工場を経営していた。父親から譲りうけた最初の工場が一九三三年の経済不況で潰れたあとは家内工業の形でモカシン靴を造り始め、家庭の主婦に口をかけて手内職《てないしょく》で多色編みの靴の甲を編ませたものを、前の工場で働いていた職人たちを呼び戻して製品に仕上げていた。細々と始まったこの零細《れいさい》企業はほどなく立派に軌道《きどう》にのり、大成功を収めてやがて合衆国やオランダにも輸出できるまでになり、オランダの銀行にも事業の資本金の預け入れができるようになっていた。オーストリア併合直後の一九三八年の五月、パパは家族をウィーンに残して、単身オランダに赴《おもむ》いていった。そこでパパは経営不振に陥《おちい》っていたある靴工場の共同経営権を買いとることができたが、パパの手腕のお蔭でこの工場は間もなく黒字経営に転ずることになった。

一刻も早く家族をオランダに呼び寄せなければというパパの決意は、ある日ハインツが目の上を切られて顔じゅう血を流して学校から帰ってきた事件をきっかけに、一気に強められることになった。ユダヤ人だという理由だけでハインツは級友たちから袋だたきに遭《あ》ったのだ。支配を振るい始めた暴徒《ぼうと》の掟《おきて》を前にして、私たちにはもはや身を守るてだてもなくなっていた。とりあえずハインツだけすぐにパパのいるオランダのブラバント地方に行くことになり、ママは私と一緒にウィーンに残って、その間にできるだけの財産を処分することになった。貨幣《かへい》の国外持ち出しも遠からず厳しく制限されるだろうと見越したママは、向こう二年間に備えて私に着せる衣類を買いおきしておこうと、私を連れてウィーンの中心にある子ども服専門店ビトマンに出かけていって、お金に糸目《いとめ》をつけず洋服を注文することにした。ママが買ってくれたものはまああだった。次にコート売場に移るとママは熱心に応対に出た店員に、「近々ブリュッセルに移ることになったんですけど、この娘のためにとびきりおしゃれなコートと帽子《ぼうし》を探しておりますの」と声をかけた。

「それはまあ、ピッタリのがございますとも」。店員はそう答えるといそいそとすぐに戻って来たが、その手にはあろうことか身の毛もよだつような、けばけばしいオレンジ色をした一着のコートと、コートに負けず劣らず大胆《だいたん》な色柄のタータンチェックの帽子が抱えられていた。「いや、いや、そんなの絶対いや！」。私は思わず叫んだ。

「もちろん、これで決まりよ。お前ぐらいの女の子は、向こうではみんなこんなスマートなのを着ているんですもの」。そう言いながら、ママが店員の方に目をやると、店員も大きくうなずき返した。絶対にサイズが合いませんように……。

「ほんのちょっと大きめかしら……でもかえっていいわ。すぐにちょうどよくなるんだし」

満足げにうなずくと、駄々《だだ》をこねる私に耳も貸さず、ママはとうとうコートと帽子を一緒に買ってしまった。いいわ、たとえママだからといって私に無理矢理こんなひどいものを着せるわけにはゆかない、絶対に着てなんかやらないから、と私は思った。

買い物を済ませて帰宅すると、パパから手紙が届いていた。早急《さっきゅう》に引き払ってパパのところに移ってくるようにと記してあった。一週間後、パパとハインツの待つオランダ、ブラバント地方のブレダで落ち合うべく、ママと私はオーストリアを去ることになった。同じ年の六月のことだった。

ベルギーと国境を接するオランダ南部の小さな町ブレダは、国際的な雰囲気をもつ大都市ウィーンと比べると、何から何まで勝手が違っていて、私にとってはまるで田舎に休暇《きゅうか》を過ごしにきているような感じがした。しかし家族の一人一人が神経のすり減るような数週間を送ってきた今、とにかくこうして一家全員揃《そろ》うことができ、ウィーンのあのとげとげしい脅威《きょうい》に満ちた世界から遠く離れていられるのは何よりだった。オランダの人たちはオーストリアの人たちと違って穏やかで親しみ易《やす》く、私たちを温かく迎え入れてくれるのがよく分かった。

ここではみんなそれぞれ自分専用の自転車を乗り回しているらしかった。そこである気持ちのいい晴れの日曜日、私たち家族も思いきって気分転換をはかろうと、めいめいに自転車を貸り切ってピクニックに出かけて行き、のどかな田園《でんえん》を思う存分乗り回して楽しい休日を過ごした。野原の草の上に寝ころんで快晴の空に浮かぶ雲を見上げながら、次の日学校に行かなくていいなんてこんな幸せなことがあるだろうかと私はしみじみ思った。間もなくブリュッセルの学校に通うようになったら授業は全部フランス語になるのだ。一体どうやって勉強についていけるのか私にはまるで見当もつかなかった。

やがて訪れる激変の前の、それはほんの束《つか》の間のささやかな小休止だった。ハインツと私がベルギーの学校へ入る手続きがすでに七月の末までに済んでいたので、私はママとハインツと一緒にオランダを離れ、ブリュッセル郊外にみつけてあった下宿屋に仮住まいすることになり、パパは工場のあるブレダにそのまま残って週末ごとに私たちのところに通ってくることになった。こうして私たちは一晩のうちに避難民の立場に身を置くことになった。

ブリュッセルの下宿の主《あるじ》ルブラン一家は、御主人がベルギー人で奥さんはフランス人。奥さんと死に別れた前夫との間にジャッキーという名の私と同い年の九つになる男の子がいて、私はこの子とすぐに仲良しになった。ジャッキーのお蔭で、人間は言葉が通じなくとも心を通い合わせることができるものだということを私は教わった。また毎日仲良く二人で遊んでいるうちに、私の耳は知らず知らずのうちに少しずつフランス語をひろっていた。

下宿先で借りていた二つの部屋のうち、ひとつはハインツと私の子ども部屋、もう片方はパパが週末に帰ってきたときの両親の寝室になった。食事は大きな共同食堂で私たちと同じようにドイツやチェコスロヴァキアから逃れてきたユダヤ人たちと一緒にとった。食堂の片隅のテーブルはユダヤ系フランス貴族の老婦人の指定席になっていて、もう一方の隅には陰険《いんけん》な顔つきをしたベルギー領コンゴ帰りの公務員を退職したキリスト教徒の男がいつも席をとっていたが、私はこの男が薄気味《うすきみ》悪くて仕方なかった。

ある日その男が部屋を出た隙《すき》を見計らって、ジャッキーと二人でこっそり男の部屋に忍びこんでみると、みるも恐ろしい武器や長槍《ながやり》が壁面いっぱいにズラリと飾ってあったので度肝《どぎも》をぬかれた。こわごわ夢中になってひとつひとつ見入っているところへ、男が戻ってくる足音がした。慌てふためいたジャッキーと私は、進退きわまって床を踏みならしながら金切り声で奇声を上げて騒ぎたてた。すると部屋にとびこんできた男は、すかさず壁から一本の長槍をはずすと、私たちめがけてつっこんできた。ジャッキーと私は悲鳴を上げてほうほうの体《てい》で部屋をとび出したが、以来できるだけ男の目ざわりにならないように神妙《しんみょう》に行動することにした。

午後になると避難民センターを訪ねるママに私も一緒にくっついて行った。センターに行けば人と知り合う機会もあったし、ありとあらゆる情報に接することができた。大人のためのフランス語教室の所在をはじめ、警察への出頭の仕方、どこに行けば財政的援助がうけられるか等々……。センターでは次から次へと沢山《たくさん》の書類に書きこまされたが、このセンターはイギリスや合衆国に向けて出国する亡命移民の中継基地にもなっていて、実際ママの両親も渡英する直前にここに立ち寄って、私たちのところで数日過ごしていった。

夕食を済ますと寝室でおとなしくしている以外、どこにも落ちついてくつろげる場所がなかった。ハインツはいつも真面目《まじめ》にラテン語とフランス語の宿題をしていた。ハインツの姿を横目で見ながら早く勉強を切り上げて相手になってくれないかなとベッドの上でゴロゴロして待ってみても、一向に終わりそうもないので、結局一人ブラブラ中庭に降りていってジャッキーを誘い出すしかなかった。そしてジャッキーの家に上がりこんで、ジャッキーのお母さんの古い衣裳《いしょう》箱を引っくり返し、中からあれこれ引っぱり出しては、大人になったつもりの仮装ごっこをしてベッドに入る時間がくるまで過ごしていた。

いよいよベルギーでの学校生活が始まった。学校に通わせることで、ハインツや私にごく普通と変わらない生活を味わわせたいというのがパパやママの気持ちであったにしても、生まれてこのかた八年間ドイツ語しか知らない私にとって、これが普通の生活であるわけもなかった。先生のどんな些細《ささい》な指示もチンプンカンプンだったし、クラスメートの方も周りから散々助け船を出したあげく相変わらず私がキョトンとしているのを見ると、しまいには匙《さじ》を投げ出してしまった。授業の進め方はウィーンのときとはいささか違っていた。向こうではどんな簡単な算数でもいちいちノートに書きとって答えを出していたのに、ここでは掛算《かけざん》の九九らしいものを先生がみんなに呼びかけると、すかさず生徒たちから大きな声で答えが返ってくるのだった。計算を暗算でやるのだ。授業の間じゅう私は惨《みじ》めな気持ちで一人ポツンとしているしかなく、奇麗《きれい》な若い女の先生が一生懸命授業に引っぱりこもうと努力してくれたが、私は何の進歩も示さなかった。

一カ月ぐらい経《た》って、先生は今度は国語の書き取りに私を引っぱりこもうとした。先生がゆっくり読み上げるフランス語の短い文章を、そのあとからなるべく間違わないようにノートに書き取るのだった。翌日添削《てんさく》されたノートが生徒たちに戻されて、一人ずつみんなの前で間違えた単語の数を発表させられた時、私のノートは朱《しゅ》に染まっていた。書き取った単語の数だけ赤くなっていた。私は屈辱《くつじょく》感であふれ返って、その日泣きながらママのところへとんで帰った。

　とうとうママが学校がひけてから家でフランス語の特訓をしてくれることになり、私は一日に二〇語ずつ新しい単語を覚えることになった。身近にあるものから始まって、ママがひとつひとつ指さしてフランス語で発音したものを、同じようにくり返して次々にノートに書き取らされたが、毎日新しい単語がどんどん増えてゆくので、月曜日に覚えた分はその週の金曜日までにはきれいさっぱり忘れてしまっていた。他にもいっぱい悩みの種を抱えていたママは、遅々《ちち》とした私の進みぐあいにすっかりイライラして、しまいにはピシャリと私をぶった。こうして私のフランス語の課外授業は毎回涙に暮れて終わるのだった。

「ほんとうに分からず屋な子だこと」。ママはあきれ返って溜息《ためいき》をつくばかり。ウィーンで折角《せっかく》手に入れたオレンジ色のコートも私ががんとして手を通そうとしないものだから、仕方なしに全部紺色に染め直さなければならなかったのだ。ママが長嘆息《ちょうたんそく》するのも無理もないところかもしれなかった。

　一九三八年十一月九日「水晶の夜《クリスタルナハト》」。ドイツ国内で七五〇〇カ所にのぼるユダヤ人商店、シナゴーグが焼き打ちされる

（焼き打ちにあった商店のショーウィンドーのガラスが粉々になって街路に砕け散ったところから、こう呼ばれる。この夜の事件を直接の引き金にして、ドイツ全土にわたってユダヤ人迫害「ポグロム」が巻き起こった）

あれほど厚くたれこめていた言葉の霧が少しずつ晴れようとしていた。クリスマスを間近《まぢか》に控えたある日、クラスで「オープン・イヴニング」が開催されることになった。教室に招待された父母たちを前にして生徒たち一人一人が詩の朗読を披露する晴れ舞台である。この日ママとパパ、それにハインツも姿を見せていた。教室の正面に勢揃《せいぞろ》いした生徒それぞれが朗読を始める前に、先生が一人ずつ紹介することになっていた。私はラ・フォンテーヌの寓話《ぐうわ》の中からかなり長い一節をもらっていたが、初めから終わりまで一言半句《いちごんはんく》も間違えずに、しかも流暢《りゅうちょう》なフランス語で暗誦《あんしょう》してみせようと心に決めていた。いよいよ番がきて、「この日のために一生懸命おさらいをしてきたオーストリアから移ってきたユダヤ人の生徒です」と言って先生が私を紹介してくれた。まったく先生の言う通りだわ、心の中でうなずきながら大きく胸を張って一歩踏み出した瞬間、頭の中がスッと空っぽになって一言も口から出てこなくなった。目の前では参観者がかたずをのんで見守っている。

「さあ、エヴァ、どうしたの？　あなたの番でしょ」。先生に促《うなが》されてもう一度口を開くと、今度は自分でも驚くほどスラスラと言葉が口をついてあふれ出した。まるで生まれつきの言葉を話しているみたいだった。最後まで無事に暗誦し終えてパパたちの方に目をやると、さもうれしそうに顔を輝かせている三人の顔が目に入った。私の胸は自分に対する誇りと満足感でいっぱいだった。

一九三九年三月十五日　ドイツ、チェコスロヴァキア併合

「オープン・イヴニング」での成功をきっかけに、私はあっという間にクラスの中に溶けこんで、今度は学校へ行くのが楽しくてならなかった。毎日スキップしながら学校から帰ってきて、あれこれママをつかまえて一日の出来事を話してきかせるのだったが、ママの方はといえば彼女の日々は私ほど単純なものでも楽しいものでもなかった。家族だけで安心して住める自分たちの家もないうえ、主婦としての腕の振るいどころもなかった。まして帰属する国のない避難民という不安定な境遇が、ひとしおママの身にしみるようになっていた。これまで折にふれ子どもたちの育て方についても心づよい助言をしていてくれた祖父母や仲良しのシルヴィア叔母、ブランカ叔母も今は手の届かない遠《えん》

隔《かく》の地に移り住んでいたし、センターで顔を合わせるわずかな顔みしり程度はいても、心から打ちとけ心をなごませ合える身内同士の集いはすっかり失われてしまっていた。パパも毎週末のようにブラバントから戻ってきて一緒になれたとはいえ、家族そろって暮らせる自分たちだけの住まいがあったら——それが家族みんなの熱い願いだった。

十歳の誕生日が間近に迫った五月のある日、「ねえ、ママお願い。学校のお友だちを呼んでお誕生パーティーを開いてちょうだい。そしてバースデー・ケーキで蠟燭《ろうそく》の火を消してみたいの」。私はそういってママにつきまとった。「そうねえ、でも家主《やぬし》のルブランの奥さんが何ておっしゃるか……」

ママは少しばかり逃げ腰だったが、思いがけずにルブラン夫人は、心よく私の願いをきいてくれたうえ、「それじゃ食堂を使っていいわ、でも六人までにしてね。そのかわりあなたのために特別にケーキを焼いてあげましょう」と言ってくれた。

私はとび上がってしまった。さっそく招待状を三通書き上げると、いちばん仲良しのクラスメート三人に配り、休み時間を待ちかねるようにして集まってきて、プレゼントは何にしよう、どんなゲームをして遊ぼうかなどと夢中になって額《ひたい》を寄せ合って相談した。ところが翌朝学校に行くと、三人とも口を揃えて親が誕生パーティーに行くのを許してくれないといって断わりにきた。まさか、どうして？　信じられないことだった。

当時ユダヤ人が置かれていた状況を子ども心に理解し始めたのは、この時だったと思う。私はしたたかに打ちのめされ、世間から完全に追放されてしまったような気がした。

一九三九年八月二十三日　独ソ不可侵《ふかしん》条約締結

夏休み、パパは私たち家族をオランダの海辺の避暑地サンドフォールトに二週間の休暇を過ごすために連れて行ってくれた。ずっと素晴らしいお天気続きで、砂浜で駆《か》けずり回ったり海にもぐって泳いだり、水をかけあって戯《たわむ》れたり、八月末学校に戻るまで私は何もかも忘れて思う存分のびのびと過ごした。

一九三九年九月一日　ドイツ、ポーランドへ侵攻
九月三日　イギリス、ドイツへ宣戦布告《ふこく》
九月四日　フランス、ドイツへ宣戦布告
（第二次世界大戦始まる）

九月が風雲《ふううん》急を告げる勢いで幕《まく》を開けた。イギリスとドイツの間に戦争が始まったと

いうニュースが流れると、オランダとベルギー間の国境が封鎖《ふうさ》されるのも時間の問題だと読みとったパパは、ブリュッセルにいる私たちを至急オランダに呼び寄せるために準備を急いだ。しかし私たちは外国籍をもつ避難民だったので、必要書類や証明書が全部揃《そろ》うまで長いあいだ手間取《てまど》り、翌年の二月になるまでママとハインツと私の三人はブリュッセルから動くことができなかった。

第二章　アムステルダムの生活

やっとオランダに移れるようになると、私たち一家はアムステルダム市内のはずれにある新南地区の新興《しんこう》街区の集合アパートの二階、メルウェーデプレイン四六番地に家具付き住居を借りることになった。世間には戦争の影がつきまとっていたが、家族揃《そろ》ってひとつ屋根の下で暮らせることだけが何よりの関心事だった私は、すっかり安心しきって満足していた。身長も急速に伸びていた。新しい家に引っ越すとすぐ、パパはハインツと私を子ども部屋の壁を背に立たせて身長を測ってくれ、鉛筆で壁に印をつけながら、「さあ、これでお前たちの印がついた。今からこの部屋はお前たちだけのものだぞ」と宣言した。一カ月後にもう一度測ってみると、私は一センチ以上伸びていて、ハインツも大きくなっていた。

建物の裏側に面していた子ども部屋は、その隅に氷の入った冷蔵庫が置かれた小さなバルコニーに続いていた。毎週一回氷屋さんから届けられる氷の塊《かたまり》を運びこむのはハインツの役目で、その中にはママがミルクやバター、チーズ、肉等の生鮮食料品をしまっていた。ハインツと私はときどき夜中にこっそりバルコニーに忍んでいって冷蔵庫の中からソーセージをくすねてきては、ヒソヒソ声でおしゃべりをしながら、ベッドの上で真夜中の饗宴《きょうえん》を催《もよお》すのが大のお楽しみだった。不自由な仮住まい生活が続いたあとで、こんなふうにして自分たちの家で暮らせる実感を味わうことができるなんて最高に素晴らしいことに思えた。

アパートぐるみの防火防空演習が行われていたので、私たち一家もすぐに近所のユダヤ人の家族と親しくなった。アパートの居住者の間には連帯感と互助《ごじょ》の精神が生まれていた。パパはマルティン・ローゼンバウムととくに気が合うみたいだった。マルティンさんはとても気のいい人で、オーストリア出身のキリスト教徒の奥さんのロージィ夫人と二人で暮らしていた。けれども子どもに恵まれず、しきりにパパをうらやんで「実にいいお子さんたちですな。それによくおできになっているし」としょっちゅう私たちのことをほめそやしていた。

マルティンさんの観察はハインツに関してだけは確かに的《まと》を射《い》ていた。アパートのロビーに小型のグランドピアノが置かれていたので、ピアノの好きなママは大喜びだったが、ハインツもママ同様上手にピアノが弾《ひ》けた。ピアノの練習を再開することにしたハインツは、ショパンの練習曲をいくつかおさらいすると、きまって耳覚えのあるジャズ曲をくり返し弾くのだった。

「わがそばに君はうるわし《バイミアビストドウシエーン》……。わがそばに……」。パパやママが拍手かっさいするなか、私は舞台の踊り子よろしくハインツの曲に合わせ、ロビーの中をぐるぐる回るのが大好きだった。

ママがご近所の中からチェロやヴァイオリンの出来る人たちを誘ってきて、週に一度の室内楽の練習を始めると、パパは何とか口実をみつけてはこの席をはずそうとした。

「どれ、僕の方はちょっとばかり外の空気を吸ってくるとしよう」。ヴァイオリンの最初の弦《げん》がきしみ出すやいなや、パパはそう言い訳しながらローゼンバウム家の方に逃げ出していったが、窓ごしにマルティンさんと仲良く肩を並べて通りの方へ消えてゆくパパの姿が見えるのだった。

今度はオランダの小学校へ編入することになり、もうひとつの言葉を覚えなければならなくなった。相手はオランダ語だったが、ベルギーにいたとき、オランダ語に近いフラマン語の授業が週一回あったので、前回よりは楽だったし、ほとんどのオランダの学校の教科に入っているフランス語の方も自信があった。もっとも時としてこの自信が災いすることもあった。先生のフランス語の発音より自分の方がずっといい線をいっていると思った私は、先生が怪しげな発音をするたびに――それも年がら年じゅう――その間違いを直してあげようと考えたのだ。先生にしてみれば実に可愛げのない生徒に思えたのだろう、残りの授業の間じゅう、たびたび先生からしっぺ返しを受ける羽目《はめ》になったが、それでもクラスのみんなが感心してくれるのが得意だったので、先生にどんなに嫌われても平気だった。

平穏《へいおん》な毎日が過ぎていった。永《なが》いこと味わうことのできなかった、守られているという安心感で私はすっかり満たされていた。春の日の夕暮れ前、窓の下からは広場で遊ぶ子どもたちの歓声が聞こえてくる。三角形をした広場の一角には植えられて間もない繁《しげ》みや木々が茂って行き止まりをつくり、子どもの遊び場としては格好《かっこう》の空き地を形づくっていて、周りを取り囲むようにして建っている中層アパートや通りの向こうから大勢の子どもたちがこの広場に集まってきて、気の合ったもの同士思い思いに遊びの輪《わ》をつくっていた。

アパートのあるこの一帯《いったい》には、すでに一九三三年から多くのユダヤ人家族が移り住むようになっていたので、私たちが移っていったころには子どもたちの間にもしっかりした派閥《はばつ》ができ上がっていて、新参者《しんざんもの》はなかなか仲間に入れてもらえなかった。早く誰《だれ》か声をかけてくれないかしら。私は初めのうちドキドキしながらみんなが遊びにうち興《きよう》じている姿を隅の方に立って眺めていた。そのうちクラスメートが私をみつけて仲間に呼びこんでくれ、気がつくといつの間にか私はおはじきや石けり、縄跳《なわと》びなどにみんなと一緒になって夢中になっていた。パパに買ってもらった黒塗りの中古自転車をみんなに混じって乗り回し、曲芸《きよくげい》乗りもした。制服だった紺色のレインコートにウエリントンブーツを履《は》いて、他の子どもたちとキャッキャいいながら自転車を乗り回していたこの一九四〇年の初めのころ、私はやっと疎外《そがい》感からぬけ出して、友だちの一部になりきることができたという思いでいっぱいだった。雨さえ降らなければラウンダーズ（野球に似た球戯《きゆうぎ》）のチームが組めるぐらい、いつも大勢の子どもが集まって来た。ボールを使うこのゲームは、球を打つこととかけっこが得意の私にはピッタリの競技だった。たちまち私は両チームから引っぱりだこの人気者になってしまった。

こうして生来《せいらい》の活発さと自信を取り戻した私にとって、生活全般のあらゆる面が向上し改善されてゆくように思われた。ひましに日が長くなり、鳥のさえずりが響いてくる四月の夕べ、学校から帰るが早いか、カバンを家に放り入れ広場にとび出していった。そうこうするうちに気がついてみると、いつの間にか私は遊び仲間の番長の一人になっていた。六時になって夕食時にママに呼び戻されるのが何よりも辛《つら》く、八時過ぎまで遊んでいる子がいるじゃない、と大いに文句を言ったものだったが、夕食以降に外に遊びに出ることはパパが絶対に許してくれなかった。私はママのようにしとやかでも素直でもなく、パパの強い性格の方をうけ継いでいたので、この強情《ごうじょう》な性格を直そうとパパはいろいろな「自宅拘禁《こうきん》」をもって私に迫った。活気あふれる野外派の私のこと、外にさえ出しておいてもらえれば、何ひとつ世話がかからなかったというのに。

やがて特別な親友をつくることにあこがれるようになった私は、スザンナ・レーデルマンという女の子に熱を上げるようになった。豊かな黒髪を腰のあたりまで長くお下げに垂らし、明るいすみれ色の瞳《ひとみ》にふっくらした肌をした奇麗《きれい》な女の子だった。私が始終スザンナを追いかけ回す一方で、当の本人は、アンネとハンネというもう二人の生き生きとした女の子たちとくっつきたがっていた。他の子どもたちとどこかしら違うこの特別な三人グループは、おしゃれで十代の少女のような雰囲気を持っていて何をするにもいつも三人一緒にかたまっていたので、子どもたちはこの三人組に「アンネ・ハンネ・サンネ」というニックネームをつけた。子どもっぽいゲームの輪には入ろうとせず、少し離れたところに陣取《じんど》って私たちが遊んでいるのを遠くから見物したり、男の子の品定《しなさだ》めをしてクスクス笑ったりしていた。みんなと走り回ったりせずどうして面白いんだろうと、私からみるととても不思議だった。三人組はファッション雑誌に額《ひたい》を寄せ合ったり、映画スターの写真集めにも夢中になっているみたいだった。

広場をはさんでスザンナと私の子ども部屋がちょうど向かい合わせだったので、私たちは窓から窓へ手真似《てまね》信号を送って面白がった。あるポカポカした日曜日の昼下がり、スザンナとアパートの階段に腰を下ろしてとりとめもないおしゃべりに時を過ごしていた折、スザンナが「アンネ・フランクって何たって素敵《すてき》よ、すごくカッコいいんですもの」とあこがれの気持ちを打ち明けるように私に言った。スザンナの言う通りだと思った。一度ママに連れられてコートを直してもらいに洋裁店に行ったときのこと、座って順番を待っている私たちの耳に試着室の中からきびきび注文をつけている先客の声が聞こえてきた。

「肩パットはもう少し大きめの方がいいみたい。裾《すそ》も気持ち長すぎるような気がするけど」。すぐに仮縫《かりぬ》いをする人の相槌《あいづち》が続いた。自分の着るものぐらいあんなふうにハッキリ意見を述べさせてもらえたらどんなにいいだろう……。そう思っているところへ試着室のカーテンがさっと開いて、中からアンネが姿を現したので私はびっくりしてしまった。自分の洋服をたった一人で決めている！

ピーチカラーの地にグリーンの縁取《ふちど》りのついた仮縫い姿で出てきたアンネは、くるりと一回転してみせて、うれしそうに私に声をかけた。「ねえ、どうかしら、似合うと思う?」「ええ、まあ、とっても……」。うらやましさでいっぱいになって、まぶしげにアンネをみつめながら――私だととてもこうはいかない、着こなせない――思わずため息が出た。

私の方が一カ月先に生まれていたのに、アンネの方がずっと上にみえた。当時モンテッソリ学校に通っていたアンネは、授業でも私よりまるまる一年先のクラスに進んでいた。同じ広場の反対側の棟《とう》のアパートに住んでいたが、スザンナ目当てによくその辺りにも出没《しゅつぼつ》していた私は、アンネのところで飼っていた大きなぶち猫に会いたくて、よくアンネの家の居間にも上がりこんだものだった。猫を抱くときのあのホワッとした感覚がたまらなく恋しくて、家でも飼ってほしいとねだったけれどママがどうしても許してくれなかった。フランク家のぶち猫は、私に抱かれるとうれしそうに喉《のど》をゴロゴロ鳴らした。そしてふと気がつくと、いつも面白そうに目を細めてこちらをみているフランク氏と目が合うのだった。フランク氏はパパよりかなり年配だったが、とても優しい人だった。そして私がいかにもたどたどしくオランダ語をあやつっていることに気がつくと、きまって自身も慣れたドイツ語で話しかけてきた。フランク夫人が子どもたちにおやつのレモネードをつくってくれるのを、私たちは台所のテーブルを囲んでいただいた。

ハインツはハインツで、同じアパート街に住んでいる二人の女の子に夢中になっていた。私たちと同じユダヤ人移住者のヘレンと、ブロンドをした可愛《かわい》らしいオランダ娘のヨーピーだった。私の方はといえば嫉妬《しっと》でウズウズしていた。自分の兄さんが妹以外の女の子に目をくれるのは許せなかった。こんなにも兄さんを慕《した》い、その音楽的才能や何やかやすべてを立派に評価して得意になっている妹がちゃんと側《そば》にいるというのに——。とはいえ目下《もっか》のところ、こうした悩みのほかに私の胸を痛めるようなことは何ひとつ見つからなかった。春爛漫《らんまん》のこの季節、平和な世間並みの生活をついにとり戻させてくれた我が街アムステルダムを、私は心の底から愛していた。

　一九四〇年五月十日　ドイツ、オランダとベルギーに進駐
　一九四〇年五月十四日　ドイツ空軍、ロッテルダム猛爆。
　五日後、オランダ、ドイツに降伏

　やっとオランダに安住の地を見いだし、新規蒔《ま》き直しの生活も軌道《きどう》に乗り始めたかに思っていた矢先《やさき》、青天《せいてん》の霹靂《へきれき》のようにドイツ軍がオランダに攻めこんで来た。一九四〇年五月十三日、私たち一家もイギリスへの脱出を試みて数千の家族に混じって港まで行った。そして何時間も行列をつくって待ち続けた挙げ句、すべて徒労《とろう》に終わ

ったことを知った。イギリス回りの船はすべて出てしまったか、それとも満員で乗船できず、私たちはもう何もかも手遅れだと告げられて家に追い返された。

オランダはナチの全面支配下に入った。行くところあらゆる街角にドイツ兵があふれ返っていた。すべて従来通り、何ひとつ変わることはない、ナチは初めのうちこそそう宣伝していたが、またたく間にかずかずの禁止条令が、ラジオやポスターを通して週を改めるたびに次から次へ布告《ふこく》されていった。ヒトラーの命令により、ユダヤ人の学童はオランダ人の通っている学校から閉め出され、ユダヤ人だけのにわかごしらえの学校に行かなければならなくなった。キリスト教徒の教師がユダヤ人生徒を教えることは禁じられ、そのためユダヤ人の教師を見つけなければならなくなった。こうして、それまで通っていたリセウムからユダヤ人中学校に移ったハインツは、そこでアンネの姉さんのマルゴット・フランクと一緒になった。ハインツとマルゴットはそろって頭もよく勉強家だったし、共通点もたくさんあって二人ともかなり気が合うらしく宿題もよく一緒にやっていた。私の方は他の数人の子どもたちと個人教師の自宅で勉強を続けることになった。

ユダヤ人は夜の八時以降外出禁止となり、映画や音楽会や劇場に行くことも禁止された。市電や鉄道に乗ることも禁じられた。買い物は午後三時から五時までの間、ユダヤ人の店でしかできなくなり、すべてのユダヤ人はすぐにそれと分かるように必ず胸に黄色い〃ダビデの星《マゲン・ダビデ》〃の記章《きしよう》をつけなければならなくなった。

一九四一年二月十九日、アムステルダム南区に住む二十歳から三十五歳までのユダヤ人青年四〇〇名が、一斉《いっせい》に逮捕された。これに抗議してオランダの全労働組合は二月二十五日、ゼネラル・ストライキを呼びかけてすべての交通機関と公共サービスを二日にわたって停止させたが、ドイツ軍はただちにストの即時解除を厳命し、この通告に従わなければ人質をとって処刑すると脅かしてきた。しかしこうした極刑《きよつけい》の脅迫《きようはく》にもかかわらず、オランダ人のキリスト教徒の間には、ユダヤ人に対する共鳴の証しとして自ら胸に黄色い星の記章をつけ、当局を混乱させようともくろむ勇気ある人々がいた。

ママは街で星の記章を買ってきて、私たちみんなの上着ひとつひとつに縫いつけた。

「下に着ているものに星がついていないときは、どんなことがあっても上着を脱ぐんじゃありませんよ」。私の紺色のレインコートともうひとつのジャンパーコートに星を縫いつけながらママは念を押した。「ドイツ兵に止められたときユダヤ人なのに星がついていないのが分かったら、その場で捕まってしまうんですからね」

一九四一年から四二年にかけて、私たちユダヤ人に対する脅威《きようい》は増大する一方だった。パパはもうブラバントの工場に行けなくなっていたので、アムステルダムでずっと私たちと一緒だった。職を失ったパパは思案の末、いらなくなった半端ものの蛇革《へびがわ》を仕入れてきて、小さな円型ハンドバッグを作ってみることにした。そしてこれがうまくいったので、間もなく同じようにナチの禁止令で働けなくなった他のユダヤ人にも仕事を回してあげることができるようになった。こうしてパパは何とか家族を養いつづけ、働くことすらできなくなってすべての生計の道を閉ざされることになるかもしれない将来に備えて、蓄えの準備を始めた。

日を追って悪化するユダヤ人をとりまく環境について討議するため、パパは足しげく外出してユダヤ人の集まりに出席するようになっていたが、ある晩外から帰ってくるなりパパは話したいことがあるからみんな居間にくるようにと私たちに言った。そして、自分の周りに家族を集めたところでパパはこう切り出した。そのうち身を隠さなければならなくなるかもしれない、そしてそのときは二手に分かれて隠れた方が成功する率も高くなるんだと――。

家族四人バラバラになるかもしれないと聞かされて、私はびっくりして泣き出してしまった。するとパパは、一族が存続することの重要性をみんなに説き始めた。古来人々は子孫が代々存続することを信ずることによってある種の不滅観《ふめつかん》を抱き続けてきたのだ。二人ずつ分かれて隠れ家に入ることで、どちらかが生き残れる可能性も倍になるのだと。

そしてさらに万全を期すため、ユダヤ人の身分を隠す偽《にせ》の身分証明書も四枚入手する手筈《てはず》になっているとつけ加えた。

間もなくパパは、オランダ市民の間に組織された対ナチ地下抵抗組織に接触して、偽の身分証明書を手に入れてきてくれた。新しい身分証明書では、私たちはユダヤ人ではなくて、まったく違った姓名とバックグラウンドをもつ純粋のオランダ人になっていた。これから先ママはベップ・アッカーマン夫人、そして私はヨーピー・アッカーマンだった。名前の方はすんなり頭に入ったが、生年月日と出生地がなかなか覚えられなかったので、ママは何度も私に暗誦《あんしょう》させて特訓させなければならなかった。当然ハインツは何もかもスラスラ覚えたが、その代わりこのころ十五歳で背もずいぶん高くなっていたハインツにとって、それとハッキリ分かるユダヤ人風の容貌《ようぼう》がひどく気にかかるところだった。私はといえば青い目に白い肌、髪も金髪でオランダ人の子どもと少しも変わらなかったし、ママもスラリとしてスカンジナビア系を思わせたので見破られる心配は少なかった。

ママは手もちの貴金属類を売って手元に現金を用意した。もうひとつ気がかりなのは家族の健康だった。一度隠れ家に入ったら、もう医者にはかかれないのだ。当時重い扁《へん》桃腺炎《とうせんえん》にかかっていた私は、すぐに切除手術を受けることになったが、すでにユダヤ人が大きな病院で診てもらうのは非常に危険になっていた。病院で逮捕され、そのまま移送されるユダヤ人が大勢いたからである。一人の町医者が手術をしてくれることになり、私は手術室の椅子《いす》に縛られて笑気《しょうき》ガスをかがされた。ガスには異様な作用があった。ガスが切れて意識が戻り始めた時、私は手術室の中が真赤な焔《ほのお》に包まれて何もかも燃え上がっている幻のようなものを見たのだ。泣き叫びながら正気《しょうき》に返った私は、両親に抱きかかえられて家に連れ戻され、それから一週間ベッドに寝たきりでひと言も声を出すことができないまま、アイスクリームだけなめて暮らした。ママとハインツが掛《か》かりっきりで看病してくれ、パパもよく頑張ったと褒《ほ》めてくれた。完全に喉が癒《い》えると今度は旺《おう》盛《せい》な食欲が戻ってきて、私は心身ともに急速に成長をとげていった。

広場に集まる子どもたちの誰一人として自分たちの家庭の秘密を漏《も》らそうとする子はいなかった。ハインツと私も、たとえこの先どのようなことになろうと両親がすべてうまく運んでくれるだろうと信じていたし、いずれにせよ毎日が十分に幸せだったので、先のことを考えるのは止《や》めることにした。それに片時も離れたくないハインツと別々に暮らすことになるなんて、考えることもできなかった。何もかも今のままであってくれたら……。しかし、これができない相談であることを熟知していたパパとママは、ナチのユダヤ人迫害のゆきつく先に待っている運命に備えるべく、周到に準備を進めていた。

恐ろしいことが幕を開けようとしているのをハッキリと予感した、あの陽射《ひざ》しの降り注ぐ街路に立っていたときのことを私は思い出す。そしてハインツが血相変えて学校から戻ってきたあの午後のことも。クラスメートのウォルターと連れ立って下校する途中、彼らは道でSS（ナチ親衛隊。ドイツ国防軍とは区別される、ナチス体制の推進力となったヒトラーの私的軍隊）に呼び止められたのだった。ウォルターの胸には星印がなかった。その日はとても暑い日だったのでウォルターは上衣を脱いで腕にかかえていたのだ。ウォルターはその場で逮捕された。途方もない恐ろしい暗黒の深淵《しんえん》が、口を開けて私たちをのみこもうとしているのに私は気づいた。

一九四二年八月　ドイツ軍、ソ連のスターリングラードへ突入

シンゲル運河沿いにある倉庫のひとつに空き部屋を借りて、トランクをいくつか運び入れ、将来の隠れ家生活に備えて少しずつ食料を蓄えることになった。すでに配給制になっていた一週間分ずつの食料の中から、倹約して余分をひねり出すのはかなり骨が折れた。ハインツが、茶色の包装紙で包んだ食料品を私の通学用のショルダーバッグに詰めこみ、フラフラしないように腰のところでしっかり押さえつけてくれた。私の鞄《かばん》には

コンデンスミルクと鰯《いわし》の缶詰が半ダースずつ、お米一袋、ココア一缶入ったのでかなり重くなった。ハインツも自分の鞄にトマトピューレの缶詰数個、オリーブ油一瓶、砂糖の袋、それにチョコレートバーを詰めこんだ。パパとママもそれぞれの包みをこしらえていた。

一九四二年四月だった。浅黄《あさぎ》色の蕾《つぼみ》をつけ始めた柳《やなぎ》やプラタナスの街路樹が並ぶ運河沿いの石畳《いしだたみ》の上を、運河にかかる橋をいくつか越えて、ハインツと私はアタッシュケースをさげたパパとかごを抱えたママのあとについて倉庫に向かって歩いて行った。そのうちショルダーバッグがだんだん重くなり、おまけに靴の紐《ひも》が解《ほど》けてきた。石造りの壁に背をもたせて紐を結び直そうとうつむいた途端《とたん》、バッグの中の缶詰が大きな音をたてたので私はギョッとなった。ハインツがとっさに手をのばしてバッグを押さえてくれた。助かった、ほんとに何ていい兄さん――。日曜日のことなので人通りはまばらだったが、先の方に市場が開いていたので私たちは市場に向かうふりをして歩いて行った。

倉庫に着くと急いで中に入って扉《と》を閉め、階段を二つ上がって空《あ》き部屋に入った。パパがドアの鍵を閉め、私たちは持って来た荷物を解いた。

「トマトとオリーブ油、お米はこっちのトランクに入れなさい」「鰯とチョコレートはここへ」。テキパキと指示するパパに、「コンデンスミルクとココアは一緒でいいでしよ」。身の引きしまるような一家の重要な任務に私も一役買いたくて甲斐甲斐《かいがい》しく手を貸した。持ってきたものを全部しまい終えると布で覆《おお》ってその上から防虫剤をふりまいた。

こうして私たちはその後も何回にもわたって倉庫に足を運んだが、私たちが隠した食料品は食べ物が途絶えた戦時中大いに役立つことになった——。自分たちのためではなく他の人のために。

七月六日の朝、ハインツ宛《あ》てに一枚の葉書が届いた。「リュックサックに荷物をまとめて、三日以内に近くの旧劇場に出頭せよ」。ドイツ国内の労働収容所へ送られる令状だった。ママがすっかりオロオロすると、ハインツはしっかりした口調でママをなだめにかかった。

「ママ、僕は出頭しようと思う。友だちもみんなそうするだろうし、ヘンクやマルセルやマルゴットにも同じ令状がきてるんだ。みんなと一緒なんだからね」

「労働奉仕だなんていって、奴隷労働で死ぬほどこき使われるのよ」。ママはすすり泣いた。「真面目に働けば彼らだって何もしやしないさ」。同意を得るようにハインツがパパの方をみると、「なるほど若いものは役に立つだろう……」。パパがつぶやくように苦々しく言った。「しかし、いよいよ身を隠す時がきたのかもしれない」

二十四時間以内にすべてがとり運ばれることになった。地下組織がみつけておいてくれたそれぞれの隠れ家に出発する用意がその間に整った——パパとハインツは二人である隠れ家へ、ママと私はアムステルダム南区の向こう側に住むクロンプ夫人という学校教師の所へ。家族としての最後の数時間、私たちはピッタリ寄り添うようにして過ごした。いよいよ別れの時がきたとき、私は大きくてハンサムなパパにしがみついて駄々《だだ》をこねた。

「パパと離れるなんて、いや、いや、いや!」。ほんとうにパパと別れなければならないということが私にはのみこめなかった。

「エヴァーチェ、分かっておくれ、もう大きいんだから。パパの代わりにママを頼む」首にしがみついて離れようとしない私を、もう一度ひしと抱き上げてから床の上に降ろすと、パパは私の両肩にしっかり手をかけ、真剣な目でじっと私をみつめながら、祈るように低い声で言った。「神がお前を祝し守って下さるように」。突然大きな力が流れこんでくるのを感じ、私は急に静かになった。涙で頬《ほお》をぬらして側《そば》に立っていたハインツが、こぶしで涙をぬぐいながら私の肩を抱いてさよならのキスをしてくれた。

そのあとママと私は二人きりで家を出た。二人とも星の記章のないジャケットを着ていたので、私は胸元を隠すように雑誌を一冊抱えていた。周りを見渡すと、早朝の淡い光の中でみんなと遊んだ広場が、がらんとして淋《さび》しく横たわっていた。誰にもさよならを言うことができなかった。午後になっても私が広場に出てこなかったら、遊び仲間はどんなにがっかりするだろう。それが心残りだった。ワゴンを引いた顔馴染《なじ》みの牛乳屋さんが表に立っていたが、ママと私が足早に通りの方に去って行くのを、わざと気がつかないふりをしてむこうを向いていてくれた。

小さなバッグをひとつずつ手にしただけで、ママと私はだまりこくって通りを歩いて行った。もらってあるクロンプ夫人の住所に着いてドアをそっとノックすると、きちんとした身なりの中年の女性が中からドアを開けた。これが初対面のクロンプ夫人は、わざと近所に聞こえるような大きな声を出して、「まあ、よくいらっしゃいましたこと、さ、早くお入りになって、さ、さ」とさもうれしそうに何度も繰り返しながら私たちを迎えてくれたが、ママと私が敷居をまたぐかまたがないうちにピタリと玄関のドアを閉め、私たちを押しこむように居間の方に導いていった。お茶を飲みながら手短《てみじか》に打ち合わせを済ませた私たちは、三つ続きの階段を上って、二つの部屋に仕切られた屋根裏部屋に案内された。小さな方の部屋は私の寝室、もう一つの部屋が居間兼ママの寝室で、そこには食器棚とテーブル、椅子が三脚、そしてベッドにもなる花柄の布張りのソファーが置いてあった。

床から二、三段下がったところに奥行きのある細長い浴室があり、奥の方に便器がついていた。台所は階下のクロンプ夫人のところを使うことになっていて、ついでにママが彼女の食事も用意することになっていた。

「私が外に出ている間は洗面所も台所も使っちゃいけません。これっぽっちでも変な音が漏れたりすると、それこそご近所に疑いをもたせることになりますからね。気づかれないようにするためにはごくごく注意が肝腎《かんじん》なんです」

クロンプ夫人の厳しい警告にあってママは思わず聞き返した。

「で、私たち、どの程度安全なのでしょう」

「それなんですが、ユダヤ人が匿《かく》まわれていないかどうか、ドイツ兵がしょっちゅう調べに回っているんです。やつら、ねずみ退治でもしているみたいにやっきになっているんですわ」。クロンプ夫人はサラリと言ってのけると、「でも私たち地下運動に参加しているものは、ドイツ兵に負けず劣らず熱心に罪のない人たちを守るために努力していますの」。クロンプ夫人は安心させるように私の方を見てニッコリ微笑《ほほえ》んでくれたが、私は怖ろしさで胃が痛み出した。

その晩、私たちを受けもっている地下組織の連絡員で、クロンプ夫人の指導員でもあるブルクスマという男の人が隠れ家を訪ねてきた。二人はチームを組んで緊密に連絡を取り合って活動しているらしかった。

ブルクスマはまた、かのフリースランド人――厳寒のさなか、氷の張りつめた運河の上を長距離競走してスケート競技を楽しむ頑健《がんけん》で強固な意志をもったオランダ北部フリースランド地方の人たち――でもあって、侵略者に対する煮えたぎるような闘志に燃える真のオランダ人だった。頭が切れ、タフで誠実、地下組織のメンバーとしてあらゆる情報にも通じていた。自分が私たちの命運を握っていることを熟知していて、また私たちも心から彼を信頼していた。

しばらく隠れ家の中を見回っていたブルクスマは、ドイツ兵の家宅捜索に備えて、万一のためにもうひとつ身を隠すことのできる秘密の場所を作っておいた方が賢明だと言った。当然手配はすべて彼がしなければならなかった。次の日の夕方さっそく職人をみつけて連れてきたブルクスマは、ただでさえ手狭《てぜま》な屋根裏のどこにどう手をつけたらよいか相談し合っていたが、結局浴室の奥まったところにある便器の手前を、タイル張りの一枚壁でふさぐのがいちばんいいということになった。新設するタイル壁の一部を開口部にして、落とし戸を便器の側からはめこむようにすれば、手前からは一枚続きの壁があるようにしか見えないというわけだった。用を足すのにいちいち開口部をまたがなければならない不便さはあっても、いざというとき助かることを思えばそんなことはどうということではなかった。

二人の男は小分けにした資材を夜の闇《やみ》にまぎれて少しずつ隠れ家に運びこみ、二週間目には工事の着手にこぎつけることができた。ママと私が移ってきてから三度目の日曜日のことだった。一日がかりで仕事に精を出した男たちは、夜遅くまでかかってほとんど壁を完成させ、あとは落とし戸のタイルを張るばかりになった。なお最後のひとふんばりをすることにして男たちは何もかもその夜のうちに仕上げてしまった。ママが試しに中にもぐって便器に座り重い蓋《ふた》を持ちあげて壁にはめこんでみると、たちまちママの姿は消え失せて、目の前に立派なひとつづきの壁が出現した。二人の男は満足そうにうなずき合うと互いに握手を交わし、壁の中から出てきたママともう一度みんなで握手をして帰って行った。

その真夜中、私はぐっすり寝入っていた。どこか遠くの方でかすかに車の音がしたような気がした。つづいて玄関のドアを打つ音が聞こえ、私はハッとして夢から覚めた。階下の方からまぎれもないドイツ兵の声高《こわだか》な声が聞こえてきた。

「ユダヤ人は隠れていないか！」

「ママ⁉」。同時にママの手がのびて私の手をしっかり握った。「急いで！　ベッドを覆《おお》って！』。声を押し殺したママが私をベッドから引きずり下ろし、人の寝た形跡《けいせき》が残らないように大急ぎでベッドカバーを掛け直すと、私の手をとって浴室にころがりこんだ。壁の中にもぐりこんで蓋を閉じたママと私は、暗闇の中でじっと息を殺した。便器に座ってピッタリ両膝《ひざ》をかかえたママに体をくっつけて、私はへたるように床にうずくまった。

ドイツ兵の乱暴な靴音が狭い階段をかけ上がって屋根裏の仕切りのところまで来た。恐怖で頭が床にくっつき、心臓の音が彼らに聞こえてしまうのではないかと心配になるほど割《わ》れ鐘《がね》のように鳴った。突然浴室のドアがガチャンと開いてドイツ兵が中に踏みこんできた。大きな声で仲間と呼び合っている。そして今度は急に静かになったかと思うと、引き続き家の中を調べ回っている音が少し離れたところから聞こえてきた。何もみつからなかったらしく、しばらくすると玄関のドアがピシャリと閉じる音がして、彼らが出て行く音がした。

ママが私の頭をぎゅっと摑《つか》んで顔に押し当てた。安堵《あんど》のあまり、泣いているのがわかった。もし急襲がほんの二時間早かったら私たちはみつかっていただろう。天に在《まし》ます神と我がフリースランド人たちが私たちを守ってくれたのだ。

第三章　隠れ家

隠れ家に移るとともに、私をとりまく世界は表面上はまったく守られた安全なものとなった。母と寄りそって二人で過ごしたこの二年間の月日を、私は愛にあふれた心暖まる日々として記憶に留《とど》めている。この期間、ママはクロンプ夫人が回してくれる本や教科書を使って私にドイツ語やフランス語、地理や歴史を教えてくれ、ブルクスマも週に一、二度立ち寄って、オランダ語と算数の勉強をみてくれた。

しかし、きちんと勉強を続け与えられた時間割を真面目にこなそうと思う一方で、私は一人もがき苦しんでいた。しょせん頭脳明晰《めいせき》なハインツのようなわけにはいかなかったし、友だちもなくたった一人で授業を受けなければならないのはひどい苦痛だった。ベッドの上にただ身を横たえて、みんなと夢中になって自転車を乗り回して遊んだ頃のことを思い出しては身を焦《こ》がすばかりだった。息がつまるような屋根裏部屋に閉じ込めておくしかない若いエネルギーをもて余し、両脚をかわりばんこにつき上げたり激しく体をゆすぶったりして、じりじりしながら日を過ごした。

それでも、ほんのたまにではあったが、無上《むじよう》の幸せな日が訪れることもあった。パパとハインツが隠れているスースダイクの田舎町まで、危険をものともせずにママと二人で汽車に乗って会いに行ったのである。人目《ひとめ》につくのが怖《おそ》ろしいあまり、ほんの目と鼻の先の買い物にも決して出ようとはしなかった私たちだったのに、それよりずっと遠いところまで、近所にはクロンプ家への訪問が終わったようなふりをして出かけて行ったのだ。そんな折には向こうの家主《やぬし》のデブライン夫人から宿泊の許可をとりつけて、週末をパパたちのところで親子水入らずで過ごし、週明けの月曜日の朝、通勤列車の乗客にまぎれこんでアムステルダムに戻ってきた。

めったに巡《めぐ》ってこないそんな素晴らしい訪問日の金曜日、ママと私は小さなスーツケースを手に家を出て駅まで歩いて行った。通りに出るといいようのない感情に襲《おそ》われて身のすくむ思いがしたが、二人とも人目には普通のオランダ人の母娘《ははこ》とちっとも違わなかったので、何くわぬ顔でうまく人混みの中にまぎれこむことができた。そうはいってもこの上なく危険なことに変わりはなく、私たちは始終《しじゆう》ビクビクし通しだった。駅の改札口を通るときは、見張りに立っている警官やドイツ兵に呼び止められて身分証明書を調べられることがあったのでなおのこと危なかった。そんな時ママはだまって偽《にせ》の身分証明書を差し出したが、十六歳以下で身分証明書提示の必要がなかった私は、その代わりいつ声をかけられても、すぐにスラスラと嘘《うそ》を並べなければならないのだった。もっとも、いつも正真正銘《しょうしんしょうめい》のオランダ人の女の子で通ったらしく、一度も声をかけられたことはなかった。

汽車はいつもドイツ兵であふれていた。ＳＳが車内捜索にしょっちゅう車内を回っていた。ＳＳが肩をこすってすぐ側《そば》を通り抜けて行く時も、ママと私は内心の動揺をひた隠しにして知らん顔を押し通した。パパやハインツに会えることを思えば、どんなことでも我慢できると思えた。

デブライン夫人の家に着くと、そのままパパたちの潜んでいる屋根裏部屋に上がって行く。ママとパパはやがて肩を並べてパパの部屋に消え、翌朝まで二人でこもりきりになった。私はハインツと二人きりで、積もる話に夢中になって過ごし、夜はハインツのベッドの隣に敷いたマットレスで寝るはずだった。しかし電燈《でんとう》が消えて暗い中に二人きりで残されると、私はすぐに起き上がってハインツのベッドにもぐりこんでいき、キスをしたり抱きしめ合ったり、ハインツと私はもう一度再会の喜びを噛《か》みしめ合うのだった。こうして抱擁《ほうよう》をくり返しているうちに、私たちの抑圧されきった若いエネルギーと芽生《めば》えつつあった性的感情がいや応なく刺激されて、二人とも夢中になっていった。抱擁はますます激しくなり、思春期の愛情がうねりのように押し寄せてきて、ついには愛《あい》撫《ぶ》にまで導かれていった。だが二人とも自分たちのしていることが両親にみつかるのも怖かったので、それ以上には決して進まなかった。ただ私たちはこうなる自分たちを抑えることができなかった。ハインツにとっては私しか、私にとってはハインツしか、若い愛情を分かち合える友だちがいなかったのだから。アムステルダムに戻って屋根裏部屋でまたひとりぼっちになると、私は誰にもましてハインツを恋い慕い、涙で枕をぬらすのだった。

隠れ家の生活はパパにとっては格別のストレスとなっていた。実業家として精力的に活動し、時間の大半を事業にとられていただけに、今度はそのエネルギーを他のもので埋め合わさなければならなかった。それでパパは油絵のまね事を始め、風景や以前訪ねたことのある場所を思い出して画題にしていたが、私たちが訪ねて行くときはママが格《かっ》好《こう》のモデルをつとめた。さらに驚いたことに、パパは詩も書き始め、それまで家族の誰一人気づかなかった芸術的才能とみずみずしい感性を証明してみせてくれた。恥ずかしそうに照れながら、三人の聴衆を前に自作の詩を朗読してくれるパパをみて、自分の夫に思いがけなくそれまでとはまったく違う一面を発見したママはすっかり驚嘆《きょうたん》した。ハインツの多才ぶりもこれで謎《なぞ》が解けたというところだった。

いろいろな才能に恵まれていたハインツは、絵もよくしたがことに色彩感覚が抜群だった。床の上に座っておもちゃの汽車を走らせて遊んでいる幼い子どもの絵、がらんどうの屋根裏の床に放り出されたおもちゃ箱に、一条の光が射《さ》しこんでいる光景を描いたもうひとつの絵。とりわけ見るものの心を動かしたのは、絶望に沈む自分自身を暗示した一枚の作品だった。手前の方には机に向かって両腕で頭を押さえうなだれているハインツの姿、背景には死にゆく人物が描かれていた。

ハインツはまた本格的な作曲もし、質の高い詩も書き、そのうえ学才ぶりも発揮した。隠れ家にこもったまま誰の指導も受けることなく独学でイタリア語をマスターしたのだ。ある日ママと私が訪ねて行くと、イタリア語の小説が読みたいから何か探してきてほしいと注文するまでになっていた。知識欲に渇いていたハインツはこの「捕囚《ほしゅう》」の期間を一瞬も無駄《むだ》にすることなく、最大限に利用しようと決心しているようにみえた。

一九四二年十月二十三日「エル・アラメインの戦い」

十二日後に連合軍、ロンメル元帥《げんすい》指揮下のドイツ軍部隊を北アフリカで殲滅《せんめつ》夜の九時になると、パパはラジオのダイヤルをBBCのオランダ語放送に合わせるのがお決まりだった。放送開始を告げるベートーヴェンの交響曲第五「運命」、この勝利のテーマを私たちはどんなに胸の高なる思いで聴いたことだろう。ロンメル将軍敗退のニュースを知ったのも、この訪問の初期のころ、パパのラジオのBBC放送の時間だった。終戦も間近い——私たちは抱き合って喜んだ。

パパとママの手ほどきで、私たちはよくブリッジをしながら夕べの団欒《だんらん》を過ごした。初めのうちはコールのかけ方がよく分からなくてとまどったが、私はすぐに腕を上げた。パパと組むとパパはいつも私に花をもたせてくれたけれど、ハインツとペアを組むときがいちばん息が合って、パパとママの組を負かせたときなど、ことにうまくいった。音が外に漏《も》れないようにゲームはひっそりと進められ、コールをかけるときも耳元で小さくささやき合った。何ごとにも念には念を入れなければならなかった。こうしてたとえばハインツの頭にしても、ユダヤ人特有の黒い髪をあざむくため今ではオキシドールで脱色してあった。もっとも本人の思惑通りのブロンドならぬ、派手な赤茶色に変じてしまっていたけれど。

気がかりなことがもうひとつあった。前もって知らされてはいたが、パパの隠れ家の隣にはナチ党員のオランダ人夫婦が住んでいて、家主のデブライン夫人の言うところによると、彼女がこの夫婦と何くわぬ顔でつき合っているのは、いささかも相手に嫌疑《けんぎ》を起こさせないようにするためだということだった。

ところが厄介《やっかい》な問題が生じてきた。ある日そのナチ党員がデブライン夫人のところにやってきて、自分たちの家の寝室を改造する工事が済むまで、しばらく部屋を貸してもらえないかと頼んできたのだ。これと言って断わる理由も見つからなかったデブライン夫人は、慌《あわ》てふためいて屋根裏に駆け上がって来た。そして隣家の夫婦が階下に居候《いそうろう》している間、どんなことがあってもベッドから一歩も体を動かしたり、もの音ひとつたててはいけないといって、数日分のパンと牛乳をまとめて当てがったうえ、便器をベッドの側に持って来て、何度もくどくど同じことを繰り返して下りて行った。結局ナチ夫婦は二晩いただけで帰って行ったが、この一件でパパが受けたショックは計り知れないほど大きかった。一から十まで、家主個人の善意と勇気を当てにする以外手も足も出ない現実をいやと言うほど味わわされることになったからだ。

一九四三年二月二日　ドイツ第六軍、スターリングラードでソ連軍に降伏

ドイツ軍の優勢が伝えられていたスターリングラードの戦闘に転機が訪れた。ソ連軍

のねばり強い攻防と、ロシアの厳しい冬将軍がドイツ軍部隊を敗走に追いこんだのだ。九万一〇〇〇人にのぼるドイツ兵がソ連軍に捕らわれたというすばらしいニュースを、私たちはパパのラジオのBBC放送で聞いた。パパはこれで戦争はもう終わると断言した。

しかしアフリカ戦線とロシアでの惨敗がかえってナチのユダヤ人迫害に拍車をかけたかのようだった。隠れ家にいるユダヤ人は今や密告による報奨金の対象になっていた。人々の間にユダヤ人を匿《かく》まうことに対する熱意も消えてしまった今、自分とハインツの身にも危険が及びつつあることをパパは感じとっていた。デブライン夫人の出してくる食事の量も目にみえて少なくなり、とげとげしい言葉が露骨《ろこつ》にきかれるようになってくるにつれ、パパの不安も募っていった。大家《おおや》に対する謝礼金の額も日を追ってつり上がっていくので蓄えも先細りになった。こうした神経戦が一年半余りにわたってつづいていたので、パパは神経がまいってしまって、何とかして他の隠れ家を探してくれとママに再三頼むようになっていた。

そんな矢先《やさき》、ママと私の方も窮地《きゅうち》に立たされることになった。ある月曜日の朝、パパのところから帰ってくると、玄関先でおびえた顔をして私たちの帰りを待っていたクロンプ夫人につかまった。ママと私が留守にしている間にまたゲシュタポ（ナチス・ドイツの秘密国家警察）の急襲に見舞われて、クロンプ夫人はゲシュタポに脅迫《きょうはく》されたというのだ。「誠に申し訳ないんですけど、これ以上お二人を匿まっていると、私の方が神経がおかしくなってしまいそうですの」。クロンプ夫人はいかにも済まなそうにそう言ったが、その顔には一歩も後に引かないという決意がありありだった。相手の立場も理解できる私たちとしては、出て行くことに同意するほかなかった。それでもやっと頼みこんで、地下組織に次に行く先をみつけてもらうまでの間、そのまま置いてもらうことになったが、この日からクロンプ夫人の家を出るまで、私たちは針のむしろの上で暮らすことになった。

ママと私の二番目の隠れ家が決まってみると、そこはもう一人の勇敢なフリースランド人で、以前から知っている初老のレイツマ氏のところだった。奥さんは優秀な絵描きで、息子のフローリスと三人暮らしだった。結果的には短い期間で終わることになった私たちの滞在の間、レイツマ一家は親身になって匿まってくれた。レイツマ夫人は絵の仕事で多忙にしていたので、ママがすすんで台所仕事を引きうけることになった。乏《とぼ》しい配給を補うため、運河沿いの倉庫に隠してあった食料品をとってくることになり、万一のことを考えてママは私を残して一人で出かけていった。身の縮む思いで待っているうちママは包みを抱えて無事に戻って来た。缶詰、お米、小麦粉、ココア等、みない保存状態だったものの、どれにも防虫剤の匂いがしみこんでしまっていた。それでも久方ぶりのご馳走《ちそう》にみんな大喜びだった。パパとハインツに持って行く分もとっておくことにした。

パパは会うたびに焦燥《しょうそう》の度を深めていた。新しい移り先をみつけてくれ、とますますつよくママに頼むようになっていたが、ある一件でことの重大さが改めて浮き彫りになった。パパの隠れ家を訪ねて行ったある日のこと、玄関先でデブライン夫人に声を掛けられたママは、あてつけるような調子でこう言われたのだった。

「何て結構な毛皮をお召《め》しですこと。でもねえ、月に一度や二度のお出かけじゃコートが泣くでしょうよ。あなた、私はお宅のご主人やご子息のために年じゅう外に買い物に出かけなければならないのですもの、そのコート、私が使わせていただいた方がずっと役に立ちそうですわねえ」

欲しいから譲って頂けないかというより、有無を言わせようともしない高圧的なその口ぶりに、ママは思わず自分の着ている毛皮のコートをデブライン夫人に差し出してしまった。私たち一家がゆすられているのはすでに目に見えていた。もうひとつ新しい隠れ家を探すのは容易なことではないということは分かっていたが、アムステルダムに帰り着くと、私たちは直《ただ》ちに地下組織のブルクスマにことの次第を告げ窮地を訴えた。ママの話を聞いたブルクスマは、しかし、さして驚いた様子ではなかった。

「何とも困ったことですが、辛《つら》いところですねえ。他にもゆすられている人たちが大勢いて、これはここだけのケースではなくなっているんです。悪いことにはそれ以上の人々が次々に密告されてゲシュタポに突き出されていましてね」

聞いているママの顔が蒼白《そうはく》になった。それでもママはあきらめず、自分で家を出てキリスト教徒の友人のドルチェに会いに行き、彼女に相談をもちかけた。たまたま、ドルチェの住んでいるアパートの一階下に地下組織のメンバーだという看護婦がいることが分かったので、ドルチェを通して接触してもらうことになった。間もなくある隠れ家が、それもアムステルダム市内に見つかったという躍り上がるような知らせが入った。アムステルダム市内といえばお向かいも同然、あらゆる面で四人ともどんなに心づよいか、ママと私はすっかり胸を撫《な》で下ろした。

次はパパとハインツがどうやってデブライン夫人のところを抜け出すかだった。金づるの二人を彼女が易々《やすやす》手離すはずもなかった。そこでパパとハインツは逃亡計画を練り、夜明けを利用してこっそり家を抜け出すことにした。デブライン家をうまく脱出したパパとハインツは、目立たないようにして一番列車を待ち、それに乗ってアムステルダムに入ると、あらかじめ決めてあった場所で手引きの看護婦と落ち合って無事に新しい隠れ家に身を隠した。

すべてが計画通りにうまくいっているように思われた。翌日を待ちかねるようにしてママと私は早速二人を訪ねて行った。四人ともこれ以上望めないほど満足だった。部屋数のいくつもある大邸宅、応待に出た家主夫婦もことのほか愛想よく親切で、安心しきったママと私は足取りも軽く、レイツマ家にある自分たちの隠れ家へと戻って行った。

第四章　逮捕の朝

一九四四年五月十一日。この年の誕生日は週の火曜日、私はこの日十五歳になった。レイツマ家のこぢんまりした寝室で、晴ればれとした気分で朝早く目が覚めた。小鳥たちのさえずる声が耳をくすぐり、あふれるような陽《ひ》の光が窓から射《さ》し込んでいる。頭の下に手を組んで長いことベッドの上であお向けになったまま、私は窓越しに見える樹々《きぎ》を眺めていた。生きているということは何て素晴らしいことなのだろう。すぐ近くにパパとハインツが無事に暮らしているという思いが私の幸せな気持ちに輪《わ》をかけていた。前々日の日曜日二人を訪ねたばかりだったが、今日は特別の日なのだもの、もしかしたらまたパパたちに会いに行けるかもしれない――。

八時半、誕生祝いの朝食をとるため私たちはレイツマ家の人たちと一緒に食卓に着いた。テーブルの中央にレイツマ夫人が飾ってくれたヒヤシンスとチューリップの鉢が置かれていた。席に座ると二十歳になる息子のフローリスが、「食後のお楽しみだよ」と言って私の前にうやうやしく小さな包みを差し出した。何て優しい人……頬《ほお》をポッと染めながら私は贈り物の包みをそっと自分の前に置いた。包み紙にはレイツマ夫人が手描きで施《ほどこ》してくれた、うっとりするようなバラの花。中身は一体何かしら、開けるのが待ち遠しくてならなかった。

そのとき突然玄関のブザーが鳴った。こんな早朝来客の予定はないはずだが、けげんな表情を浮かべて立ち上がったレイツマ氏がドアを開けに階下に降りて行った。と、荒々しい足音が嵐のように踏みこんで来た。ゲシュタポ！　フローリスがとっさにテーブルにとびのり、窓越しに屋根に消えた。間髪《かんはつ》を容《い》れず、階段を駆《か》け上がったゲシュタポが部屋の中に躍りこんで来て、ジロリと私たちを見すえた。息をのんで立ちすくんだまま、私たちは突然目の前に現れたゲシュタポとその後ろに銃をつきつけて立ち塞《ふさ》がるドイツ兵の一行を凝視《ぎょうし》した。

「ユダヤ人だ！　やつらだ！」

ゲシュタポは荷物をまとめる猶予《ゆうよ》も与えず、ショックで口もきけなくなったレイツマ夫妻と私たち四人をそのまま階段から降ろして表に引きずり出し、数ブロック先のゲシュタポ本部まで歩かせて行った。

通りを連行されて行く間、ママは私だけでも助けようと、ゲシュタポの一人にとりすがって必死になって思いつきの嘘《うそ》を並べたてた。
「ほんとうです、聞いてください。この娘はユダヤ人じゃないんです。そのう……非ユダヤ人との間に出来た娘で……掛かりつけの歯医者なんですが……、ほんとうにその医者の娘なんです。絶対にユダヤ人なんかじゃありません」（逮捕される「ユダヤ人」の基準は被占領国や時期によって異なっており、オランダでは夫婦のいずれか一方、または両親のいずれかが非ユダヤ人である場合は、当面逮捕を免《まぬが》れた）
ママがいくらとりすがっても何の役にも立たなかった。目的を果たして満足しきっていた彼らの顔はびくとも動かず、ママは邪険《じゃけん》に振り払われるばかりだった。
ゲシュタポ本部の置かれている赤レンガ造りの中学校に着くと、私たちは留置室《りゅうち》の中に放りこまれた。今回の狩り込みで捕まった人たちがすでに何人か入れられていた。銃を持った数人の看守《かんしゅ》がドアの前に立ち、部屋の窓は全部閉ざされていた。床に目を落としたりじっと宙をみつめたまま、捕まった人たちは壁に沿って並べられた木製の椅子《いす》に声もなく座っていた。その人たちの仲間入りをしながら、私たちの心はみじめに沈んだ。私たちが入って行っても顔を上げる人も声をかけようとする人もなかった。私はこわばったまま泣くことも忘れて、ママと並んで部屋の片隅に腰を下ろした。「でも、これは一体どういうこと⁉」。ママがソッと囁《ささや》いた。あれほど安全だと信じきっていたのに……。ナチの上を行くオランダの地下組織の巧妙さを露《つゆ》ほどにも疑ったことがなかったのに……何故？　私たちはそうして何時間も留置室の中に座ったまま、置いておかれた。

一人ずつ部屋の外に呼び出されていた。しばらく経ってから戻ってきて、またそのまま元の場所に座る人、行ったきりの人、誰も一言も口をきかない。むせび泣いている女の人がいても声をかけようとする人もなく、向こうでどんなことが行われているのか戻ってきた人たちにあえて聞こうとする人もいなかった。隣の部屋から殴打《おうだ》と悲鳴に続いて甲高《かんだか》いゲシュタポの怒鳴り声が漏《も》れてきた。ママも私も恐怖で椅子にへばりついた。

やがてママが呼び出された。ママは私の腕を強く握ると部屋の外に出て行った。壁に耳をこらすが何も聞こえてこない。三〇分ぐらいして、とうとう私の番がきた。

緑色《グリューネ・ポリツァイ》の制服を着た警官が、私を従えてヒトラーの肖像画が掛かっただけのがらんとした部屋に連れていった。大きな机に向かって座っている二人のゲシュタポの前に立たされると、彼らは探るような目つきで私を一瞥《いちべつ》したが、やがてそのうちの一人がドイツ語で穏やかに口を開いた。

「質問に全部正直に答えたら、お母さんに会わせてあげよう」

「お父さんやお兄さんにもね」。もう一人のゲシュタポが口をはさんだ。

私はあえいだ。まさかハインツとパパが……。

「父さんと兄さんですって⁉」。思わず口に出してしまってから、しまったと思って涙があふれそうになったが、やっとのことこらえた。これ以上は何があっても口を割るまい。

「もちろん、みんな揃《そろ》っている」。冷ややかな笑いを口元に浮かべてゲシュタポが答えるのを聞いたとたん、突然体がはげしく震えだした。続いてたたみかけるように浴びせられるドイツ語による尋問《じんもん》の間じゅう、その震えが止まらなくなった。私は心底怖かった。

「ところでレイツマの所にいってどのくらいたつのだ？」

「訪ねて行っただけです」

「それでは今までどこに隠れていたというのだ？」。机の上の書類を互いにやりとりしながらゲシュタポが続けた。

「夜遅くだったので、どこに連れて行かれたか……アムステルダム市内ということは確かですけど、ハッキリした場所は分かりません」

私はシラをきった。

「配給カードはどうやって手に入れたんだ？」

「お母さんはどこでお金を工面《くめん》したのだ」

「隠れ家を手配してくれたのは誰だ」

知らぬ存ぜぬを通して次々に浴びせられる尋問《じんもん》に最後までボロを出さずに済んだ。メルウェーデプレインに住んでいたことはさすがに認めざるを得なかったし、そこからどこかの隠れ家に移ったことも彼らには先刻調べがついている。それで私は最初の隠れ家を提供してくれたクロンプ夫人については、およそ本人とはかけ離れた容姿《ようし》を並べたてて、小柄で太った年配の人で名前は聞いていないと答えた。

しばらくしてもう何も出てこないと分かると、私は留置室に戻された。ママはまだ戻っていなかった。私は再び元の席に腰を下ろして、これまでのゲシュタポとのやりとりをひとつずつ思い返しながら、よくやったと自分に言いきかせていた。そのとき壁を通して隣の部屋から何人かの入り混じった声が漏れてきた。それらの声は急に甲高くなったかと思うと悲鳴にかわり、やがて怖《おそ》ろしいほどの沈黙が訪れた。まぎれもなくパパとハインツの声だった。

空耳だ、こんなことがあるはずがない、私はとっさにそう思った。私に泥を吐かせようとしてゲシュタポが演技しているに違いない、全身を耳にしてそばだててみたがそのあとはもう何も聞こえなかった。怖ろしい沈黙の意味するものを考えて私は身がすくんだ。

しばらく静かになったあと、ふたたび呼び出されて私は先ほどのゲシュタポの前に立たされた。前とうってかわった厳しい冷酷《れいこく》な顔をして上官の方が口を切った。

「お前がこれ以上強情《ごうじょう》を続けて我々に協力しないというのであれば、兄さんを死ぬまで痛めつけるだけだ」。言葉もなく氷のようになって私は彼らを凝視した。

「兄さんがどういう目に遭《あ》うか、今から教えてやろう」。ゲシュタポがそう言って私の背後の方に目くばせをすると、床に釘《くぎ》づけになって動けなくなっている私の肩に警棒《けいぼう》の最初の一撃が打ち下ろされた。その瞬間、私はハッキリと悟った。これは夢でも何でもない、実際自分の身に起こっている現実そのものなのだと。背中と肩に警棒がふり下ろされるたびに、体の中を激痛が走った。思わず身をかばおうとしても容赦《ようしゃ》なく降り注ぐ殴打の雨を避けることはできなかった。私には分かっていた。悲鳴を上げさせようとしている――その悲鳴を聞かせてパパに音《ね》を上げさせようとしているのだ。うめくものかと、必死で歯をくいしばったが、とうとう堰《せき》を切ったように悲鳴がほとばしった。悲鳴は体の奥底からつき上げるように湧いて出て、自分の力では止めることができなかった。これでいいというまで叫び声を上げさせると、ゲシュタポはやっと手を止め、私を部屋から出して前と違う部屋に押しこんだ。部屋の中には同じような目に遭わされた人たちが、顔にあざを作り服に血糊《ちのり》をつけて背中を丸めて座っていた。

十五歳の誕生日は、こうして朝から夕方まで水も食べ物もいっさい口にすることなく、尋問室からひびいてくる悲鳴や殴打の音を聞かされて過ぎていった。

やっとのことで部屋から引き出されると、私は廊下を歩いてもうひとつの部屋に連れて行かれた。ドアが開くと両親がじっと入口の方をみつめたまま中に立っていた。ハインツとレイツマ夫妻もいた。他には誰もいなかった。ドアが閉じられると私たちはいっせいに互いの胸の中にくずおれてさめざめと泣いた。パパの話によれば、例の看護婦と、いかにも親切そうに装っていた家主《やぬし》夫婦は実はグルになってゲシュタポに通じていたという。日曜日、ママと私が初めてパパたちの新しい隠れ家を訪ねた帰り、彼らは私たち二人のあとをつけ、ゲシュタポからたっぷり報奨金を受け取ったらしいということだった。

みんなが少し落ち着くと、ママがタルカムパウダーの箱と引き替えに、レイツマ夫妻の釈放をとりつけたとパパが説明してくれた。顔の表情はげっそりしていたが、パパはまだしっかりしていて、落ち着いて威厳もあった。

「どうしてみんなを自由にしてくれないの?」。胸に顔をうずめてぐずる私の頭を撫《な》でながら、「多分私たちのことを敵だと思っているからだろう」。見上げる私にパパは苦々しげに首を横に振った。

ちょうどその時、私の尋問に当たったゲシュタポの一人が部屋に入って来て、ママとレイツマ夫妻を連れて出て行った。戻って来てからママが話してくれたところによると、ゲシュタポが三人を車に乗せてレイツマ夫妻の家に戻ると、ママは彼を階上の浴室に案内して行って、棚に載せてあった大きなタルカムパウダーの箱を差し出した。ゲシュタポが箱の底をこじ開けると、パウダーの粉と一緒にママが隠しておいたプラチナの時計、ダイヤの指輪、金と銀の腕輪やブローチがこぼれ落ちてきて、首尾《しゅび》よくい収穫を手にしたゲシュタポはまんざらでもない様子だったということだった。パパとハインツと私の三人が肩を抱き合って待っている部屋にママを連れて戻って来たゲシュタポは、レイツマ夫妻が無罪放免になったことを告げると同時に、私たち一家がそのままオランダの地方刑務所に収監されることになった旨《むね》を告げた。

約束をほごにすることもできたのに、ゲシュタポはこのときのパパとママとの取り引きをきちんと守った。レイツマ夫妻はそのあと再びゲシュタポに悩まされることなく、私たちが隠しておいた食料に助けられて、息子のフローリスともども無事に戦時中を生きのびることができた。めったになかったことであったにしろ、彼らゲシュタポはこのとき、ある意味で〝みごと〟に名誉を損なうことなく紳士然として振る舞ったのだ。

第五章　刑務所からヴェステルボルク収容所へ

黒塗りの護送車に乗せられ、私たちは地方刑務所に向かった。車の中には同じようにして捕まった家族が数組、いずれもショックにこわばった顔をして、虚《うつ》ろな視線を互いに投げかけていた。護送車が刑務所に着くと、数人のオランダ人の看守《かんしゅ》が後ろの扉から私たちを外に降ろし、男女別々に分けた。私はママにしがみついた。引き離されて進まされる時、ママがすがるような目でパパを追った。私たちを見つめるパパの口元が「元気をお出し」というようにかすかに動いた。

私のそれまでの人生のなかで最悪の事態だった。何の理由があって刑務所などに入れられなければならないのか、十五歳になったばかりの私がユダヤ人だというだけで、どうしてこんなにも〝望ましからざる人間〟として扱われなければならないのか、何もかもいわれのない迫害でしかない。激しい怒りと悲しみが襲《おそ》いかかり、こういうことが何《な》故《ぜ》起こりうるのか、その答えが知りたいと思った。

罠《わな》にはめられて一方的に捕まえられ、それに対してどんな抵抗もかなわない時、人の心の中には徐々《じょじょ》に空しい間隙《かんげき》が広がっていく。本来の私だったらどんな逆境《ぎゃっきょう》にあってでも周りの人に話しかけ、人々と関わりを持とうとしただろう。しかし今はママ以外の人が全部スパイであってもおかしくはないのだ。これからはママ以外、誰も信用できない――。強制収容所で体験される人間性喪失《そうしつ》に至る過程のひとつ、あの分離と無関心の心理がこうして私の中にも生み出されようとしていた。

私たちは三段ベッドがずらりと並んだ大きな共同部屋に連れて行かれた。隅の方に名ばかりの洗面所がついたその部屋にはすでに四〇人ぐらいの女の人たちが入っていた。こんなに大勢の人と夜を過ごすのは生まれて初めてだった。いちばん上のベッドに上がって行って、小さな枕を頭に灰色の毛布の上であお向けになったまましばらく天井をみつめていたが、とてもひとりでは眠れそうになかった。下にいるママの方をのぞくと、顔にあざを作り髪の毛をクシャクシャにした私を見て、ママがおいで、というようにうなずいたので、私はベッドから起き上がって行ってママの側《そば》にすべりこんだ。目がすっかり冴《さ》えていた。

夜通し、新しい逮捕者が送りこまれてきた。赤ん坊を連れた人たちもいる。幼いながら異常を察知したのだろう、母親の胸の中で火がついたように泣き叫んでいる。母親たちは何の備えもないところで自分たちの子どもの世話をしなければならないのだ。喘息《ぜんそく》もちの人がいるらしく、夜中に何度も激しい発作を起こして息が詰まりそうになっていた。人々が大声で叫びながら医者と看護婦を求めて走り回り、最後にオランダ人の看守が医者を連れてきた。

静かに横たわるママの側で、周りで起こっている騒ぎや騒音を耳から閉め出して、私はいつの間にかママの腕の中で眠りに落ちていった。

翌朝、初めて食べ物が与えられた。昨日の中断された誕生日の朝食以来、初めて口にするわずかなパンと飲み物だった。パンを一口かじると急に激しい空腹感を覚えて、あっという間に平らげてしまったので、ママが自分のパンを分けてくれた。ベッドに座ってパンをかじりながら、女たちはここにくるまでのことやこれから先のことをあれこれ語り合ったり憶測《おくそく》し合っていた。

大部分の人が悲観的になっているなかで、隣のベッドにいた二十代に入って間もないと見うけられる一人の若い女性が、赤ん坊の世話をしている母親たちを助けたり、泣いている人を慰《なぐさ》めたり、くじけることなくみんなを元気づけて部屋の中を回っていた。昼食時にその人が私の側に来て一緒にベッドに座り、パンをかじりながら自分はフランチエスカ、通称フランツィだといって自己紹介して、ロシアから移住してきた両親のもとでアムステルダムに生まれ育ったと聞かせてくれた。フランツィはドイツ軍がオランダを占領したちょうどその年、大学に入る予定だった。母親と兄夫婦を早くに逮捕され、妹のイレーネと一緒に兄夫婦の赤ん坊で、姪《めい》のルーシャを預かって隠れ家に潜んでいたのだという。けれど赤ん坊がいるために、オランダ人の地下組織の手を借りて何度も隠れ家を転々としていた。最後に、イレーネとルーシャだけ離されて遠い田舎の農家に送られて行き、その家庭の子どもとして育てられることになった。妹と姪の身を遠くで案じながら別の家に匿《かく》まわれていたフランツィだったが、結局私たちと同じように密告されて捕らえられたのだった。

「少なくともここはちゃんとした国の刑務所だし、オランダの人たちはいい人たちだから、ここにいる限り安心していていいのよ」。フランツィはそう言ったが、二日目になってまた次から次へと逮捕者が送りこまれてくると、刑務所の中はすぐにいっぱいになってしまった。遅かれ早かれオランダのはずれにあるヴェステルボルク収容所に移されるのは確実だと思われた。

「ここを出て、ヴェステルボルクに送られる方がいいのかしら？」。いよいよ捕らわれの身になったことを実感しながら再びフランツィに尋ねると、向こうの噂《うわさ》をきいたことのあるフランツィはうなずいた。「そう、ここより広さもずっとゆとりがあるし、同じオランダの中にいるわけだから命の方もまったく安全よ」「それに向こうに行けば家族も離ればなれにならないで一緒にいられるわ」。そう言って子ども連れの女の人たちがいる方を振り返ったフランツィは、オランダ人に対して全幅《ぜんぷく》の信頼を寄せているかのように見えた。

その間一人でじっと考えごとをしていたママが、思いついたようにレイツマ家に伝言を送り、とりあえずの衣類を届けてもらおうと言い出して、看守のところに交渉にでかけて行った。果たせるかな、その日のうちに、数枚の下着とジャンパー、スカートやママのコートが入った小さなスーツケースが刑務所に届けられた。

五月十三日。木曜日の朝、名前を読み上げられた私たち全員は、ゲシュタポの厳重な護衛つきで駅まで列をつくって歩かされた。駅には普通の旅客列車が待機していた。車両のステップに足をかけたとき、混雑するプラットホームの人混みの中にパパとハインツの姿をちらりとみかけた。やがて汽笛が鳴り、ゆっくりホームをすべり出した汽車は次第に速度を上げてアムステルダムを離れ、春の田園の中を疾走《しっそう》して行った。車窓には果樹の花が満開に咲きそろい、のどかに牧場で草をはむ牛や羊や、野良仕事をしている農夫の姿がみえた。このまま野にとび出して自由になりたい……。痛切な思いが私の胸をしめつけた。

車中、人々は専《もっぱ》らこれから先の見通しを話し合っていた。この先、万が一にも〝東〟の方に送られるようなことにでもなったら——人々はそのことをいちばん怖《おそ》れていた。そして最悪の場合、アウシュヴィッツに——。私たちの願いはただひとつだった。戦争が早く終わってほしい、そしてそれまでは何としてでもヴェステルボルクに踏み留《とど》まりたい……。

目的地ヴェステルボルクに着いてみると、フランツィの言った通りだった。施設も比較的ゆったりしていてベッドも清潔だったし、洗面所もきちんとしていた。そのうえ自由に往来することも許され、男の人たちと一緒にいることもできた。パパとハインツが間もなく私たちを見つけ、一緒になった。食事時は大きな食堂で全員そろって食べたが、たいてい判で押したように同じものが出た。ジャガイモとニンジンの潰したものにグレービーソース。これは結構おいしかった。どの人も積もる話があったので、食卓の方もけっこう賑《にぎ》やかだった。

ヴェステルボルク収容所には、ユダヤ人を匿まったキリスト教徒や、ユダヤ人と同じぐらいナチに敵視されていたジプシーもいれられていたが、収容者の大部分はユダヤ人だった。ドイツ人の統轄《とうかつ》のもとにオランダ人が収容所の管理に当たっていたが、実際のこまごました日常業務はユダヤ人収容者が能率的にとり運んでいた。そういったユダヤ人の中にはパパの以前からの顔馴染《なじ》みもいた。

ずっとあとになってから送りこまれてきた私たち新参者《しんざんもの》のグループは、ここでは当然最も弱い立場にあった。パパはしばらくママと何か相談していたが、それが済むと私たちにも話してくれた。前からここにいるパパの友だちの中にはかなり自由のきく人もいる。そうした人に頼んで私たち家族がここで少しでも安全な立場につけるよう何とかやってみよう。そうすればこれから先の移送グループに組みこまれないで済むかもしれない。パパの考えでは、このままヴェステルボルクに留《とど》まれることが私たちに残された最後のチャンスだった。

パパは時を移さず友人に働きかけ、その人たちも何とかやってみようと請《う》けあってくれた。ぎりぎりまでオランダに踏み留まれること、今はそれだけが私たちの願いだった。収容所の本部で働いているヒルシュ氏が私たちの名前を仕事の割り当てリストに載せて順番待ちの態勢を整えてくれ、さらに誠実で思いやりのある彼は着替えのもち合わせのないパパとハインツのために、自分のシャツまで分けてくれた。

そうした矢先《やさき》、仰天するような噂《うわさ》が流れてきた。次の日曜日、ジプシーの一団がアウシュヴィッツに送られることになり、そしてジプシーを運ぶ移送列車に数両分の空きができそうなので、一部のユダヤ人も一緒に詰めこむというのだ。まだ着いたばかりの私たちに、ヒルシュ氏が手配してくれた仕事の順番が回ってくるには間がありすぎた。不運な籤《くじ》を引く予感がした。底なし沼への第一歩が始まろうとしている——。敵の地深く、ポーランドにあるアウシュヴィッツは、かつてBBC放送で聞いたところでは〝絶滅収容所〟として通っていた。私たちはいちるの望みを託して互いに励まし合うほかなかった。——万が一アウシュヴィッツに送られることになっても、あらゆる智恵《ちえ》をしぼって何とか環境に適応し、働き通すことさえできれば、生きて帰られるにちがいない——。

今パパにできることといえば、家族の一人一人に生き残るための智恵と生活技術をたたきこむことだけだった。生き残るためには家族が一致結束して互いに助け合わなければならない、衛生にも万全の気をつかい身体《からだ》を常に清潔に保つこと。とくに私に向かっては、怪《あや》しげなトイレの縁には絶対に腰かけないこと、終わったあとは必ずきれいに手を洗うのを忘れてはいけない、パパは口を酸《す》っぱくしてくり返した。身の回りの清潔遵《じゅん》守《しゅ》に関するパパの厳しい注意事項が、この先これっぽちも役に立たなくなることを、この時パパは知る由《よし》もなかった。

第Ⅱ部　アウシュヴィッツ・ビルケナウ

第六章　家畜用列車で

日曜日の明け方、女性看守《かんしゅ》が部屋に入ってきて、その日移送されることに決まった収容者の名前をリストごと読み上げていった。

「フリッツィ・ガイリンガー、エヴァ・ガイリンガー……」

自分たちの名前が読み上げられるのを聞いてママも私も心が重苦しく沈んだ。フランツィの名前も呼ばれた。

私たちは神経を高ぶらせ、すっかり動転しながら手荷物をまとめにかかった。移送に引っかからなかった人たちは、大いに胸を撫《な》で下ろす一方で、去って行く人たちのためにいろんな生活必需品——食べ物、身につけるもの、毛布、スーツケース、それに靴に至るまで、この先少しでも役に立ちそうだと思われる品々を我さきに差し出してくれた。

「安全」そのものと信じきっていたパパとハインツの新しい隠れ家を訪ね、そして逮捕された私の誕生日から、きっかり五日後のことだった。行き先はアウシュヴィッツかもしれない……。誰しも心の中でそう思っていたが、ほんとうのところは誰にも分からなかった。

数百名の人が引き込み線で待っている貨車に向かって歩いて行った。手荷物を抱え、ごった返しになりながら家畜運搬用の貨車に向かって進んでいると、パパとハインツが忽然《こつぜん》と私たちの前に姿を現した。フランツィの姿は群集にまぎれて見えなかった。

貨車の近くまで来ると、大勢のジプシーが前半分の貨車に詰めこまれようとしているところだった。薄汚《うすよご》れた形《なり》をしたジプシーの父親や母親が、乳飲み児《ちのみご》や幼い子を胸に抱きかかえ、歩けるほどの子どもたちは母親のスカートに必死にしがみついている。私たち親子四人も、離れ離れにならないようジプシーのようにぴったり体をくっつけ合って、なりふりかまわず押し合いへし合いしている人の間をかいくぐって荷物や毛布を貨車に放り入れると、なかに乗りこんで隅の方に身を寄せた。パパがかばうように私の肩にぎゅっと手をかけ、ママはハインツをしっかり抱きかかえていた。あまりに沢山《たくさん》の人が詰めこまれていたので腰をかがめる隙《すき》もないほどだったが、家族揃《そろ》って一カ所にいられることだけでも救いだった。目を上げると天井近くに鉄格子《てつごうし》のはまった小さな高窓《たかまど》が見え、床の隅の方に唯一私たちに与えられた道中の備品、金属製のバケツが二つ置いてあるのが目に入った。

ヴェステルボルクに残ることになった人たちが、大挙《たいきょ》して引き込み線のところに見送りと激励に出ていた。そのまま一時間ぐらい経った頃、甲高《かんだか》い号令の声がとぶと同時に貨車の扉が閉ざされた。ガシャン——閂《かんぬき》錠の落ちる音がして急に周りが真暗になり、人々の顔がかき消えた。地獄への降下……。車体がひと揺れすると、移送貨物列車は動き出した。旅の間、ほとんど立ちづめだった。人々は何とか少しでも隙間《すきま》をつくって交代で腰を下ろしたり、互いに助け合おうと努力してみたが、できることといったら絶望的なほど何もなかった。

一日一回貨車の扉が開いて汚物バケツが空にされ、家畜に餌をやるのと少しも変わらないやり方でパンが投げ込まれた。次々に病人が出て車内にはますます臭気が立ちこめ、緊張した空気がみなぎるようになった。半狂乱になった妊婦もいた。途中で赤ちゃんが生まれかかったら、どういうことになるのだろう。

貨車が停《と》まって扉が開くたびに、人々は警備兵にとりすがって車内の窮状《きゅうじょう》を訴え、助けを求めたが、軍用犬が吠えたて冷たい銃口が睨《にら》みつけるだけで、SS隊員らは表情ひとつ変えずいっさい取り合おうとはしなかった。隙をみて外にとび出したい衝動にかられるが、結局撃ち殺されるだけとみんな分かっていた。必死になって助けを求める車内に返ってくる言葉はたったひとつのドイツ語、「黙れ！　薄汚いユダヤ人ども！」。

次に貨車が停まって扉が開くと、線路に沿って機関銃が銃口をこちらに向けてずらりと並んでいるのがみえた。結婚指輪、時計など貴重品《きちよう》をひとつ残らず差し出せとわめいている警備兵の怒鳴り声が耳に入ってきた。警備兵の目をかすめようと試みるものはその場で撃ち殺すと脅かされて何もかも提出させられたので、この後はもう時刻を知ることさえできなくなった。

ひっきりなしに一時停車をくり返しながら、貨物列車は二日ないし三日昼夜《ちゆうや》を分かたず走り続けた。時折、待避《たいひ》線らしいところで長時間停まったままになると、車内の空気の流れがパタリと止まり、貨車の中は蒸し風呂同然の酸欠状態になって、ふたたび大勢の人が倒れていった。

ほぼ三日のあいだ走り続けて、ようやく貨車はある地点で完全に停止した。外の方でドイツ語が激しくとびかっているのが聞こえてくる。ドイツ語で育った私には彼らが何と叫んでいるのかよく分かった。貨車の扉がきしみながら開けられると、トラックが数台並んでいるのが見えた。「病人、ならびに歩きたくないものは、トラックに乗って目的地に向かってもいいぞ」。SSが叫んでいた。貨車の床から次々に荷下ろしホームにとび降りると、「また向こうで！」。口々に声をかけ合って、大勢の人がホッとしたようにトラックの方に向かって歩き出した。私たちはトラックが走り去るのをだまって見送っていたが、後になってこの人たちがそのままガス室に運ばれていったことを知ることになった。

軍用犬を従え銃をかまえたドイツ人の監視兵が、人々を車外にせき立てていた。集められたユダヤ人とジプシーの膨大《ぼうだい》な数に較《くら》べると、立ち会っている監視兵の人数はいかにも僅《わず》かだったが、人々は不思議なぐらいおとなしく無抵抗で彼らの命令に素直に従った。これからはずっとましになるだろう、いくら何でもこれ以上悪くなるはずはない――このとき、人々はこんな風にまだ楽観的に先のことを考えていたからに違いない。

貨車から降りかかったとき、これを今すぐ着るのよと言ってママが急いで自分の丈長《たけなが》のコートとおとなっぽいフェルトの帽子《ぼうし》を渡してよこした。こんなに暑いのにママは何てことを言うんだろう。私はコートをママの方に押し返そうとした。「スーツケースは取り上げられてしまうかもしれない。そうなったら持って行けるのは着ているものだけになるのよ」。ママがそう言うが早いか、「手荷物はまとめて線路の側《そば》に置け、直《ただ》ちに五列縦隊《じゅうたい》に並べ！」。SSが叫ぶのが聞こえた。しぶしぶ私はコートを受け取り、自分では選びっこのない不格好《ぶかっこう》な大人の茶色の帽子を頭に載せた。横からパパが気を引き立たせるように言うと、「なかなか似合う。立派なレディーだ」。

ハインツも疲れきった青白い顔をして私の方を見ながら力なく微笑《ほほえ》んだ。先に降りたったハインツが私の方に手を差しのべてくれた。ハインツの腕の中にとび降りてその首にしがみついた瞬間、あたかも永遠の別れの門口《かどぐち》に立ったような思いに駆られて、私たち兄妹は無我夢中で互いの体を抱きしめた。

一時間ぐらいかかって全員プラットホームに降りたつと、今度は男と女に分かれて整列するように命じられた。離れぎわ素早く私の両手をにぎりしめたパパは、私の目の中をじっとのぞきこむと、「神さまが守って下さる」とささやいた。ママはハインツをしっかり抱きよせて、髪の毛をまさぐりながら顔に唇《くちびる》を寄せた。最後にパパとママが抱擁《ほうよう》を交わし、それから私たちはそれぞれの列に入って、五列をつくって男女別々の方向に歩かされていった。

一〇分ぐらい行くと、待ち受けていたSSの一団がみんなを右側と左側に分け始めた。年寄りと十五歳前後までの子どもは全員右へ、残りの女性は左へ。幼い子どもを連れた母親は、右側に寄せられた年寄りの女の人に子どもを渡すように命じられた。私の番が近づいたとき、すぐ前に並んでいた八、九カ月の男の赤ん坊を抱いた女の人が、赤ん坊を離したくないといって逆らい、すぐに激しく泣き出した。

一人の年寄りがこれも目に涙を溜《た》めながら「心配しないで、私がちゃんと坊やの面倒をみて差し上げますからね」。優しく声をかけて赤ん坊を抱きとろうとすると、いかにも弱々しいその細い腕の中で赤ん坊は母親の方に戻ろうと身をのけぞらせてギャーギャー泣き出した。「坊やと一緒に行かせて！」。必死で頼みこむ母親をSSが邪険《じやけん》にこづき、赤ん坊はますます火のついたように泣き叫んだ。ややあって女の人は気をとり直し今度はつとめて冷静を装いながらSSに理性的に嘆願《たんがん》した。「この子は目に見えるように成長が早いのです。一度離されてしまったら、すぐに分からなくなってしまいます」。SSの顔はビクともしない。「どうか、どうかお願いです。坊やを取り上げないで……」。今度は、女の人は泣きながら赤ん坊を年寄りの手からもぎ取ろうとしたが、SSが間に立ちはだかって、年寄りを赤ん坊ごと向こうへ行けと追い払った。

私のすぐ後で一部始終を見守っていたママが、一歩女の人の方に近づいてその肩を抱えるようにして、「あなたのほうでお子さんの見分けがつかなくなっても、あの方があなたを覚えていてちゃんと坊やを返してくれますからね」。慰《なぐさ》めるようにそう声をかけると、ようやく女の人は落ち着きを取り戻して列の中に戻った。

選別はこれっぽっちの情状酌量《じようじようしやくりよう》もなく進められ、どんなに抵抗しようと泣きわめこうと、家族と同じ側に行かせてくれと懇願《こんがん》してみても、何の効きめもなかった。家族はただ機械的に離されていった。しかしこの「選別」が何を意味するものなのか、この時点で私たちはまだ何も気がついていなかった。

私の番になると、SSは頭の先から足元までさっと見回して、左に行けと身ぶりで示した。すぐ後からママも左側へすべりこんで、私の腕をしっかり握った。後日、この日移送されてきたグループの中で、十五歳になったばかりの私が、大人たちの中でとりわけ最年少者だったことに私は気づいた。大勢の母親が私と同じ年齢の娘たちをこの選別のときに失っていたのである。あのおかしなママのコートと帽子が私の命を救うことになり、こうしてパパの祈りが再びかなえられた。

第七章　ビルケナウ女子収容所

私たちが運ばれてきた貨車の線路は、女子収容所のあるビルケナウ構内で終わっていた。男子収容所の置かれているアウシュヴィッツからは距離にして四、五キロほどいったところだった。花々がいちばんきれいな五月のよく晴れた日だというのに、草木一本目に入らなかった。見渡す限り乾ききった殺伐《さつばつ》とした風景が目の前に広がっていた。

ママと私は列に入って歩いて行った。ヴェステルボルクで一緒だった女の人たちが大勢いて、少し先の方にフランツィの姿も見えた。手荷物から解放されて、体をのばして大気の中を歩けるのにホッとしたのも束《つか》の間、すぐに私たちは喉《のど》が渇いてふらふらしてきた。二〇分ぐらい歩いてヘトヘトになってやっと巨大な敷地の門に辿《たど》り着いた。

電流を流した、人の背丈よりも高い鉄条網の壁に囲われて、醜《みにく》い木造建てのバラックが幾重《いくえ》にも連なって遥《はる》か遠くまで続いていた。いくつもの監視塔から見張りのドイツ兵が構内全体を見下ろして監視している。とうとうドイツ兵の掌中《しょうちゅう》にすっぽり陥《おちい》ってしまった。ひどく暑い陽気だったのに、震えが襲《おそ》ってきて体中ガタガタ震えた。

収容所の門をくぐると、ひとつのバラックに導かれ、「歓迎式」が始まるまで起立したままで待つように命じられた。既に二十四時間以上何も口にしていなかった。そのうち何人かが気を失って倒れ出したが、気にとめる人は誰もいない。初めのうちこそなんて無情なことだろうと思っていたが、そのうち倒れた人がとても羨《うらや》ましくなってきた。気を失ってしまえばもう何も感じないで済むのだから。

何百もの人が一度に押しこめられた通気の悪い部屋の中で、銃をかまえた監視兵に見張られながら際限もなく立ったまま待たされた挙げ句、やっと「歓迎委員会」のメンバーが姿を現した。青と灰色の縞《しま》の囚人服を着た女が八人、とげとげしい顔にフンという薄笑いを浮かべながら入ってきて、列の間を巡回しだした。カポ——SSが統治する収容所の中で直接収容者の監督監視に当たっているポーランド人の囚人——は私たちの列の間を乱暴にかき分け、ぶち当たりざま次々に手にした笞《むち》棒で打ちながら蔑《さげす》むように声を出して回った。「ようこそビルケナウへ。今頃になってここに連れてこられるなんて、あんたたちも運がいい。我々はもう何年もここに入れられっぱなしなんだ。しかし本日からはいっさい我々の命令に従ってもらう。これまでの運もおしまいと肝《きも》に銘《めい》じることだ」

ごつごつした体つきのもう一人のカポが前に進み出ると、列の方に向き直って言った。

「火葬場の臭いに気がついただろうが。さっきお前たちの家族が連れて行かれたのは浴室なんかじゃない、ガス室だったんだ。今頃はジリジリ火あぶりの真っ最中だ。もう誰一人帰ってきやしないんだ」

私たちは耳を塞《ふさ》いだ。カポは脅し文句をもてあそんでいる――まともな話であるわけがない。想像を絶する、身の毛もよだつようなカポの言葉だった。

「汚れきったお前たちユダヤ人に、これからシラミ退治のため消毒を行う。それに続いて入れ墨と散髪、最後に着替えを支給する」

「みんな喉がひどく渇いています。お水を頂けないでしょうか」。ママが突然、列の中から前に出てカポに頼んだ。こんなちっぽけな要求に耳を傾けてもらえるとでもママは思ったのだろうか。自分たち自身の難儀で一層険《けわ》しくなっているカポの顔には、ママの嘆願《たんがん》にあっても何ひとつ同情の色が浮かばなかった――今までがたいそうなご身分だったのさ。ここではそうは行かない――ありありとカポの顔にはそう書いてあった。

列に戻されたママは体がふらっとして卒倒《そっとう》しそうになったが、みんなびっしりと肩をくっつけ合って並んでいたので倒れこむ隙間《すきま》もなかった。それでも同情気のあるカポの一人がママの側《そば》に近づいてきて頬《ほお》をたたきながら、「気を失っては駄目《だめ》。危ないよ。もう少しだけ我慢しなさい」と声をかけた。それから全員の方を向いて、「チフスと赤痢《せきり》菌がうようよしているから蛇口《じゃぐち》の水は飲まないように」と注意を述べた。

コートと帽子《ぼうし》は暑苦しく重たくて、死ぬほど喉が渇いた。扁平足《へんぺいそく》を矯正《きょうせい》するために靴の中に入れてある金具で足が痛んだ。金具をはずしてこのまま座りこむことができたらどんなにいいか……。やがてやっと列が動き出した。私たちは大きな建物の中に連れて行かれて、前の部屋で着物その他、身につけているものを全部脱ぎすてるように命じられた。ぐずぐずしながらママとフランツィの方を見ると、二人とも服を脱ぎにかかっていたので、私も仕方なしに裸になった。靴を脱ごうとしていると、矯正具は失《な》くさないようにしっかり手に持つんですよ、とママが注意した。私たちは裸のまま列をつくって浴室の中に入っていった。大きなコンクリートの密室——窓も仕切りもなく、天井に水の噴き出し口のついた鉛管《えんかん》が走っていて床には水を流す溝と下水の穴があった。

背後で扉の閉じる音がした。途端《とたん》にカポの言葉が頭をかすめ、体が震え出した。ほんとうに水が落ちてくるのだろうか。それともガスだったら？　ママの手がギュッと私の手をつよく握りしめた。すると突然、上から水がふりかかった。石鹼《せっけん》もタオルもなかったが、三日にわたるひどい旅で汚れきった体を冷んやりした水に浸《ひた》すだけでもすごくいい気持ちがして、私は両手をまるめて水を受けるとがさがさに渇いた唇《くちびる》に当てがった。

ママが私のお尻をペタペタたたいてほほえみながら私を見下ろした。水に濡《ぬ》れて色濃くなったブロンドの髪が、ママの耳からうなじにかけてまとわりついていた。ああママはまだ何て若いんだろう――いとおしいママ……。

シャワーの流れが止まると、反対側の扉が大きく開いて外に出された。濡れた体を拭きとるタオルもなく、裸のまま外気で自然乾燥というわけだった。それから今度は一列に並ばされて、一人ずつ二人のカポの前に出て髪の毛はおろか体じゅうの体毛を全部そられることになった。ここ二年ほどの間に、少しずつ生え揃《そろ》ってきた私の大切な柔らかい恥毛もそられてしまうのだ。

「両脚を開いて！」。カポに促され、カミソリの刃が柔らかい肌に当てられると、私は恥ずかしさで熱くなった。どうしてこれほどまでの屈辱《くつじょく》を受けなければならないのか。次に脇毛がそられ、大きな切れ味の悪い刃の先がいよいよ頭に当てられた時、こらえきれなくなったママが私の髪の毛を手ですくいながらカポに頼み込んだ。

「この娘はまだこんなに小さいんですもの、少しだけでも残しておいて頂けませんか？」。またまたママのお世話が始まった。ところが驚いたことにカポはママの頼みにうなずいて、私の頭にブロンドの髪を二センチばかり残してくれたのだ。

「とても可愛いわよ」。ママはにっこりすると、今度は自分の頭をカポの前に差し出しながら「足の矯正具はちゃんと持ってるんでしょうね?」。私の方を横目でみて、しっかり忘れずにきいた。

「あら忘れちゃった。シャワーのところに置いてきてしまったんだわ」。矯正具のことなど頭からすっかり抜けていた。

「まさかお前」。苦々しげにそう言うママは、私に対してと同様に自分の惨《みじ》めな状態にもいらだっていた。髪の毛をすっかり刈りとられて丸坊主になってしまったママの顔は、いまやこれまでのママの顔とはまるで違ってしまっていた。

「あれがなくて、どうやってお前のその悪い足が治せるっていうの、この子は」浴室まで取りに戻ろうと慌《あわ》てて列からとび出そうとすると、笞《むち》棒をもったカポにすかさず列に押し戻されてしまった。

丸坊主にされた裸の女たちは、次に部屋の隅の方に置いてある机のところに行かされて、入院手続きでもする具合に、一人ずつ口頭《こうとう》で姓名、年齢、職業を聞かれ書類に書きこまれた。私の前に並んでいる人たちはたちどころにいっぱしの職業人になってしまったみたいだった。家庭の主婦はそれぞれに、「コック」「洋裁師」あるいは、「靴直し」「看護婦」などと答えている。それで私は自分の番になったとき、慌てて「秘書」と申し立てた。

ときどき男性のＳＳが見回りにやって来て、裸の女たちを卑猥《ひわい》な目つきで面白そうに眺め回し、若い娘《こ》の尻をつねったりしてふざけて回っていた。私の側にも一人近づいて来て同じようなことをした時、私はとうとう堕《お》ちるところまで貶《おとし》められてしまったと思った。自分たちは彼らにとってもはや一個の人間ではなく家畜同然なのだ。

次にまた列をつくって囚人番号の入れ墨をするため順番を待った。ママが先に入れ墨された。私の番になると、ママは肩を抱くようにして側で見守ってくれ、「まだほんの子どもです。どうか痛くないように」と、心配しながらカポに声をかけた。この時もカポはママを怒鳴りつけずに、できるだけ軽く私の左の前腕に入れ墨を入れてくれたので、私の囚人番号は他の人のに比べるとずっと薄くついた。全員に入れ墨が入れ終わるまで延々と時間がかかったので、その間にもますます喉が渇いて立っていられなくなった。このあとどこかでちょっとでも水らしいものが目に留まったら、何が何でもそれを口にしようと私は心に決めた。

やっと最後の「レセプションルーム」に移されて、着るものが支給されることになったが、与えられたものはサイズのまったく合わないブルマーが一枚と上着が一枚、そして左右不揃《ふぞろ》いで大きさもちぐはぐな靴が一足、というよりは一本ずつ無造作《むぞうさ》に投げ渡された。どれをとっても体に合うものがなく、みんな人々の間を往《い》ったり来たりして少しでもましなものと交換して回らなければならなかった。とうとう足の矯正具もこれでおしまい——内心ほっと思う。長い全工程がやっと完了していよいよ外に出されかかった時、突然カポを怒鳴りつけるSSの大きな声がして、それに続いてカポが私たちにもう一度部屋の中に戻れと叫んだ。「事務上」の手落ちが見つかって囚人番号にミスがでたので入れ墨のやり直しをするというのだ。私の番号はA／5232からA／5272に変えられた。いつも私が練習帳の計算間違いを直していた時のような気軽な調子で、カポはいとも無造作に3の数字の上に斜めの筋を入れると、その上から7の数字を刻みつけた。

無限に続く苦行がやっと終わって、まだ明るい夕暮れの屋外に出されると、私たちは五列になって自分たちに割り当てられたバラックのあるブロックに向かって歩かされた。その時ふとひとつの建物の外壁に水道の蛇口がついているのが目に入った。私はとっさに列からはずれ脱兎《だつと》の如く《ごと》蛇口の側に駆けつけて、栓をひねって口をつけた。甘くておいしい水が流れ落ちてきた。すぐに何人かが私のあとを追いかけてきたが、カポの怒号で口もつけないうちに列に戻されてしまった。足に合わない履物《はきもの》をひきずりながら、私たちはほこりっぽい乾いた地面の上を、これから三週間いることになる隔離棟《かくりとう》に向かって、よろめくように歩いて行った。隔離棟があるなんて、このうえ何の用心が要《い》るのだろう。

ビルケナウ収容所はアウシュヴィッツ全収容所のうち最大規模のもので、広大な敷地の中に電流を通した鉄条網の柵《さく》でいくつにも仕切られて、無数のバラックが並んでいる。バラックのうちいくつかは当初厩舎《きゅうしゃ》として建てられたものだったが、その他のバラックは初期の収容者の強制労働によって建設されたものだった。ビルケナウ全体で数万人が収容されていて、二〇棟ほど並んだ隔離棟だけでも、一棟につき五〇〇人から八〇〇人の女性が収容されていた。

それぞれのバラックにはバラック長のカポが二人ずついて、ナチの監視体制のもとにブロック全体を管理していた。カポは少数のユダヤ人を含めほとんどがポーランド人のキリスト教徒で占められていたが、彼らは収容者をより苛酷《かこく》に扱ってその支配能力を発揮すればするほど、自分たちの立場を安全に保つことができるのだった。彼らには特別の待遇が与えられていて、バラックのはずれにストーヴつきの独立した小さな部屋を当てがわれ、自分たちで料理をすることもできた。私たちの方はといえば、何ひとつ設備のない大部屋で、三段になった木製の蚕棚《かいこ》ベッドの一段に一〇人ずつかたまって寝なければならなかった。

着いたばかりの初めてのこの夜、私はベッドの中段の仕切りに他の八人にはさまってママと一緒に身を横たえた。着いてから水はおろか食べ物はいっさい、与えられていなかった。まだ陽のある時間だというのに、夕食の時間が過ぎてしまったという理由で、次の朝まで何も出ないと聞かされた。身も心も萎《な》え果て、すべてのことに心を閉ざして、私はママの腕に頭をのせ、眠りに落ちた。

翌日の明け方、多分四時ぐらいの陽も昇らないうちに、カポがやってきて起床《きしょう》の合図をし、直ちにベッドを整頓《せいとん》するようにと指令した。毛布の両端はきっちり揃えて少しもはみ出さないようにきちんとたたむこと——〝ベッドづくり〟でさえ厳格を極めるのだ。次に部屋の清掃が行われたが、身回り品となく食べ物の屑《くず》さえ落ちていないのでは、それ以上きれいにしようもなかった。汚れているのはただひとつ、シラミのたかった人間だけというわけである。清掃が終わると、点呼《てんこ》のために外に出され、地面に整列させられた。外気はなま暖かかった。ほの明るい空の色が次第に青みを帯びて夜が明けそめていくのを、私たちは五列縦隊《じゅうたい》を組んでだまって立ちつくしたまま、じっと見つめ続けていた。全収容所挙げて外に出て整列し、空き地を埋めつくし点呼を待っていた。列の間を、犬をつれた監視兵が巡回している。

こうして二時間の点呼の間、身じろぎも許されず、まっすぐ前方を見つめたまま私たちは立ちつくしていた。今後収容所の全期間を通して、早朝と夕方の二回、毎日必ず直面しなければならなくなる点呼の試練の手始めだった。しかし、この暖かな夏の朝、まったくこれと同じことがポーランドの厳冬の夜明けにも欠かさず続けられて、収容者にとって真正《しんせい》の拷問《ごうもん》の苦しみに転ずることになるとは、このとき私たちの思い及ぶところではなかった。加えて点呼にひとつでも穴があいてひっかかると、初めから全部やり直しになるということも。季節が夏から秋、そして厳寒の冬へと移るにつれ、どんどん人が死んでいったが、その結果点呼で返事が返ってこないと、またやり直しで延々どこまでも続き、それでまた多くの人が倒れ、夕方の点呼までにさらに死者が出るのだった。

前日からのひもじいお腹をかかえ、渇ききった喉をして、この初日の朝の点呼は特別苦しいものとなった。陽がすっかり昇ってからも点呼はまだ続いていた。それからやっとバラックに戻され朝食が配られた。一〇センチ厚さの黒パンひと塊《かたまり》と、五人にひとつあてがわれたはげたホーローびきのコップや古いブリキのコップに入った冷えきった砂糖なしの代用コーヒー。飲み物を確保するためにはどうしても専用の容器が要ると骨身にしみて分かったので、後になってからママと私は何回分かのパンを犠牲にして、どうやらコップひとつと交換できた。この朝はやっと私がコップに口をつけようとすると、同じように死ぬほど喉の渇いた別の人が横からコップをもぎとっていってしまった。ママには一口も回ってこなかったはずだ。配られたパンが一日分の量だとも気づかず、私はあっという間に全部平らげてしまった。

朝食が済むと、一団になって五ブロック離れたところにある共同トイレのバラックに連れて行かれた。バラックの中央に流れている下水槽《げすいそう》の上に、一段高くなった石の床がずっと端の方まで続いていて、その中央に沿って見張りのカポが歩いている。コンクリート台の上にはそれぞれ三〇ぐらいの丸い穴が両側に二列にくりぬいてあるだけで他には何もなかった。水洗設備はおろか、チリ紙すらなく、もちろんプライバシーなど論外だった。トイレは悪臭に満ちていた。

パパが口を酸《す》っぱくして言っていた注意が頭から離れなかったので、私は穴の縁に腰を下ろさず立ったまま用を足そうとした。他にも嫌悪感にゾッとしながら、同じように立ったまま用を済まそうとしている人たちがいた。ところが行きつ戻りつ監視していたカポが、私のうしろに近寄るなり苔棒《むち》で肩をたたいて無理矢理《やり》しゃがみこませ、続いて次々に立って用を足している人をどやしつけながら馬鹿にしたような口調で怒鳴って回った。「ここに来られるのは集団で一日三回と決まっている。できるときにしっかり済ませておくんだね」。カポの一言とともにトイレの時間は終了し、また行進して今度は鉄条網で囲われた空き地に連れて行かれ、その囲いの中で一日じゅう放り出されたままになった。陽射《ひざ》しがそりたての頭にもろに照りつけ、首筋や耳の裏を焼き肌をジリジリ焦がしたが、逃げこむ日陰《ひかげ》も腰を下ろすところもなく、それにすることも何もなかった。

三週間のあいだ、雨が降ろうが風が吹こうが、こうして私たちは来る日も来る日も一日じゅう外の空き地に放り出されていた。どしゃ降りの日はずぶぬれ、乾ききった地面は泥沼と化してくるぶしまでぬかり、体じゅう泥だらけになった。人間としての最低の必要もかなえられず、身を寄せる軒先《のきさき》ひとつ奪われて、私たちはまるで動物のようだった。餌と水をきちんともらえるだけ、動物の方がまだ幸せだった。

仕方なしに、私たちは、そこここに小さな輪《わ》をつくっておしゃべりをして一日をやり過ごした。オランダから連れてこられた人が大部分だったので、みんな似たりよったりの道を通って来ていたし、なるべくお互いを親密にしておきたかった。フランツィはここに来る以前のような勇気をまだ失ってはいなかったが、今では自分のためにも少しばかり慰《なぐさ》めを必要としているようにみえた。

「エヴァをみると妹のイレーネを思い出すんです」。私の手を握りながらフランツィはママの方を見て言った。「ですもの、ここでは私たち三人ひとつの家族と言ってもいいんじゃないかしら」

「もちろんそうですとも。三人でしっかり助け合ってやっていきましょうね」。ママがフランツィに答えた。通常の人生を超えた異常な境遇で交わし合ったシンボリックな約束ごとだったが、この日から私とフランツィの間には、心の底で結ばれた本当の友情が芽生《めば》えたのだった。

第八章　ミニにめぐり合って

次の日の朝、私は激しい胃けいれんと下痢《げり》に見舞われ、カポの部屋まで這《は》うようにしてやっと辿《たど》り着いて、トイレに行く許可を願い出た。もはや一刻の猶予《ゆうよ》もなかった。すると、あろうことかカポは私に向かって「バカ、まだお前の番じゃないだろう」と怒鳴るように答えた。

「でももう我慢が……」

「他の人と同じように、あんたも時間が来るまで待つんだ！」

私は狼狽《ろうばい》した。激痛で体が二つに折れ曲がり、これ以上もちそうになかった。やにわに外に駆け出すと、私は空き地の隅に走って行って地面にしゃがみこんだ。すかさず私の後を追いかけて来たカポが、思いきり私の頭をなぐって怒鳴りつけた。「不潔きわまりないこのユダヤ人め！　この調子だからお前たちはみんな赤痢《せきり》やチフスにかかっておだぶつになるんだ！　自分で自分の面倒もみられないバカものめが」。そう言いざまカポは服の端をつかんで私を前の方に突き飛ばすと、はげしく私の体を揺さぶりながら顔中おかまいなしにびんたの雨を降らせたので、耳がガンガン鳴り出し、頭がぼうとして前よりももっと具合が悪くなってしまった。

「お前たち、これをようく見ておけ」。うしろを振り返ってみんなの方を見ると、カポはさらに大きな声を張り上げた。

「この馬鹿娘みたいのがいるから、みんな伝染病にかかって死んでしまうんだ。いい見せしめだ。厳重な罰を与えなければ」

懲罰《ちょうばつ》の執行に立ち会うため全員が駆り出され、犯罪者を囲んで円陣《えんじん》をつくらされた。私は地面に膝《ひざ》をついて重い木製の腰掛けを両手でかかえさせられ、それを真っすぐ頭の上に捧げもたされて、いいと言われるまでそのままの姿勢でいるように命じられた。膝をつこうといざった時、再び胃が激しくけいれんした。太陽が容赦《ようしゃ》なく照りつけ、喉《のど》がからからに渇く。緊張しきった腕が今にも折れそうだ。頭上高く伸ばした腕がだんだん下がってくると、すかさずカポが近づいて来て蹴り上げた。苦しくて今にも死にそうだった。

私の真ん前に立ちはだかって、ママが手をもんで泣いていた。娘の苦しみを目の前にしてなすすべもないママの顔は、胸も張り裂けんばかりにゆがんでいる。やがて周りから声が上がり始めた。「しっかりおし、エヴァ！」「もうすぐおしまいだからね！」「負けちゃ駄目《だめ》！」

そのまま数十分過ぎても、取りなそうとしてくれるカポはいない。二時間ぐらいたって、「これで少しは懲《こ》りただろう、命令がいかに大切なものか分かったはずだ」。やっとカポの声が聞こえてきた。

永遠に続くかと思われた拷問が終わった。どっとみんなが取り囲み、口々に慰《なぐさ》めたり誉《ほ》めそやしたり、年端《としは》もいかないのによく頑張ったと言いながら、引きずるようにして私をバラックに連れ帰ってベッドに寝かせた。そのまま一日ベッドに横たわっているうち、夕方までにはおなかの痛みも少しはとれて気分もよくなった。

病状はいっとき快方に向かうかに見えた。小さな英雄扱いされたことが私の気持ちを高揚《こうよう》させたのだ。息子や娘たちと引き離された人たちが、ありったけの母性愛をここぞと私に注ぎこみ大切にしてくれたからだ。しかし病《やまい》は去っていなかった。数日後、私は燃えるような高熱で震えながら目を覚ました。何としてでも点呼《てんこ》に起きなければ——そうしないと、他の人たちが何度もやり直しをさせられて長いこと外に立たされる……。

「ママ、手を貸して……」。歯がガチガチ鳴って声にならなかった。ママに引き起こしてもらって抱えられるようにして外に出ると、SSやカポの目が離れた隙《すき》に後ろの壁に寄りかかれるよう列の最後に並び、両脇からママとフランツィに支えられて夜明けを待った。意識がもうろうとしていた。点呼が終わったと聞かされた瞬間、ふらふらとくずれ落ちそうになった。なかば意識を失ったまま、その日は一日じゅう外でうずくまっていたが、次の日になっても症状は変わらなかった。

収容所で高熱に見舞われた同床者は、このうえない危険人物だった。そのうち同じベッドの人たちから、早く私を病院に連れて行けとママに文句が出始めたが、私は絶対に行かないとうわ言のように言い続けるばかり。ガス室の存在を真にうけていたわけではなかったが、病院ブロックでは最も弱っている者たちを収容して真っ先に彼らを処刑するに違いなかったし、そうでなくてもそこではかずかずの惨《むご》たらしい人体実験が行われているという噂《うわさ》だった。

「死にたくない……ママから離さないで……」。ママがそばにいるかぎり、私を守ってくれるに違いない。病気の辛《つら》さと殺されるかもしれないという恐怖がごちゃ混ぜになって、私は泣きながら病院に行くのを拒み続けていたが、みんなの気持ちは当然そんなことでは動かなかった。「診《み》てもらえばお薬がもらえるのよ」「死ぬんじゃなくて助かるために決まってるでしょう」。しまいにフランツィまで「自分のためじゃなくとも、お願いだからみんなのためにそうして頂戴《ちょうだい》」と言い出した。

誰もがチフスを疑っていた。しまいにとうとう私は押し切られて、病院に行くことに同意した。規定通りママは私の囚人番号と、付き添い人として自分の囚人番号を朝のうちにカポに申し出て、私たちはブロックごとに診察の日の順番が回って来るのを待った。当日が来ると私は熱に震えべっとりと汗をかきながら、一〇分ぐらいの道のりをママに支えられて病棟まで歩いて行き、薄汚れて哀《あわ》れな様子をした他の患者たちに混じって、病院の廊下の片隅に並んで名前を呼ばれるのを待った。

「病院」は、他と同じ造りのバラック建てだったが、一歩中に入ると他よりはずっと清潔で、病院らしいきびきびした雰囲気が流れていた。白いエプロンを掛けた看護婦や白衣をつけたユダヤ人医師の姿が見え、往《ゆ》きかう医療雑役係《ざつえきがかり》が身につけている青と灰色の縞《しま》模様の囚人服はこざっぱりしていて、食事もきちんと与えられているようだった。何かしら少しは心強い感じがしてきた。

間もなく次の患者を呼び入れるために、一人の看護婦が診察室の戸口《とぐち》に姿を現した。上背《うわぜい》のある洋梨型のしっかりした体つきに、頭の上にはちゃんと髪の毛が残っていて、その顔は天使のように優しそうだ。アマゾネスを思わせるような堂々としたその姿は、こんなところで見かけるには場違いな感じがして、小気味《こきみ》よい動作から何か責任ある仕事についていることが窺《うかが》われた。

看護婦の姿を一瞬目にしたママの口から悲鳴に近い叫び声がほとばしった。ママがひどく興奮しているのが、もうろうとしている私にもはっきり伝わってきた。

「ミニ！」

ママが発した大きな声を聞いてこちらを向いた看護婦は、「フリッツィ！」と叫んでころがるように駆け寄って来ると、ママの腕の中に身を投げかけた。泣き笑いの抱擁《ほうよう》がひとしきりつづいた。ミニだった。プラハに住んでいるはずの母方の親戚で、従姉《いとこ》と呼びママが小さい頃しょっちゅう姉妹みたいに仲良く休暇を過ごしたことのあるミニだったのだ。当のその人に他でもないこの危急《ききゅう》の時にこの場でめぐり合えるとは……。ミニの夫は高名な皮膚科の専門医だったが、今は同じアウシュヴィッツに収容されていて、ここでもドイツ兵の間でその技量が高く買われていたので、ミニは時々夫の助手も務めながら、ビルケナウに着いてから数カ月近く、こうして比較的安全な地位を占めることができていたのだった。

ミニは私を抱きかかえて自分で医師のところに連れて行ってくれ、診察が終わって投薬が決まるまでずっと側《そば》に付き添っていてくれたが、チフスの疑いありという医師の診断に同意しながらも、それでもまだ入院はしない方がいいと言った。私は薬をもらってママに助けられながら再びバラックに戻った。

その日の夕方、雷雨になり、しのつく雨の中で点呼が続けられた。ママはその晩もう私はもたないと覚悟したそうである。ずぶ濡《ぬ》れになった私は熱にうかされたまま抱きかかえられてバラックに戻り、ベッドの上に引き上げられた。フランツィが口に薬を含ませてくれ、私はそのまま昏睡《こんすい》状態に陥《おち》った。過去数週間にわたってうち続いた恥辱《ちじょく》と拷問のすべての記憶がこうして忘却《ぼうきゃく》の彼方《かなた》へと消え去って行った。

翌日の明け方、目を覚ますと、驚いたことに熱はすっかり引いていた。もう持ちこたえられる——私は点呼に出るため起き上がった。周りの人たちは私の様子を見ると目を丸くして驚き大喜びしたが、もちろんママはうれしさに気も狂わんばかりだった。パパがこのことを知ったらどんなに誉めてくれるだろうという思いが胸をよぎった。こと健康保持ということについては、とりわけ熱心なパパだったし、子どもたちがちょっとしたことで不平を言ったりするのが嫌いで、どんな困難に遭《あ》っても決してめげたりあきらめたりしてはいけないと、ことあるごとにハインツと私に言いきかせていたパパだった。この劇的回復を通して私は、パパがつね日頃子どもたちに教えさとしていたことが、実際に具体的な意味をもった大切な事柄だったということに改めて気づかされた。完全に望みが絶たれたように見える時でも、人間の体の中には治癒《ちゆ》能力が備わっていることを思い知らされたからである。

この時から、私は余り重要でないことに対してはおおさわぎしないようにしよう、と努めるようになった。あらたに芽生《めば》えたこの人生に対する見方は、その後の事態を耐える私の力となった。何事も本人次第なのだ。どんな目に遭おうと、私はこの苦しみを生き抜いてみせよう、私はそう心に誓った。

この頃になると、ユダヤ人絶滅《ぜつめつ》計画が実際に存在すること、そして行き着く先には確実に死が待ちうけていることを誰もがハッキリ認識するようになっていた。三週間の隔《かく》離棟《りとう》滞在中の初期の頃、これについて思い知らされるひとつの出来事が起こった。ある夕方の点呼の時、SS女性監視兵が、きれいな金髪を長い巻き毛にたらした愛くるしい小さな女の子の手を引いて私たちの前に現れた。二人の背後には、縞の囚人服を着て頭をそられたままだうら若いその子の母親がつきそっていた。女性監視兵は、上機嫌で女の子に隊列の数をリズムをとるように数えさせながら、居並ぶ列の間を動き回っていた。

「一人、二人、三人、四人、一列は五人……」

直立不動のままシーンと静まり返っている点呼の列の間を、女の子は数え歌に遅れないように、女性監視兵の口まねをしながらうれしそうにスキップして回っていた。

数日間同じ光景が朝夕の点呼の間に繰り返された。きっとあの女の子の母親はSS将校の愛人に違いない。みんなそう囁《ささや》き合っていたが、ある朝の点呼の時から、母娘の姿がパッタリ見えなくなった。バラックからも二人の姿は消えていた。

母娘は「選別」されてガス室送りになったという噂がまたたく間に広まった。生かすも殺すも彼らの風向きひとつ――この一件は自分たちの置かれている風に舞う木《こ》の葉のような立場を、私たちにハッキリと実感させたのだった。

ミニが出現したことによって、それでもママと私はずいぶん心強くなった。時々ミニは、黒パンのかけらとか薄いスープ――時にはチーズさえ――、配分以外の僅《わず》かな食べ物を差し入れがてらママと私を隔離棟に訪ねて来てくれたが、フランツィのために僅かばかりのけておくほか、私たちはミニの見ている前で全部一度に平らげた。絶えず空腹にさいなまれていたうえに、工夫してとっておいても、寝ている間や目を離したすきに必ず盗《と》られてしまうのがオチだったからだ。誰もが空腹にさいなまれていた。代用コーヒーと薄いスープにはまるで栄養分はなかったし、とりわけ五人で分けるのだからなおさらだった。ママと私は、ミニがくれる食べ物と交換して、二つのコップを手に入れることができた。

そのうち私たちが僅かな差し入れをもらっていることに感づいた人たちが、自分たちのためにもミニに頼んでもらえないかとねだるようになった。実際、収容所の中にはいくらでも食べ物があり余っていたのに、ユダヤ人の分は何もないという次第だった。ポーランド人の収容者には、家族や赤十字から食べ物の入った小包を受け取ることが一応認められていたので、この人たちには時々、ベーコンとかチーズだとか砂糖等の差し入れ小包が届くこともあった。この頃、私は甘味にひどく飢《う》えていた。

ある朝、共同トイレに行った帰り、地面の上で何か白くキラキラ光るものを見たと思った。もしかしてお砂糖?!　腰をかがめて指先につけて見ると、白い粒子がついてきた。指につばをつけては一粒も残すまいと、夢中になって拾って口に持っていったが、それは数週間ぶりに口にする甘い味がした。

第九章「カナダ」で遺品整理

隔離棟《かくりとう》収容期間の終わりにさしかかる頃、いよいよこれから就く労働作業の割り当てが決定されることになった。カポからこのことが発表されると、誰もが神経をピリピリさせた。就労の種類によってこれからの運命が決まるからである。

翌朝の点呼《てんこ》のとき、制服に身を固めた五人のSS将校の一団が登場してきた。点呼の列の間を進みながら、将校たちは私たち一人一人にそれぞれ仕事を割りふった。彼らの側《そば》に神妙《しんみょう》に控えたカポが、職種ごとに呼ばれた囚人番号をせっせとメモに書きつけていたが、将校たちの物腰《ものごし》はむしろ落ち着いていて仕事の割り当て工程は見事に統制がとれていた。しかし残念なことにそれぞれ符丁《ふちょう》で呼ばれているので仕事の内容は皆目《かいもく》見当がつかない。より望ましいものと、そうでないものがあることだけは確かだった。

将校の一団が私の方に近づいて来た。背をそらし頭を上げて、できるだけ良い印象を与えるようにと、私はぐっと気をつけの姿勢をとった。一行が目の前に立ち止まった瞬間、それまでの怖気《おじけ》がさっとふきとび、私はまっすぐ彼らの顔を見つめた。「カナダ！」。上官の方が、一瞥《いちべつ》するとカポに言った。「カナダ」が選ばれた者がする仕事であることだけは自分でも知っていた。みんなが行きたがっていた班だからだ。収容所の規則でかたく禁じられていることも忘れて、私は反射的に将校に口をきいた。

「母も一緒にお願いします」

カポが仰天して目をむいたが、将校は興味を覚えたらしく、「お母さんはどれだ？」と、おだやかな口調で尋ねた。

ママの方を指さすと、彼は近づいて行って、ママに後ろを向かせたり頭をつかんで左右に回したり、まるで家畜の売買人が馬の品定《しなさだ》めをするような仕草《しぐさ》であらゆる角度から調べ上げた末、「もちろんだ、いいだろう」と答えた。私はサッとママと目配せした――もしかしたら、思う以上にうまく自分たちの運命を切り開いて行けるかもしれない……。

ちょうどそのとき、囲いの外で騒ぎが起こった。激しく吠えたてる犬の鳴き声に混じって、銃声が聞こえた。逃亡者が出たのだ。ＳＳが慌《あわ》ただしく走り回り、カポが全員呼び集められ、私たちはそのままの姿勢で残された。間もなく絞首台《こうしゅだい》が組み立てられ、刑の執行を見守るため全囚人が招集された。見せしめだった。やせ細った小柄な女が一人、両腕を後ろ手に縛られて裸足のまま引き立てられてきた。衣服には血がこびりついていた。ママが惨劇の光景を見せまいと私の前に立ちはだかろうとした。しかし処刑は目の前で開始され、誰ひとり絶対に目をはずさないようにと厳令された。みんな顔を上げ絞首刑を見守っていた。私たちの目は開かれていた。しかしその光景は誰の目にも映らなかったのである。

逃亡を謀《はか》る人はそれでもなくならなかった。労働工場に行くため毎朝、収容所の小門をくぐって囲いの外に出ると、強烈な逃亡への誘惑がいや応なしに襲《おそ》ってくるのだった。犬を連れ、銃をかまえた警備兵が何人も隊列の脇を固め、一歩でも列からはみ出そうとする者がいれば容赦《ようしゃ》なく襲いかかろうと見張っている。逃亡などできるはずもなかった。私は始終《しじゅう》不安に怖《おそ》れ戦《おのの》いていたが、それでも時としてはかない希望のようなものが胸にこみ上げてくることもあった。私たちのバラックの中で、「カナダ」班に割り当てられたのはママと私を含む六人だけだったが、私たちは縞《しま》の囚人服を着る特権が与えられ、それに着替えると、全体で四〇〇人ぐらいの「カナダ」班に混じって隊列を組んで収容所構内の小門を出て行った。門をくぐり抜けるだけですっかり自由の身になったような気がして、私はかたわらのママに囁《ささや》くのだった。「何て凄《すご》い冒険なの！」

隊列の先頭に立って、収容者たちの小さな楽隊が行進曲を奏《かな》でて歩いた。それに全員揃《そろ》いの囚人服。これらはすべて門の外で野良《のら》仕事をしているポーランドの民間人に、収容所当局が収容者をまともに待遇しているということを印象づけるための演出だった。それでも、犬を従えた武装監視兵にものものしく取り囲まれ、坊主頭におびえきった表情を浮かべたこれだけ大勢のやせ衰えた一行を目にしては、何かとてつもなく恐ろしいことが収容所の内部で行われているということは一目で察しがつくはずだった。しかし、知りたくないことに直面したとき多くの人が真実から目をそらそうとするように、門の外にいる人たちも、私たちに見て見ぬ態度をとり続けたのだった。

太陽の直射日光が坊主頭をジリジリ照りつける道を、私たちは種分け工場、即《すなわ》ち豊《ほう》穣《じょう》の国カナダをもじって名づけられた作業場へと行進して行った。広大な敷地の中に、膨大《ぼうだい》な数の倉庫や屋根で囲われた作業場が立ち並んでいた。

「カナダ」はトラックが運んでくるガス室に送られて行った人たちの遺留品を、選《え》り分けるところだった。毎朝何台ものトラックが、移送貨物列車の着くプラットホームから、死に向かった人々が残して行った所持品を山積みにして運んできていた。見上げるような衣類や靴の山々があった。背丈より高い金属とガラスの積載《せきさい》物に近寄ってみるとそれは全部眼鏡でできていた。どうして眼鏡が要らなくなったのかしら、私にはまだ何もわからなかった。

私はママと一緒に何十人もの人に混じって、ひとつの大きな倉庫に行かされ、そこで一人ずつ鋏《はさみ》を持たされた。倉庫の中には何百着という毛皮のコートが積み上げられていた。この一枚一枚のコートの裏をはいで、貴重品が隠されていないかどうか調べるのだ。ほとんどのコートの中から次から次へといろんなものが出てきた。宝石、金貨、紙幣……余りにもたくさん出てくるので初めのうちは興奮してまるで贈り物の包みをほどいているような気分になった。ビスケットやお菓子が見つかると、みんな大歓声を上げてとびついたが、これは大目に見られてそのまま食べても叱《しか》られずに済んだ。

宝探しに気をとられて、私たちは緊張も忘れはしゃいだ気分になっていた。古参《こさん》の収容者の中には、宝石やダイヤの指輪など、小さくて人目《ひとめ》につかないものが見つかると、後で掘り起こそうと足元の地面を小さく掘って埋めこむ者もいた。こうしてしばらくの間、浮かれ気分で作業に没頭《ぼっとう》しているうち、私は突然ガツンと頭を殴られたように我に返った。これらさまざまの貴重品をコートの裏に縫いこんだ、当の持ち主たちのことが頭に浮かんだのだ。幸せそうに微笑《ほほえ》んでいる両親の胸に抱かれた、一枚の赤ん坊の写真が現れたときだった。たったひとつの貴重品として、こんな家族の写真が一枚だけ大切に隠されていることもあったのだ。家族に囲まれてうれしそうに顔をほころばせているバルミツバー（ユダヤ人の男の子が一人前のユダヤ教徒として十三歳で受ける成人式）の少年の写真に行き当たったとき、《何という極悪非道《ごくあくひどう》の行いをしているのだろう》と私は一瞬目まいがして、作業場の囲《まわ》りの壁がぐるぐると一度に回り出すような錯覚《さっかく》に襲われた。写真に写っているこの家族たちが、この世でもう一度一緒になることはもう決してない。私は体が硬直して、こんなおぞましい仕事を楽しんでいた自分に対して激しい怒りがこみ上げてきた。

一日の労働が終わって収容所に戻ってくると、その日一日逃亡者が出なかったかどうか調べるために何時間も点呼にとめおかれたが、逃亡者は必ずあった。最愛の家族と引き裂かれ、日夜飢《う》えにさいなまれて、もはや非道な扱いに耐えきれなくなった囚人が常に存在した。逃げきれないことは百も承知で、どのみち命を落とす前にたったひとつ残された選択を敢《あ》えて試みようとするのだった。門の外で隊列からとび出して撃ち殺されるか、犬に引き裂かれるか、あるいは収容所に戻ってきてから高圧電流の流れている鉄条網に身をおどらせて、絶叫しながら焼け死んでいった。

強制収容所の人々に残された、ただひとつの生きる手段は、自分で自分を律しきれるかどうかということにかかっている。収容所生活をひたすら本人が耐えることで生き延びられるものなら、私はこの期間を自分の忍耐力を試されるひとつの挑戦として受けとっただろう。しかしここでは、闘牛場《とうぎゅうじょう》に引き出された雄牛《おうし》も同然、私たちに公平なチャンスなど何ひとつ残されていなかった。収容所のすべての機構は、私たち全員を絶滅させるように仕組まれていたのだから。それにもかかわらず、私の生き延びたいという意志は強烈だった。どんなことがあってもすべてのことにひとつひとつ打ち克《か》っていこうと私は自分自身に誓っていた。

「カナダ」から戻って来ると、盗品がないかどうか調べるために屈辱《くつじょく》的な身体検査が待ちうけていた。口を大きく開けさせられ、靴を脱がされ、着ているものも全部脱いで素っ裸にされることもあった。それでもバラックの親しい人たちの頼みに負けて、ママと私はビスケットとかお菓子とか何かしらを、フランツィや一人二人のためにこっそり持ち帰ることもあった。ミニでさえ溜息《ためいき》まじりに、身を焦《こ》がして言うのだった。

「フリッツィ、いい人ねえ。私、銀のスプーンがひとつ欲しくてたまんないの。何とかならないかしら」。プラハの裕福な家庭に育ったミニは、アウシュヴィッツでは何よりも上等品であるはずの錆《さ》びついたスプーンや傷ついたコップが、どうしても身に染《そ》まなかったのだ。

「そんなこと無理に決まってるじゃないの」。ママは眉《まゆ》をつり上げたが、ふと思いついたことがあるらしく、「でももしかしたら、ちょっと考えさせて……」。

それから数日たって、私は作業中に見事な細工の入った一本の銀のスプーンを探り当てた。ママの目配せで、ソッとスプーンを靴の底にしのびこませる。なくした足の矯正《きょうせい》具のかわり……。何と向こうみずなことをしているのだろう、作業場からの帰り、収容所の門をくぐりながら心臓の動悸《どうき》が際限もなく高まり出した。万一見つかるようなことがあったらなんとかシラを切るつもりだったが、その日はツイていた。身体検査はいつもより簡単に済み、気取《けど》られることなく無事にバラックに戻ると、早速その晩のうちに狂喜するミニの手に戦利品を手渡すことができた。三人とも有頂天だった。何はともあれ、迫害者の裏をかいて、まんまと作戦に成功したのだ。しかしあとになって、かなり恵まれた立場にいた三人だったのに、あんな危険なことをやろうとしたなんて、なんと愚《おろ》かなまねを思いついたものだろうと思い至ってぞっとした。もしあのとき見つかっていれば、どんな厳しい懲罰《ちょうばつ》が待っていたことか。スプーン一本で命を失うことになっていたかも知れないのだ。

一九四四年六月六日　「Dデー」。連合軍、ノルマンディーに上陸

カポが何か嗅《か》ぎつけたのかどうか、そのすぐ後、私はママから離されて他の倉庫に回されてしまった。今度は寝具部門で、倉庫の一方の壁際に、きれいな手作りの羽布団が

ズラリと積み重ねられてあった。羽布団の一枚一枚、まんべんなく丁寧《ていねい》に手で押さえていって、羽毛以外の手応えがあったら、切り裂いて中を調べるのだった。キルティングの一区切りごとに沢山《たくさん》の紙巻き煙草《たばこ》が縫いこまれた羽布団もあり、布団一枚で何箱分にも当たる煙草が入っていた。金時計、金貨の詰まった財布、宝石や貴金属、それに肌身から離すことのできない貴重な持病薬などが次から次に見つかった。

お昼に三〇分の休憩時間があり、その間に昼食が出た。黒パンに、移送で着いたばかりの人たちから取り上げたジャムかチーズ。外に出て食べてもよかったので、私は屋外の地面に座って日なたぼっこしながら一人でパンをかじっていた。倉庫の壁に背をもたせかけ、見るともなしに前方の鉄条網《てつじょうもう》越しに男性の収容者の一団が通り過ぎるのを眺めていた。すると突然、その一団の中に私は見覚えのある一人の男性の姿を見たと思った。

第十章　パパとの再会

私はバネ仕掛けのようにとび上がった。

「パパ！」

振り向いたパパの顔が驚きとあふれるような歓《よろこ》びでゆがんだ。私たちは泣き出しそうになって互いに駆けよった。思わず手を取り合おうとするパパと私の間を高圧電流の流れる鉄条網がさえぎった。途方もなく広大な収容所の敷地の中で、よりによってこの一点でこの一瞬に互いに顔を合わせるなんて、奇跡でなくて何だろう。パパも私も、ぼうぜんとして夢を見ているような気持ちだった。こうして神は私たち父娘《ちちこ》にめぐり合いの一瞬を用意してくださった——たとえつかの間のめぐり合いでも私は決して自分が見捨てられてはいないことをこれで知った。このとき胸に覚えたこの確信はあとあとまで私の心の中に住み着くことになった。パパが忽然《こつぜん》と目の前に姿を現したあのときの情景と、そのとき受けた感動を心に思い浮かべることで、私はその後も自分を励まし続けることができたのである。

以前は人目を引くほど魅力的でハンサムだったパパが、こうしてみすぼらしい縞《しま》の囚人服に身を包み、ベレー帽で坊主頭《ぼうず》を隠している姿は哀《あわ》れで胸が詰《つ》まった。背広ひとつ新調するにも必ずロンドンのサヴィル・ロウ街の店に注文を出すぐらいおしゃれでダンディーだったパパ――泣き出したいほどの私の胸の内にも気づかずパパはひたすら顔をほころばせ、「エヴァーチェ……ああパパの大事な娘、生きていてくれたんだねぇ……」。鉄条網に顔をつけんばかりにして、うめくようにつぶやいた。

「パパ……」。私はそう答えるのがやっとだった。

「ママはどこだ？　一緒じゃないのか？」

「二人とも今〝カナダ〟で働いてるの」「ハインツは？」。パパの背後を目で追う。

「ああ、ハインツも大丈夫、元気にしているよ。野外作業班に入っているんだ。いい空気にも当たれるし体を使うのもいいからね」「パパはこの先の製材工場で現場責任者をいいつかっていてね。みんなにも一目置《いちもく》かれているし、SSのボスたちも満更《まんざら》じゃないみたいで、今ではパパがいないと困るぐらいなんだ」

パパのことだものそうでなくちゃ、私はすっかりホッとした。

それからパパは少しせきこむように「何とかして煙草《たばこ》は手に入らないかな」と尋ねた。「だってパパ煙草喫《す》うの?!」。今まで煙草なんか一度も喫ったことのないパパなのに、収容所に来てからまたもや習慣を変えてしまったのかしら。思わずびっくりして声を上げた。

「いやもちろんパパが喫うんじゃないさ、でもここでは煙草はとても役に立つんだ。有利な交換条件に使えるんだよ。もしかしたら翌日もここに来られるかもしれない、今ぐらいの時間に。お前もまた来られるかい?」

私はやってみるとパパに約束した。しかも今度はママも一緒に。

その夜ママと二人になった時、私の口から日中の出来事をきかされ、パパもハインツも無事でいることを知った瞬間のママの顔を見るのは実に感動的だった。安堵《あんど》の余り二人とも泣いてしまった。

次の日のお昼ごろママと私は、昨日と同じ柵《さく》のところに行ってパパを待った。私は愛する両親が有刺《ゆうし》鉄線の柵越しに向き合ったまま互いにじっと見つめ合って立ちつくす姿を、頬《ほお》に伝わる涙を手で拭《ぬぐ》いながら側《そば》に立って見ていた。数日、パパはつづけて柵のところに姿を現し、その間にママと私は一、二度煙草の入った小さな包みを柵越しに向こう側に投げ入れることができた。カポが近づいてきたり、一度は監視兵に見つかって警告を受けたりもしたが、大したことにはならずに済んだ。煙草の交換は誰でもしていることだったし、またここでは大目にも見られていた。

そうこうするうちに、週の終わりには柵の向こうを通り過ぎる人たちの中にもうパパの姿は見られなくなってしまった。

「カナダ」での作業は一日じゅう埃《ほこり》と汗まみれの中で続けられたので、夕方収容所に戻ると簡単なシャワーが許されていたが、この仮設シャワー場は単に板きれで地面の一角を囲っただけのもので、私たちのシャワー時間は多くのSSたちに格好《かっこう》ののぞき場を提供することになった。囲いの外ではやしたてるだけでは満足せず、監視兵たちは柵の中にまではいりこんできて、裸の女たちを追いかけ回したり水をはねかけたりしていたずらを始めた。「目星《めぼし》をつけられないようによくよく気をつけるのよ、あとで陰《かげ》の方に引っぱりこまれてレイプされてしまうんだから」。年のいった古参《こさん》の女の人たちがそう言って注意してくれるのを聞いて私は縮み上がった。これぱかりはどんなことよりも怖《おそ》ろしかった。しばらくの間、体の大きめの人のあとをくっつき回ってその背に隠れるようにして無事にシャワーを済ませていた私は、しかしとうとうある時から一人の若い監視兵が私に好奇の目を光らせるようになったのに気がついた。やがて彼はしつこくあとをつけ回し始めた。シャワーのときはおろか、どこにいようと絶えずその執拗《しつよう》な目が追ってきた。絶対にひとりぼっちにならないよう絶えずグループの中に身をおいて細心の注意を払うようにしても、今やこの監視兵の存在は私にとって一大脅威《きょうい》に発展していた。

ある日の午後、カポから別の倉庫に伝言《でんごん》をことづかって作業小屋の外に出ると、思わずぎょっとして足がすくみ息が止まった。例の監視兵があとをつけてくる！　肩にはライフル、含むところのあるわざとらしい決然とした歩調、私は恐慌に見舞われどうしたらいいのか分からなくなった。向こうの方が力も強いし、抵抗すればあっさり殺されてしまうかもしれない。「ああ神さま、助けて下さい！」。兵士から距離を保とうと、つとめて足早になりながら私は必死で祈った。ちょうどその時、前方にトラックから下ろされたばかりの衣料の山が一〇メートル近くも堆《うずたか》く積み上げられているのが目に入った。

何人かの女たちがその周りをとり囲んでガヤガヤ口を動かしたり手を動かしたりしていた。彼女たちの背後に駆けよると、私は気づかれないように無我夢中《むがむちゅう》で衣料の山の一角にもぐりこんだ。誰も気がついていないようだ。再び顔を出す時までに男の姿が消えていますように、私は布に埋まって懸命に祈り続けた。隠れている辺りの衣類の山が少しずつ切りくずされるにつれ、女たちの話し声が近づいて来る。そのたびに後ずさりして息を殺す。この人たちにも見つからない方がいい。もしかして突き出されるかも知れない。そうやって半時も過ぎた頃、それこそ何年もたったように感じられたが、女たちが向こうの方に移動して行ったらしく周りがシンと静かになった。これ以上長くとどまっていればカポにぶたれる――私は衣類の山の中を少しずつ注意深くかき分け、コートやドレスの間から怖《おそ》る怖る小さく頭をのぞかせて辺りを窺《うかが》った。はたして監視兵の姿はもう見えなかった。助かった！　と思うと同時に、山のような洋服の間からゆで玉子そっくりの頭をヌーとつき出した、へっぴり腰の変てこりんな自分の格好を思い浮かべて、私は思わずおかしくなった。

私たちの「幸せな生活」も結局、六月から七月にかけてのほんの数週間で打ち切りになり、それとともに私たちの運も尽《つ》きかけた。何千人ものユダヤ人が、ハンガリーからこの六月中に移送されてきて（実際には春から夏にかけての二カ月の間に、四〇万人近くのユダヤ系ハンガリー人が送られてきて、ほとんどがそのままガス室に送られた）、これらの人たちの遺留品《いりゆう》を処分してナチのお役に立てるため、この期間中「カナダ」はフル回転で作業を続けていたのだ。ここにいる間あれからパパを見かけることも、もうなかった。七月も終わり頃にはアウシュヴィッツに送られてくるユダヤ人の数も以前より少なくなり、同時に「カナダ」班も縮小されることになった。

一九四四年八月二十日　ソ連軍、ルーマニア占領

〝建設的〟な労働が必要でなくなったらしく、私たちは野外労働の女性の一団に加えられることになった。巨大な石の塊《かたまり》を敷地の片側から反対側に運ばされ、時間いっぱい働かせるため、運んで行った石の塊をつづいて重いハンマーで細かく砕かされた。この無意味で妙な重労働の監督には、より一層残忍でサディスティックな監視兵が配置されていて、ちょっとでも手を休めたりハンマーの振るい方が足りなかったりすると、とんできて散々悪態《あくたい》をついて怒鳴りとばしたあげく、台尻《だいじり》でこづき回し、しまいにはしたたかに殴打《おうだ》するのだった。苛酷《かこく》な重労働に明け暮れたこの数週間のあいだに、ママは心身ともにいよいよ衰弱が激しくなっていった。

夕方になって強制労働からバラックに戻ってくると、ときによって点呼《てんこ》で並ばされるまでの間にやっと一息つける二〇分ほどの休憩がもらえることがあった。こうしたある夕べ、自分たちの悲惨な栄養状態を危惧《きぐ》していたママが炊事場の裏に回って生ゴミを漁《あさ》りに行ってみようと言い出した。ママと私はブラブラその辺をうろつき回るふりをしながら、誰にも気づかれないようにバラックを幾《いく》つか通り越して炊事場の裏手にあるゴミ捨て場の方に歩いて行った。ママが辺りを見張っている間、腐った臭いが鼻をつくゴミ

の堆積物の中から、人参の頭をひとつ拾いガリガリかじってみる。「うーん、食べられそう」「何かと換えられるかもね、ビタミンたっぷりのパセリの葉ってことにしたらどう?」。人参の頭に残っているしなびた茎と葉っぱを見てママが言った。さらにゴミの中をかき回すと今度は腐りかけたカボチャの片割れが見つかった。「これはメロンってとこだわ」

拾い上げたカボチャの皮と人参の頭をコップに入れてバラックに持ち帰ると、私たちはパセリとメロンだと称してすぐにパンと交換することができた。誰も彼も一様にビタミン欠乏症にかかっていて、今やビタミンの不足が収容者の生死を左右する大きな要因となっていた。前から収容所にいる人たちはビタミン不足からくる浮腫《ふしゅ》で脚やおなかがふくれあがり、みんなそうなるのを非常に怖れていた。その後もママと私は可能な限り生ゴミ漁りを続けた。赤大根のしっぽや玉葱《たまねぎ》のかけら、キャベツの葉っぱ――とにかく何もないパンだけの食事に少しでも風味を添えることのできるものなら、どんなものでもご馳走《ちそう》だった。ママはそうやって拾い集めた野菜屑《くず》を代用コーヒーで洗って消毒がわりにするようにと私にすすめた。

何か地面に落ちていたりころがったりしてやしないかと、ママと私はしょっちゅう下を見ながら歩いていたが、ある日の夕方、ふさぎ切った気分で例の如《ごと》く辺りをウロウロしていると、ゴミバケツが数個ころがっているのに出くわした。バケツの中には使い古しの小さな布きれやスカーフ、手袋などの小間物《こまもの》のほか、煙草《たばこ》まで詰まっていた。新参《しんざん》者《もの》の一行《いっこう》が僅《わず》かばかりポケットにしのばせておいた身回り品を見つかって取り上げられたものらしかったが、私たちにとってはまたとないぜいたく品だった。拾えるだけのものをこっそり拾い上げてバラックに持ち帰ると、私たちは次のシャワーを利用して汚れた布きれを洗い、きれいにたたんでベッドのマットレスの下で乾かした。それからママと私は拾得品《しゅうとく》を手にバラックからバラックを往《ゆ》きかって、「ハンカチ、スカーフ、煙草はいかが、パンと交換しますよ！」と呼びながら行商して回ったが、買い手が多くてすぐに商品が間に合わなくなってしまった。

風変わりな出だしで始まった私たちの小さなビジネスは、たまにカポに見つかって自分たち自身のパンの配給を取り上げられてしまうという代償もないわけではなかったが、概《がい》してうまく運び、そのうち物々交換したいもののある人たちが私たちのところにやって来て、相談をもちかけるようにもなった。

夜になるとみんなの話題はいつも食べ物のことばかりだった。みんなやせ細って無気力になり、体調が狂っていた。それに収容所に来て一週間もたたないうちに、奇妙なことに誰一人生理《メンス》を経験しなくなっていた。衛生設備ひとつないところで生理になったらどうしようというのがたえず全員の心配の種だったのに。スープの中に生理を止める臭化カリが入っているという噂《うわさ》もあったが、真偽のほどは明らかでなかった。でもスープを飲んだあときまって襲《おそ》う、あの体が宙に浮くような妙な気分、もしかしたら噂は当たっているのかも知れないと思われた。

一九四四年八月二十五日　パリ解放

二、三週間ごとに「散髪」の時間が回ってきて、刃のかけた大きな鋏《はさみ》で頭を丸坊主に刈られた。痛いことも痛かったが、何にもましてこの散髪は、人の心を深く傷つけ屈辱《くつじょく》感でいっぱいにするものだった。刈りたてのママの頭はゴツゴツしてみっともなく、次の散髪までに地肌を隠して二センチほど伸びる僅《わず》かな髪の毛をまさぐりながら、ママはこのぐらいでも髪が残っていてくれるとまだいくらかでも人間らしい気持ちになれるのに、といって嘆いた。表看板《おもてかんばん》はシラミ退治ということだったが、ほんとうのところはこうして私たちを丸坊主にすることによって、外面的にも内面的にも私たちを犯罪者のレベルに貶《おとし》め、私たちから人間性を剝奪《はくだつ》しようというナチの恣意《しい》的な手段だったのだ。頭を刈られるたびに、彼らの意図に屈しなければならない現実を、私たちは心から憎《にく》んだ。

一九四四年九月三日　イギリス軍、ブリュッセル解放
十月二日　アメリカ軍、ドイツ・アーヘン北方で国境要塞《ようさい》ジークフリート線突破

十月に入ってすぐの週一回のシャワーの時、いつもと雰囲気が違うのに私たちは気づいた。何かとてつもなく怖ろしいことが起ころうとしている――。普段より一段とイライラした態度でカポが私たちを怒鳴りつけ、辺りにはただならぬ空気が張りつめていた。いつものように前の部屋で服を脱がされ、怖る怖る浴室に入って行くと、ガチャンと背後で入口の扉の閉まる音がして、私たちは息を止めて立ちすくんだが、すぐに上から水が流れ落ちてきたので、ああ……とみんな溜息《ためいき》をもらした。ところがシャワーが終わって反対側の扉が開くと、そこには数人のSSの男女が私たちを待ちかまえるようにしてこちらを向いて立っていた。彼らの真ん前にビシッと軍服に身を包んだやせぎすなSS将校が一人、いわずと知れたメンゲレ博士――収容者すべての生殺与奪《せいさつよだつ》権を握り、「死の博士」と呼ばれて恐れられていたその当人が控えていた。身の毛もよだつ博士の生体実験の噂はつとに収容所全体に知れ渡っていた。これからいよいよ「選別」が開始されることを私たちはその場で悟った。

私たちは声もなく一人ずつ行列をつくってメンゲレ博士の前に進まされ、その前で立ち止まるとゆっくり一回転させられた。ためつすがめつ、博士は一人一人の運命を定めるべくその臨床学的な精密な目で私たちの体を調べ回した。少しでもましに見せようとみんな足をふんばり、胸をそらしてしっかり立とうとしたが、結局は飢《う》えと重労働で力も果てかかった女たちの群れでしかなかった。

最初の二、三人がメンゲレ博士の身振りで右側に行かされ、次に小柄な女の人が一人左側に寄せられた。ブルブル震えながら立つその人の側にまたすぐ二人送られて、三人はかばうように身を寄せ合った。

選別が進み、私の番が来た。右へ。ママの方を見ようとすかさずふり返った私の目に、カポに左側に追いたてられているママの姿がとびこんで来た。絶叫が私の口をついて出た。とびついて私に最後のキスをしようとするママの背中をカポが革のベルトで打ちすえて引き離そうとした瞬間、ママは素早く私に耳打ちした。

「ミニに伝えて！」

大切なママが裸の女たちに混じって目の前から連れ去られて行くのをぼうぜんと凝視《ぎょうし》したまま、私は体の震えが止まらなくなり、歯の根が合わなくなった。目の前が真っ暗になった。生涯で最も辛《つら》い一瞬だった。生きたままママを見るこれが最後だと思った。

第十一章　ひとりぼっち

私たちは終始押し黙って衣類を身につけた。その夜、選別をまぬがれた私たちは、隔離《かくり》ブロックを出てずっと離れたところにあるもうひとつのブロックに移された。ここにも有刺鉄線《ゆうし》の柵《さく》が張りめぐらされ、サーチライトを備えた監視塔が構内を見下ろしていた。フランツィがどんなになだめようが慰《なぐさ》めようが、これっぽっちも効きめはなかった。必死になって引きとめようとするフランツィの言葉に耳も貸さず、私はその夜のうちにミニのところに潜入しようと決意していた。捕まることなど頭になかった。万一見つかってどんな目に遭《あ》おうと、それはただママと運命を共にするだけの話ではないか。

私はベッドの中で深夜になるのをじっと待った。真夜中になった。ベッドの中段からすべり降りる私の頭の上にフランツィが固いキスをしてくれた。バラックの戸口《とぐち》からこっそり外にしのび出ると、監視塔が目に入った。サーチライトが時計回りにゆっくりと構内を照らしている。バラックの側壁にへばりついて、サーチライトが移動するのを待った。構内はひっそりと静まり返っている。サーチライトの影を追いながら、私は音もなく監視塔の足もとにあるゲートに近づいて行った。機関銃の弾《たま》が飛んでくるかもしれないということは思い浮かばなかった。ゲートは何故か開いたままになっていて、その間を走り抜けると同時にサーチライトが背中をかすめた。

病棟《びょうとう》ブロックめざして進み、とうとうミニのいるバラックにすべりこんだ。看護婦は入口近くで休んでいるはずだ。一番手前のベッドに近づいて、寝ている人をそっとゆり動かす。「ミニはどこ？　大至急ミニに会わせて」「誰？　一体どこから来たの？」「お願い。すぐミニのところへ連れて行って」。他の看護婦や患者も目を覚ました。ミニのベッドに近づくと、薄い毛布の下にミニの体がうずくまっているのが見えた。

「エヴァじゃない！　どうしたっていうの？」。体をゆすられ、小さな叫び声を発してミニが目を覚ました。身を起こしたミニの胸にしがみつき、泣きじゃくりながら一部始《し》終《じゅう》を手短《てみじか》に話す——ママが選別されてしまったこと、私はAブロックからBブロックに移されたこと。——私の体をきつく抱きしめながら、「何ていうこと……でも何とかやってみなければ……何とか……」。ミニはつぶやくように繰り返していたが、最後に意を決したように、「明日になったらすぐにメンゲレ博士に話してみよう」と言った。

ミニに励まされ、いくらか心強くなって、私は促《うなが》されるように再び闇《やみ》の中にすべり出た。不思議なことに人はおろか番犬一匹見当たらなかった。バラックに辿《たど》り着くと、戸口に立って心配しながら私の戻るのを待っていたフランツィがとびついてきた。ベッドにはヴェステルボルクからずっとママのことを知っている人たちもいたので、みんな心配して起きていてくれた。私はベッドに這《は》い上がると、精根つき果てて眠りに落ちた。逮捕されて以来、ママなしで眠る初めての夜だった。

次の日の早朝、点呼《てんこ》の時、私たちはさらに二キロ離れたCブロックに移されることになり、そして織物《おりもの》工場で働くことになったと告げられた。すでに馴染《なじ》んだひとつの恐怖から、さらにもうひとつの未知の恐怖へと運ばれるのだ。もうこれでママから引き離されたうえに唯一頼りにする身内のミニからも遠ざかってしまう。とうとうひとりぼっちになってしまった。万事休す、私は毎日泣き続けた。フランツィが絶えず寄り添うように側《そば》にいてくれたが、もはや私の涙を乾かすことのできるものは何もなかった。

こうしてママが選別に送られてしまったすぐ次の日、私は他の人たちと一緒にまたしても大きな倉庫に連れて行かれることになった。

ズラリと並んだ作業台の上に、使い古しの布や非常に硬い紙を巻いたものが山と積まれていた。これらの材料を約三センチ幅の切片《せっぺん》に引き裂き、直径五センチのロープを一人一日二〇メートル作り上げるのが私たちに与えられた仕事だった。出来上がったロープは一メートルずつ切断されて手榴弾《しゅりゅうだん》に使われるということだった。鋏《はさみ》が数丁《ちょう》しかなかったのでほとんど歯でくいちぎるか、手で引き裂かなければならなかった。

一日じゅう絶えず男女のSSがロープの強度を調べに回っていたが、ロープを引っぱってみて少しでも弱かったりほどけたりすると、こっぴどくぶたれた。品質に関して彼らは実に厳しく監督していた。一日の作業の終わりに一人ずつ生産量が測られたが、ちょっとでもノルマを下回ると初めのうちは忠告で済んでも次からは選別に回すと脅かされた。そうでなくともみんな衰弱しきっていたので、厚い布や紙をくいちぎったり引き裂いたりするのは、大変な力が要《い》った。間もなく一人、また一人、と作業台の列から消えて選別に回されて行った。早晩《そうばん》誰にでも回ってくる運命だった。私はかろうじて何とかノルマをこなすことができていた。

しかし夜になって、いつも傍《かたわ》らで腕を回していてくれたママの肌の感触もなく眠りにつくのは、たとえようもなく辛《つら》く寂しく耐えがたかった。ママの分まで埋め合わせしてあげようと周りの人もできるだけ優しくしてくれ、フランツィも今ではそうすることが自分の天職ででもあるかのようにいつも私の側にいて、夜は抱いて添い寝をしてくれたが、誰もママの代わりにはなれようもなかった。それにみんな日に日に弱り、体力も気力もなくなっていた。

新しいブロックに移ってからも、何もかも前とまったく同じだった。ただベッドを分かち合う人の顔ぶれにフランツィを除いて多少の違いが見られた。同床者《どうしょう》は勝手に選ぶことは許されず、列をつくってバラックに入って行った順序で割りふられていたが、私のベッドにもさまざまな人たちがいた。私よりずっと年とった人たち、インテリ女性――この人たちは現状にまったく適応できずにとても苦しんでいた――そしてウィーンから来たグレーテルがそうだったように、順応性に恵まれた粗《あら》削りのダイヤモンドのような人たち。このような人たちは、どんな惨《みじ》めな状況のなかにあっても、人の口元をほころばせずにはいられないような何かを、どんなときでも見つけることができるのだった。

そこへいくと一人だけみんなと離れてずっと年少の私は、何としても力足らずでそのうえ自己憐憫《れんびん》でいっぱいになっていた。夜ごとベッドの上に身を横たえると、何としてもこの恐ろしい場所から逃げ出したいという思いに駆られ、森や繁《しげ》みの間をぬって身を隠しながら逃げ延びて行く自分の姿を想像するばかりだった。カポやナチの人間に復讐《ふくしゅう》したいというのではなく、ただひたすら彼らの姿を見ないで済む世界に逃げ出したかった。

そしてそんな自分の姿を思い描くたびに、そうだ、どうしても生き延びよう、生き延びていつか自由の身にならなければ、とつよく思うのだった。

一晩一晩が新たな試練の連続だった。逮捕されるまでは皆それぞれ立派な社会的立場をもって生活していた人たちだった。医者や看護婦もいれば家庭の主婦、商売をしていた人。それが今では十人が十人、たったひとつの同じ運命のもとに置かれて、夜が来れば来たでまったく同じ経験を味わわなければならなかった。一床に一〇人びっしり詰めこまれていたので、一人だけあお向けになることもうつ伏せになることもできなかったのだ。寝返りをうつときは、全員が一斉《いっせい》に同じ方向に向きを変えなければならなかった。人間でできたスプーンの束——こうして私たちは眠る時でさえ隊列をくずすことができなかった。

いつもへとへとに疲れ切っていたので、もうひとつ大変な同床者がいても目を覚ましていることができなかった。ぞっとするほど大きくて真黒な南京虫《ナンキン》が、ベッドに使われている古材と人間の温もりを格好《かっこう》の棲処《すみか》にして夜通し猛威をふるっていた。上の段に眠っている人たちが一斉に寝返りをうつたび、この南京虫があられのように落ちてきて吸血鬼さながら肌に食いつき、すぐさますり潰さないと全身くまなく覆《おお》われてしまう。私たちの哀《あわ》れな体はこうして南京虫の嚙《か》み傷と搔《か》き傷で満身創痍《まんしんそうい》になった。

日常生活のあらゆる側面に不快で辛いことがつきまとっていた。あるときバラックの裏に大きな脱脂綿の一巻きが置いてあるのを見つけたので、これで久しぶりに心地よいトイレの後始末ができる、問題解決！　私は有頂天になって脱脂綿を少しばかりむしりとると、大切にポケットの中にしまいこんで共同トイレの時間を待った。ところが何としたことだろう、それは柔らかい脱脂綿どころか、ちかちかしたグラスファイバーだった。ひと思いにお尻を拭いてしまってからこのことに気づいて、慌《あわ》ててガラスの粉をひとつひとつとろうとしたがもう間に合わなかった。私はその後何日も傷だらけになって、ヒリヒリするお尻をかかえて過ごさなければならなかった。

またあるときは、夢うつつに足元の異様な感触で目が覚めると、黒いネズミが足先をかじろうとしているところだった。ギャー！　私の悲鳴にみんな驚いて一斉にとび起きたが、余りにもすさまじい悲鳴に、みんな私が殺されかかっていると思ったほどだ。ネズミが完全に姿を消したと周りから納得させられるまで、私は冷や汗をべっとりかいていつまでも震えていた。そしてこのあとからは、私は夜寝るのさえ怖くなった。

日夜激しい空腹による胃痛に襲《おそ》われた。死線すれすれの食べ物しか与えられず、養分が足りなくて苦しさの余り身が引き裂かれそうだった。ほんの一口食べ物が手に入るならどんな悪いことでもできそうに思えた。時々ひどくカビ臭い水みたいなオートミールが出たが、確実に飢死《がし》しかかっていると分かっていても、私はこのオートミールを一口以上口にすることはできなかった。

時折、炊事場からみんなのスープを運んでくる役を申し出ることがあった。スープはゴミバケツよりも大きな数個の木樽《きだる》に入っていて、四人がかりでよろめくようにして運んでこなければならなかった。ほんのときたまスープの代わりにミルクが入っていることがあって、そういう幸運なめぐり合わせに行き当たった時は、途中にあるバラックの陰にさっと樽を下ろして一口、二口大急ぎでミルクに口をつけることができた。それから、ミルクの跡《あと》をとどめないように互いにしっかり顔や衣服をあらため合って、また樽を担ぎ上げてみんなのところに何くわぬ顔をして運んで行った。盗み飲みしたのがバレでもしたら、カポによるむごたらしい殴打《おうだ》の罰が待ちうけていた。

南京虫の攻撃と不衛生のおかげで首の後ろに腫《は》れ物《もの》ができ、それがだんだん大きくなって痛みを伴うようになり、切開手術が必要になってきた。カポの中にとくに意地の悪いのがいて、点呼の間しっかり立っていないといってはしょっちゅう私をぶっていたが、この日も相変わらずだった。しかしこの日カポは運が悪かった。ふり下ろしたカポの笞《むち》棒が私の首脇の腫れ物を直撃してしまったのだ。勢いよくとび出した膿《うみ》がカポの顔といわず手といわずベッタリととび散った。アワを食って汚物《おぶつ》をぬぐっている意地悪なカポの姿を見つめながら私は内心、やった！　と思って大いに溜飲《りゅういん》を下げた。

収容所に来た当初、給食用の食器、ことに汁物が入れられるようなコップとかボウルとかが、どんなに欠くことのできない大切なものかを知るようになったママと私は、パンを犠牲にして使い古しのさびついたコップをひとつずつ手に入れたが、これがまたちょっと油断すると必ず盗まれてしまうことも経験していた。それで私はボロ布やひもを見つけて、自分用のコップをいつも腰のところにくくりつけ、肌身離さず注意していたが、それでも盗《と》られてしまうことがあって、そのたびにまた飢《う》えを承知でパンを食べずに残しておいて次のコップと交換しなければならなかった。週一回のシャワーの時は、シラミ退治の消毒のため一切合切《がっさい》脱ぎ捨てて、シャワー室の外に出しておかなければならなかったのでことに危なかった。個人の持ち物といえるようなものは何ひとつなく、もしあったとしてもそれは収容所で生きてゆくうえでまたとなく有用で実にささやかなもの――コップとか安全ピンとか石鹸《せっけん》の小さなかけらといったたぐいのものだったが、こんなものでもシャワー室の外に置いている間に、着物ごとなくなってしまう。

そうかといってそんな「貴重品」を持ってシャワー室に入るのが見つかると、カポが目を光らせていて私たちを罰したので、あの手この手の工夫が必要だった。それで裸の列をつくってカポの前を通ってシャワー室に入って行く時、私はコップを体の前や後ろに持ちかえてカポの目をかすめるコツを覚えた。危なっかしいゲームだったが、そんな小さな所持品が私たちにとっては無類の価値を持っていた。脇の下に隠す人もいればもっと頭を使う人もいて、たとえばかつては豊満美を誇っていた一人の女の人は、今は見る影もなくぺったんこになって板きれのようになってしまった乳房の裏にタオル代わりの布きれを隠していた。ある日、不運にもチラリと乳房の裏からはみ出したこの布きれが、入口にいるカポの目にとまってしまった。しかめつらをしたカポがやにわに彼女の乳首をとってつまみ上げると、布きれがポトリと床に落ちた。息を呑《の》んでハッと立ちつくす私たちの耳に、一瞬間をおいて罵声《ばせい》の代わりにけたたましいカポの笑い声が聞こえてきて、幸いにもこの一件はその場で落着した。

シャワーが済むと消毒済みの着替えが投げるようにして渡されたが、運のいいときにはポケットの中から物々交換に使えそうな小さな物が出てくることがあった。さびついた安全ピン一本あればブルマーがずり落ちてこないように留められたし、ピン一本と体を拭くボロ布一枚と交換することもできた。通貨にならないものなど何ひとつなかった。

シャワーを浴びてホッとしたのも束《つか》の間、すぐにまたシラミが戻ってくる。耳の裏といわず股間《こかん》といわず、体の柔らかい湿ったところなら、どこでもかまわず体じゅうシラミに食われた。シラミから逃れられる人は誰一人いなかった。バラック自体はいくら清潔に保たれていても、人間そのものが汚れていて栄養失調だったから、シラミの繁殖は防ぎようがなかった。かゆくてかゆくて、ひっかき傷で体じゅう血だらけになっても、さらにかきむしらないではいられない。シラミは実際、収容者を狂気に駆りたてるまでに苦しめた。シャワーが終わってから行われる噴霧《ふんむ》消毒で成虫は一時的に殺せても、残った卵がすぐに孵《かえ》るのでまったく勝ち目がなかった。

十月中旬のじめじめとした寝苦しいある晩、私はいつものように、無事にその日のシャワーをくぐり抜けたコップを、目の届く手ぢかなベッドの端に置いて眠りについた。湿気が多くてとても不快な夜だった。翌朝目を覚ましてコップを確認しようと手を伸ばした時、そうとは知らず私は、コップの内側にも外側にもびっしりと二センチもの厚さに積もったシラミの塊《かたまり》を握りしめてしまった。潰れたシラミの血糊《ちのり》で手がべったり染まり、余りの無気味さに吐きそうになった。そして文字通り吐き気をもよおすような出来事がその数日後に起こった。

就寝時間がくると部屋のつき当たりの両側の壁際に夜間用の便器としてバケツが二つずつ出されたが、用を足しに立って運悪く満杯になったバケツに行き当たった人は、中身をあけに重いバケツを下げて一〇ブロックも先にある共同トイレまで、暗い道を運んで行かなければならなかった。こんな辛《つら》い仕事をしたい人があるわけもなく、従ってどのバケツもあふれる寸前まで放置されたままになり、なぜかしばしば私がそんな場面に行き当たる羽目《はめ》になるのだった。汚物がこぼれて足元を汚さないよう、平均台よろしく重いバケツを下げてそろそろと運んで行くためには恐ろしく力が要《い》った。衰弱しきった人の中には途中で動けなくなって、バラックの近くの人目《ひとめ》につかないところにこっそり汚物をあけてしまう人もあった。

この夜もそういうことが起きたのだった。翌朝起床の準備をしている私たちの部屋に、不始末を見つけた女性のSSが嵐の如《ごと》く入って来て、「自分たちのうんこの後始末もまともにできないのか！」。そう叫ぶなり近くにいた私の手からいきなりコップをもぎとると、やにわにバケツの中につっこんで汚物をすくい、近くの人たちに勢いよくぶちまけた。私のスカートにも脚にも、ところかまわず汚物がベッタリついた。週末になってシャワーが浴びれるまで水も使えないことは明らかだった。耐えがたい糞尿《ふんにょう》の臭いをプンプンさせながら、私たちは週の終わりまでそのままで過ごさなければならなかった。この時ぐらい自分たちの置かれた惨《みじ》めで絶望的な立場を痛感したことはなかった。パパからあれだけ清潔を旨《むね》として育てられてきただけに、なおさら私にはこたえた。カポやSSの身勝手なサディズムに翻弄《ほんろう》されることほど私を孤独の底に突き落とし、恐怖におののかせるものはなかった。

一九四四年十月二十四日　アメリカ第一軍、アーヘン占領

これまで私を支えていた気力と希望が今は足早に失われつつあった。私は完全に疎外感に埋もれてしまった。ママは死んでしまったし、一方でただ空しくパパを恋い求めるばかりだった。これ以上生き続けるためには、生きる力を与えてくれる愛する誰かの存在が必要だった。一人で生きていくには、私はまだ余りにも幼すぎる。自己憐憫《れんびん》だけが私を満たしていた。話しかけたい人も心のうちをさらけ出したい人もなかった。周りはみんな大人ばかりで、二十五歳のフランツィでさえ今ではおばあさんのようにずっと年のいった遠い存在に思えた。

ついこないだまでは生きたいという熱い思いに駆りたてられていた私だった。ママとの強い絆《きずな》が存在していて自分のためばかりでなくママのためにも生きなければと思っていたし、パパが話してくれた生き残りのための智恵《ちえ》や訓練にもまだ意味があった。しかし今はまったく事情が変わった。過去はもう意味をなさず、それにたとえ生き残れたとして何ひとつ将来を思い描くこともできなかった。家族もいない私が、ひとりぼっちでどうやって世の中を生きていけるだろう。目下《もっか》の現実に対する恐怖と未来に対する希望を失って、私はもういつ死んでもかまわないと考えるようになった。

第十二章　再びパパと

おなかを空かせ寒さに震えながら、私は一日一四時間、作業場のベンチに座って黙々と手を動かしながらノルマのロープをない続けた。人と口をきくこともほとんどなくなり、完全に意気阻喪《そそう》の状態に陥《おちい》って、しょっちゅう一人ですすり泣いていた。思い浮かぶのは悪いことばかり、その他のどんなことも考えられなかった。

朝の十時頃、カポが人探し顔で作業場の中に入って来た。こんなふうにして誰彼《だれかれ》が呼び出され、懲罰《ちょうばつ》を受けたり処刑されたりしていた。今度は誰の番だろう。みんなジッと下を向いて死んだようにコチコチになって仕事を続けている。青ざめた顔の列の間をカポはしばらく往《い》ったり来たりしていたが、私の後ろまで来るとそこで急に足を止めた。ロープをなう両手がブルブル震え、頭がますます垂《た》れ下がる。叩《たた》かれると覚悟した瞬間、案に相違《そうい》していつもとは違う静かなカポの声が聞こえた。「外へ行ってみなさい。面会人だよ」。むしろ親しげな調子だった。思い当たる人もいないので却《かえ》って怖くなった。もしかして私をつけ回していたあの監視兵？　そう思うと腰が立たなくなったが、カポはなおも背中をこづいて早く、早くとせかせた。

サイズのちぐはぐな靴をひきずりうつ向いたまま、私はおずおずと出口に向かった。外に出てやっとの思いで顔を上げて見ると、自分の目が信じられなかった。

「パパ！」

縞《しま》の囚人服を着たパパが、前に会った時よりやせこけて老けこんではいたが、愛情あふれる目を輝かせてじっと私を見つめながら、そこに立っていた。パパの胸に武者《むしゃ》ぶりつくと、体の中にパパの温もりと精気がどっと流れこんできて、私は再び生命《いのち》に呼び戻されたような気がした。うれしさに笑うどころか、私はパパの胸の中で泣きに泣いて止まらなくなり、そんな私をもう二度と離すものかというようにパパはきつく抱きしめた。娘を再び抱くことができてパパもどんなにうれしかっただろう。

やっと私を胸から引き離すと、「いい子だ。泣くんじゃない。心配しなくていいんだよ。ママにも会わせておくれ」とパパは言った。いよいよパパに知らせる時が来てしまった。体がブルブル震え出して止まらなくなった。「ママは行っちゃったの！　選別されちゃったの！」

平手打ちでもくらわされたかのようにパパは一瞬よろよろとなったが、娘の前でかろうじて姿勢を保った。パパの目には、みるみる涙があふれ出した。私はパパの世界がその場で崩れ去ったのを感じとった。それからパパはつとめて自制しながら、静かに何度も何度も元気を出すんだ、あきらめちゃいけないと私に言ってきかせた。

「もうすぐ自由になれる。すぐに一緒になれるんだ。そうしたらパパとお前とハインツの三人で……」。そう言いながらパパは、なおもきつく私を抱きしめた。

「ハインツはどうなの？」。やっとの思いで聞いてみる。

「元気だから心配ない。畑でトマトを作っているよ。それがいい運動でね」。パパは嘘《うそ》をついている――私にはピンときた。

「それにとっても背が高くなって」。パパはさらに先を続けたが、もしそれが本当なら、こんなにうれしいことはないと思った。

「パパはいい仕事についている。前と同じ製材工場だけど、ここからもさして遠くないし、それにごらん、ＳＳのボスからも許可がとれてこうやってお前を探しに来られたんだもの」。パパは安心させるように言った。ドイツ人の上役の信用をかちとったばかりか、家族のためにそれをこんなふうにうまく利用できるなんてパパはやっぱりすごい。崇敬《すうけい》にも似たうっとりした気持ちで私はパパを見上げた。

「また来よう。今から炊事場に寄って話してみるつもりだ」。パパは私の顔を両手ではさむと、いとおしげに頰《ほお》にキスをした。「炊事係の女の子に頼んで、お前のために残り物を少しとっておいてくれるように頼んでみよう」。そう言うとパパは私の肩をそっと押さえて回れ右させ作業場の入口に押しやって去って行った。

夢見心地で私は自分の席に戻った。「カナダ」以来、パパと会うのはこれが初めてだった。みんな作業の手を休め、驚きと畏敬《いけい》のいりまじった顔をして一斉《いっせい》に私の方を見つめた。私の顔は幸せの余り、光り輝いていたに違いない。私を見るみんなの顔はほころんでいた。こんな恐怖に満ちた最悪なところにも、まだ良いことが起こりうる機会が残されていたことを知って、誰もが心からうれしかったのだ。

パパに対する私の信頼は完璧《かんぺき》だった。「これで何もかもきっと変わって行くわ。食べるものも必ずもらえる――ジャガイモか何か、何でもいい、このひもじさから救ってくれるものなら何でも……」。私はパパの言葉を当てにしてその日の夕方作業が終わってから、とりあえず炊事場の方へ行ってみた。炊事場の入口からのぞくと、ポッチャリした気さくなポーランドの女の子が私を見つけて早速声をかけてきた。「あんたのお父さんて大したもんねー」。舌先を鳴らし天井を仰《あお》いでいわくありげにうなずきながら「ほれ、これをあんたにですってさ」。差し出されたボウルの中にはゆでた野菜が入っていた。私は女の子の手からボウルをひったくるようにして受け取ると、面白そうに見守るその子の前で夢中になって中身を平らげた。まるで天国にでもいるようだった。

この日のあとも私は毎晩炊事場に行き、何かしら残り物にありついた。中でもいちばんのご馳走《ちそう》は、ジャガイモの屑《くず》を浮かべた塩辛くて湯気の立つゆでこぼしのお湯だった。こんなおいしいものは生まれてこのかた食べたことがない。いちばんおいしくて滋養《じよう》のあるところを捨てていたなんて、昔はみんな何てお馬鹿《ばか》さんだったのだろうと思った。

私はパパのことがとても得意だった。頭をそられて囚人《しゅうじん》服を着てはいても、パパからは女の人の心をくすぐるような昔ながらの魅力が今でもにじみ出ていたし、それに女たちだけの囲いの中で一人といえど男性の収容者の姿を見かけることはそれだけでも大したことだったので、間もなくパパと私がＳＳから何か特別目をかけられているらしいという噂《うわさ》がバラックの中に広まるようになった。もちろん噂はでたらめでそのようなことがあるわけはなかったが、一方、この噂のお蔭《かげ》で私に対するカポの態度がやわらぎ出し、前みたいに手荒《てあら》な真似《まね》をするのを控えるようになった。作業中、ＳＳ女性監視兵やカポが側《そば》に回ってくると、必ず私のところで立ち止まって、「それであんたのお父さんはご機嫌いかが？」。冷やかし半分に声をかけて行くのだった。

十月も終わりの頃、パパはもう一度訪ねて来てくれた。パパはハインツの安否《あんぴ》を告げたあと、連合軍が大攻勢を仕かけているというニュースを伝えながら、「エヴァーチェ、戦争ももう長くは続かないとパパは信じている。あと少しだ、頑張るんだよ。何もかもすぐにおしまいになるんだからね」と言った。パパと私はあこがれと深い愛情に満ちた眼差《まなざ》しを交わし合ったが、今でも私はあの時のパパの顔をありありと夢に見る。

一九四四年十一月。

長い暑い夏が過ぎ、冷え冷えとした秋が去って、厳しいポーランドの冬が忍び寄ろうとしていた。日に二回、夜明けと夕方に行われる点呼《てんこ》は相変わらず続けられていた。北風が荒野《こうや》を渡り始めるとSSたちは分厚い外套《がいとう》で体を包み、カポも重ね着をしだしたが、私たちはいぜん夏服のまま、それが一層私たちをみじめに見せていた。凍《こご》え死なないために、ひっきりなしに体をゆすっていなければならなかった。

屋根と周りの囲いしかない作業場のもろにむき出しの床地から、湿った冷気が這《は》い上がってくる。氷のように冷たい地面にじかに靴の底をつけながら、私たちは一日中ベンチに座って作業を続けた。冷えきって感覚のなくなった足の下に小さなボロきれが敷けたとしても、カポに見つかって取り上げられるのがおちだった。暖かいソックスがどんなに欲しいと思ったことだろう。そのうち足のつま先に凍傷《とうしょう》ができて、夜床《よどこ》に入って隣に寝ている人の体温でそこが少しずつ温められてくると激しい痛みで目が覚めるようになった。作業場とバラックの寒さは一日ごとに耐えがたくなり、私は毎晩床の中で、パパがもう一度助けに来てくれるよう、泣きながら祈っていた。しかし、パパは現れなかった。そのうち凍傷の痕《あと》が腐って穴が開き、歩くのもままならなくなった。夜になって床の中で冷えきった足にやっと血が通い出すと今度は激痛でうめき通した。ついに見かねてフランツィがまた病院に診《み》てもらいに行くようにと言い出した。

病院にだけは行きたくなかった。選別が日常化していたし、戦局はすでにドイツ軍の敗北に向かって展開していたにもかかわらず、ナチの綿密に練られたユダヤ人絶滅計画の方は衰えるところをしらず遂行されていた。冷酷無慈悲《むじひ》なSSの体制、劣悪な衛生環境、そして厳しい寒さが人々の死に拍車《はくしゃ》をかけていた。それに一度病院に入った患者はほとんど誰も帰ってこなかった。「診てもらいたくない。入院させられてそのあとすぐ選別されてしまうに決まってるんだもの」。私は頑固に病院行きを拒否していた。

フランツィとそんな会話を交わした日の夕刻、作業が済んで定期シャワーに行くため四〇人ほどで順番を待っていると、いつも使用している浴室の設備が壊れたから今日は他のブロックの浴室を使わなければならないと告げられた。私たちは真っ青になった。ガス室に連れて行かれる——カモフラージュに決まっている。いよいよこの世で最期の瞬間がきたのだ。列をつくってその浴室の方角に向かいながら、私たちはぴったり身を寄せ合って歩いていった。フランツィは私の手を固く握りしめていた。脱衣室に入ってもロをきくものはなかった。脱衣を促すカポの号令にも、棒のようにつっ立ったまま誰ひとり体を動かそうとも服を脱ごうともしない。喜んでガス室に入って行くものなど、いはしない。

「豚ども、さっさと服を脱いで用意しろ！」

カポがイライラして声を荒らげたが、文字通りその言葉を死ぬ用意をしろと受けとった私たちは微動だにしなかった。いくら声を張り上げても笞《むち》棒でたたいても、誰ひとり動こうとしないのを知るとカポはすっかり途方にくれてしまった。自分たちの経験の範《はん》疇《ちゅう》には決してなかった集団抵抗に遭《あ》って、どう対処していいか分からないといったふうだった。

「馬鹿な奴らだ、分かんないのかい。ただのシャワーじゃないか」「言う通りにしないと全員射殺だ！」

それでも私たちは根が生えたように動こうとせず、こうなるともう公然たる反抗だった。内心の恐怖を抑え、心の中で思った。「やっとこれでママと一緒になれる……」

とうとう援軍部隊が呼ばれた。数十名の武装監視兵とシェパード犬が浴室の建物の周りを取り囲み、兵士が数名なかに駆けこんで来て私たちに銃を突きつけると、そのあとから一人の将校が入って来た。将校は部屋の中の光景を一目見るなり直《ただ》ちに状況を見てとったらしく、きちんとしたドイツ語で私たちに話しかけた。

「怖がることはない。お前たちのうち誰か、なかに入って調べてみなさい。私の言っていることが間違っていないのが分かるはずだ」

本当だった。今度ばかりは！　開いた浴室のドアの向こうに、天井からお湯が流れ落ちるのが見えた。張りつめた緊張が一度に崩れて、私たちは一斉《いっせい》に泣きそして笑った。そうしながらも私たちは一方で自分たちのことがとても誇らしかった。ナチの脅しに敢《かん》然《ぜん》と抵抗できたのだから。それは当の自分たちにとってさえ大きな驚きだった。

シャワーが済むと、やっと冬服が支給された。ブルマーとちぐはぐな靴、それに足元まで届くような重たい男物の外套《がいとう》が当たった。外套は歩くのもままならないほどダブダブの代物だったが、裸の体がすっぽり隠せるのがありがたかった。これで、やっとあの夜の寒さもいくらかましになるだろう。

この翌日のことだったろうか、お昼近く新しいグループが織物工場に送られて来た。ヴェステルボルク以来、貨車の中でも隔離《かくり》棟《とう》でも一緒だった女の人たちの顔もあった。その中の一人が私を見つけるなり、アッと言って後ろの人たちを振り返り、みんなで私の方に駆け寄って来て、一斉に口を開いた。

「エヴァ！　何てまあ、あなた生きていたのね！」

「知らせることがあるの！」

「素晴らしいニュースなのよ！」

「今まで私たち病棟にいたんだけど……」

一度にたくさんの声が耳に入ってきたので訳が分からなくなったが、その中でたったひとつだけはっきりと聞き分けることのできた言葉があった。《ママが生きているですって⁈》

ママが病棟にいるという――それも命ながらえて息をして！　ミニがママの命を救ったのだ。

第十三章　選別後――ママの回想

一九四四年十月初旬。

選別された人たちに混じって連行されて行くとき、最後に目にしたエヴァの姿は、フランツィに抱えられ、涙を流して全裸《ぜんら》で立ちつくすその姿だった。監視兵に銃でうながされて歩かせられながら、いちばん自分を必要としている瞬間に、我が娘《こ》を永遠に見捨ててしまったという無念の思いが私の胸をえぐった。後にも先にもこのときほど無惨《むざん》な思いをしたことはない。

私たちは、ブロック塀《べい》で囲われた庭地の中にただひとつ建っているあるバラックに連れて行かれた。ここが、猛烈な伝染性の皮膚病「疥癬《かいせん》」に罹《かか》った収容者を隔離《かくり》するために、一時期使われていたことを私は知っていた。そして今は、ガス室に送られることに決まった人々が一時収容されるところだということも。背後でバラックの扉が閉まり、外から鍵が下ろされて、監視兵たちは去って行った。バラックに残された年若いカポが数名、裸で震えている私たちに毛布を渡してよこした。カポの顔には同情の色が読みとれたが、人々は押しだまって誰も口を開こうとしなかった。この期《ご》に及んで少しばかりの慰《なぐさ》めの言葉を交わし合ったところで、何の役にもたたないことを誰しも知っていた。三〇人そこらの女の人が入れられ、水も食べ物も与えられなかった。与えられたものは、部屋の両隅に二つずつ置かれた便器がわりのバケツだけ。

精根つき果て、他の人の間にはさまれてわら床の上に倒れこんだが、夜通しうとうとするばかりで、ここに至るまでの一生が絶えず頭に浮かんでは、夫と子どもたちにもう一度会いたいという思いでまんじりともしなかった。三人には何としてでも無事に生き延《の》びて、人生の与えうるすべての喜びを経験してほしい。そしてエヴァも人を愛して母親の幸せを味わってほしい――身を焦《こ》がすようなひたすらな思いが胸をしめつけた。死んでもし私の力がエヴァの中に注ぎこまれるなら、目前の死を受容するのはきっとたやすいことに違いない。

「ああ、主《しゅ》よ。どうかあの娘にその時をお与え下さい」。私は祈った。

床の上で、女たちはあるいは一人静かにむせび、あるいは半狂乱になって夜通し泣き叫びながら、扉をこぶしで叩《たた》き続け、しまいには力尽きて床の上にくずれ落ちた。水もなく、パンもなく、着るものもなく、私たちは置き去りにされてしまったのだろうか。餓死《がし》させるためにここに閉じこめられてしまったのだろうか。身じろぎもせず床に横たわっている人々の姿は、すでに死体のように見えた。

朝になってまたカポが現れた。外に出てもいいと言われたが、ほとんど誰も動かなかった。特別に信心深《しんじん》いことで評判のオランダから来ている女性が、最後の祈禱《きとう》をあげようとみんなを呼び集めたが、側《そば》に寄っていったのはほんの二人か三人。私は外に出てみた。塀の向こう側で人のざわめきや行進の足音が聞こえていたが、それはまるではるか別の世界から聞こえてくる音のように耳に響いた。バラックの中に戻って、二、三の人に声をかけてみたが返事は返ってこなかった。ノロノロと一日がたち、また暗くなって、飢渇《きかつ》と苦しみを忘れるために眠ろうとした。夜の間に、運命をともにする一〇〇人近くの女たちがさらにバラックに送りこまれてきた。

翌日のお昼近く、入口の扉が開くと、スープの配給があるから全員外に出るようにと命じられた。どうしてスープなぞ? もうすぐ死ぬ私たちに何故こんな手間をかけるのだろう——そう思ったことを覚えている。スープに毒が盛られていると言って幾人《いくにん》かが泣き出した。「私は頂くことにします。どのみち同じことですもの」。大きな声でそう言って私がスープを受け取ると、尻ごみしていた人たちもやがてスープの列に加わった。コップを回し合いながら、私たちは渇ききった喉《のど》にスープを流しこんだ。毒の入っている様子はなかった。スープが済むと、着るものが持ちこまれた。どれをとっても同じことだったが、私は黒地に白い水玉の、足元までくる大きなフランネルのワンピースをつまみ上げた。

それから点呼《てんこ》のために整列させられた。立っていることもできず膝《ひざ》をついてしまう人を、カポが怒鳴りつけて無理に立ち上がらせようとした。息が絶えかかっている人もいた。そのまましばらく待っていると、二人のSS将校が姿を現した。一方の将校が胸のポケットから紙片をとり出してカポに渡して何か告げた。カポは隊列の間を動き回りながら二つの囚人番号を読み上げた。驚いたことにひとつは私の番号だった。もう一人呼ばれた女の人と将校の前に出て、腕の入れ墨を見せる。「二人ともメンゲレ博士の部屋まであとについて来るんだ」

メンゲレ博士の名前は収容所の中で前から有名だった。私たちの気持ちにいっさいおかまいなく、カポがメンゲレ博士の非道な所業の数々を私たちにひとつ残らず話していたからである。カポがそういう行動をとっていたのは、もちろんいやがうえにも恐怖感をあおって私たちを脅かそうとしてのことであれ、他方ではそうすることで自分たちの錯綜《さくそう》した感情や、ナチの共犯者としての罪の意識を、いささかなりとも払拭《ふっしょく》しようとしてのことではないか、私は当時そう推測していた。メンゲレ博士が麻酔もかけず女性収容者に種々の酷《ひど》い実験手術を行っていることや、ことに双生児《そうせいじ》に関する擬似《ぎじ》科学研究に異常な情熱を燃やしていることもよく知られていた。

「双子は気をつけたが身のためさ、メンゲレ博士が追いかけて来るぞ」。カポは嘲《あざ》けるような調子でよくこう言っていた。「こんなことをするのは彼らだからね。我々じゃないんだ。我々は彼らの命令に従っているだけさ」

双子でもない私にどんな用があるのだろう……。カポにこづかれ、私はもう一人の女の人と二人で将校のあとに従った。近くにある建物の中に入って行くと、すぐにある部屋に通された。執務机ごしに一人の男が顔を上げた。メンゲレ博士だった。

「着ているものを脱げ」

私はおとなしく服をすべらせ、裸で彼の前に立った。やおら立ち上がって近づいて来ると、博士は時間をかけてゆっくり私のまわりを回り、あらゆる角度から子細《しさい》に体を調べていたが、やがておもむろに口をきいた。

「身内は一緒か」

「はい、夫と子どもが二人居《お》ります」

「それだけ？」。メンゲレ博士は促すように言った。

ふいにミニのことが頭に浮かんだ。そうだ、ミニに違いない、ミニが間にいるのだ。博士はそのことを聞いているに違いない。慌《あわ》てて、「そうです。ミニ、従姉《いとこ》のミニがいます！」。大きな声で叫ぶように答えると、博士はフムとうなずいて、続いて服を着てもう出て行ってもよいとあっさり言った。

信じられない成り行きに思いをめぐらしながら、私は廊下で同伴の女性が出てくるのを待った。同じ年頃の小柄な人で、そのあとロレッタという名のフランス人だと教えられた。それから二人はあるバラックに連れて行かれ、担当のカポに引き渡された。パンと代用コーヒーがあてがわれ、バラックの囚人が全員作業に出て空になったベッドの上でしばらく休んでもよいと言われた。しっかり抱きあってベッドに横たわったまま、ロレッタと私はこれまでのことをふり返り、これから先はどうなるのだろうと話し合った。ミニが来てくれて、病棟に引きとってもらえたら、と私は願った。

夕方になって点呼の列に並んでいると、一人のカポが自分のバラックの員数《いんずう》が二人足りないと言って顔色を変えてとんで来た。「死のブロック」のカポ……。他の人より少しばかり背が高くて目立ったのか、カポは目ざとく私を見つけると、「そこのお前！」。つかつかと側《そば》に寄って来て体をこづいた。「この図体《ずうたい》の大きい馬め！　来るんだ、その隣のもついて来い！」

私は自分の耳を疑った。たったいま死地を脱したばかりなのに、またたく間に再び死の逆転宣告とは。こんな残酷なことが起こりうるはずはない……。しかしロレッタと私はあっという間に再び「死のブロック」につれ戻され、同じく死を待つ人々の間に押しこめられた。私たちはぐったり部屋の隅の方に身を横たえて時を待った。

深夜近く、バラックの方に向かって近づいてくるトラックの音がした。そして慌ただしい軍靴《ぐんか》の音にまじる犬の鳴き声――。

「さあみんな、ユダヤ人たち、起きて外へ出るのだ」。カポが入って来てそう告げたとき、私たちはついに最期《さいご》がきたことを悟った。入口の扉がいっぱいに開けられ、その向こうに銃をつきつけたドイツ兵が両側に並んでトラックの後尾まで道をつくっていた。バラックの外に出た瞬間、私は思わず息をのんで立ちつくした。果てしなく広がる夜空に満月がただひとつ皓々《こうこう》と冴《さ》えわたって、死に臨《のぞ》んだ人々の青白い群れを白銀の光でぬらしていた。この清浄な夜の情景と今から始まろうとしている惨劇の何という違いだろう。

抵抗の声ひとつ上げず、女たちの列は黙々と女性のSS将校の座っている小さな机の前に進んで行った。一人ずつ机の前に出ると、女性将校は自分の手にしたリストと囚人番号を照らし合わせた。その背後に私たちをガス室に運んで行く数台のトラックが待機していた。車に積みこむ前にまず積荷《つみに》と台帳がピッタリ合っているかどうかチェックしなければならないのだった。人を殺す場合にもドイツ兵はまことに原則に忠実だった。静かに運命に身をゆだねた女たちは、取り乱しもせず落ちついて車の方へ進んで行った。その時、突然悲鳴に似た声が上がった。

「上官殿！　父はドイツ国防軍の将校でした！　第一次世界大戦で名誉の戦死をとげています！」

女性将校は肩をすくめた。もう一人の若い女が叫んだ。

「私はまだ十六歳になったばかりです。後生《ごしよう》です。どうかお助けください。連れて行かないで……」

眉根《まゆね》も動かさず女性将校はリストのチェックを続けていく。《いよいよもうおしまい。ミニでさえ私に何が起きたかも知らずに終わるのだ。今となっては私を助け出すことなど、もう誰にもできない》

前に並んでいたロレッタの番が来た。机の前に進んだロレッタは大胆にも女性将校に口をきいた。「上官殿、私たち二名はこのブロックのものではありません。よそから連れて来られたのです」

「何？」。女性将校は驚いてぐいと顔を上げた。「それで、お前たちの囚人番号は？」

「A／6893」

「A／5271」。つづけて私も答えた。

「へぇえ、確かなの？」

リストの上をすべっていく女性将校の手元を見つめながら、体がこわばって私は今にも戻しそうになった。ややあって眉間《みけん》にしわを寄せた女性将校は、側にいるカポの方をふり返った。「この二人はよそのブロックから来ているのか？」。規則違反を見つけて彼女は明らかに激怒していた。

「仕方なかったのです。自分に割り当てられた員数を埋めなければならなかったのです。員数が足りなかったのです」。カポは泣き出さんばかりになって弁解につとめたが、女性将校は椅子《いす》からとび上がるとその胸ぐらをつかんで、思いきり平手打ちをくらわせて、カポを地面に張り倒した。

ロレッタと私は列からはずされた。ぼうぜんと見守る私たちの前でトラックの後部ドアが閉ざされ、トラックは女たちを載せて私たちの目の前から走り去った。

その夜、火葬場の高い煙突から赤い焔《ほのお》が夜通し立ち昇り、澄みきった夜空を焦がしていた。

第十四章　病舎で

ママが連れ去られてからの二カ月間というもの、ママはガス室に送られてしまったとばかり信じこんで生きていたので、そのママが死なずに無事でいると聞かされて、私は喜びに感極まった。フランツィがとんできて私の肩に手を回した。作業している人たちすべての日が私の上に注がれ、カポでさえ微笑《ほほえ》んでこちらを見ていた。この日初めてロープの規定量をこなすことができなかったが、誰からもとがめられなかった。

この素晴らしいニュースを一刻も早くパパに知らせたくて、週が明けると可能な限り毎日のように作業小屋の外に出て私はパパを待ち続けた。パパは近いうちにまた訪ねてくると約束してくれたのだ。パパの耳元で、「ママは生きていたのよ!」と囁《ささや》いてその驚く顔が見たくて仕方なかった。しかし、待てど暮らせどパパは一向に姿を見せない。ママの代わりに今度はパパを失ってしまうのだろうか——不安な思いが頭をもたげ始めた。

つま先の凍傷《とうしょう》が進んでくずれ出し、黄色い膿《うみ》がいっぱい溜《た》まって引きずらなければ歩くこともできなくなった。病院に診てもらいに行くのは相変わらず怖かったが、今ではそこにママがいると思うと、ママに会いたい一心で私はやっとフランツィの熱心な説得を受け入れる気になり、カポまで申し出た。一日に一〇人かそこらしか診てもらえなかったので番が回ってくるまで一週間はかかるだろうと思っていると、きっかり一週間後の朝の点呼《てんこ》のとき私の番号も一緒に呼ばれた。

ミニが今もいてくれますように、心に念じながら他の患者に混じって病院に着くと、ほっとしたことにミニは相変わらず前と同じように助手としてそこで働いていた。患者を呼び入れるため診察室から出て来たところを、ソッと小声で呼び止めてみたが、ミニは私が誰だか分からない様子で、「私よ、エヴァよ」とくり返し声をかけて初めて気がつき、あっと叫んで飛びついてきた。ミニは両手で少し引き離すと、私の身体を上から下までつくづくと眺め回した。今歩いて来たばかりの凍《い》てつくような外気に当たって頰《ほお》は赤黒く染まり、ダブダブの男物の外套《がいとう》の裾《すそ》からは片方の靴の先っぽがのぞき、加えて例のいがぐり頭——見分けがつかなくとも仕方ない姿だった。

「親戚の娘なんです。大した格好《かっこう》じゃありません?」。ミニはそう言ってうれしそうに私をユダヤ人の医師に紹介すると、早速ママのベッドを訪ねる許可をとってくれた。ミニに手を取られて診察室の奥に続く病棟に入って行く。強烈な臭いが鼻を突いた。屎尿と腐りかけた肉体と死のまじり合った臭い。何本も何本も列をなして並んだ狭い三段ベッドには、一床に患者が二人ずつ寝かされていた。あるベッドのところまで来るとミニは立ち止まっていちばん上の段を指さし、私一人をそこに残して立ち去った。

ベッドの下段に足をかけ体を持ち上げて天辺《てっぺん》をのぞきこみ、「ママ、ママ!」と私は呼んでみた。痛ましい人影がムックリと坊主頭をもたげた。まさかといいたげな目がまじまじと私を見つめ、声にならない口元が動いて「エヴァーチェ!」と言った。ママの細い手がしっかりと私の手をつかむ。

ママはやっとの思いでベッドから起き上がると、ソロソロと長い時間をかけて床まで降りて来た。こうしてママと私はとうとう互いの胸の中で再会することができたが、ママは餓《が》死《し》寸前という有様だった。頬は完全にこけ、眼窩《がんか》の底に色あせた青い目が沈んでいた。手足も紙のように薄くなり、骨と皮ばかりになってほとんど立っていることもできなかった。まるで木《こ》の葉のようなママだったが、それでもママは生きていてくれた。

ひとしきり私を眺め回すと、ママは感にたえたように、「でもお前はまだしっかりしているねえ」「ああ、ありがたいこと、それにこんなに真っ赤なほっぺして。ほんとうにリンゴ娘みたい」

次にママは外套を脱がせて私の身体を調べようとしたが、その下から現れたのはママとたいして違わない肉の消え失《う》せた骨と皮ばかりの身体だった。

ママと私は下のベッドの端に腰を下ろして、離れていた間のことをこもごも語り続けた。ここに引き取られて以来、熱が続いて働くことはおろかほとんど寝たきりになったママを、そのまま病棟に引き留めておくためにミニがどんなによくやってくれているか。そして私は私で、自分の労働作業のことやパパにも会えたこと、ハインツがまだ生きていることなど、別れてからのいっさいをママに話して聞かせた。家族四人、とにかく今のところ一人として欠けることなく何とか生きながらえている。そう思うとママも私もすっかり胸がいっぱいになった。再び気持ちをたて直し、なお神に依《よ》り頼む心構えができあがった頃、ミニが私を迎えに来た。

診察の結果、凍傷はかなり重傷ですぐにも入院した方がいいということになったが、とにかく入院の順番が回ってくるまで待つようにと医師は言った。帰りがけ、私の肩を抱きながら、「何とかしてあなたが一日でも早く来られるようにしてみるわ。ここにいる限り私がついているから心配しなくていいんだからね」とミニが言ってくれた。

今は時間がすべての運命の鍵を握っていた。すでに十二月に入り、ブリザード（暴風雪）が最も激しく吹き荒れ気温が最低に下がる季節が到来していたからだ。ソ連軍はついにポーランドに入り、前進を続けていた。砲声が日ごとに近くなり、吹雪《ふぶき》の合間をぬってソ連軍とドイツ軍の戦闘機の爆音が絶えず頭の上で聞こえるようになった。収容所内には緊迫した空気が流れ始めていた。規律も徐々にゆるみだし、SSの士気も低下して、監視兵もときに好意的態度を示すかと思うと次には怒りを爆発させたり、囚人に対してどういう態度をとったらいいのか分からないといったように見えた。証拠隠滅のためガス室と焼却炉が爆破され、取り壊されたという噂《うわさ》も聞こえてきた。誰も今もって本気で受けとる気にはなれずにいたが、それでもこの噂は計り知れないほど人々を安堵《あんど》させた。しかしたとえ事実がそうであったとしても、私たちは決して楽観的にならないように気をつけ合った。いぜん袋のネズミであることに変わりなく、たとえガス室が使えなくなったとしても私たちを殺す方法は他にいくらもあったからだ。

毎日大勢の人が飢《う》えでばたばたと死んでいった。身も心もからからに干からび、最後の一日働き通して眠りについたまま、人々は二度と目を覚まさなかった。今やこれが死の日常の姿だった。解放されることを夢見る一方で、戦争の終焉《しゅうえん》は私たちには手の届かない遥《はる》か彼方にあるように思われた。今日一日ももたないかもしれない。体を温めることなど、とうに忘れ去られたぜいたくだったし、厳寒のさなか死んだ人の着ているものを剝《は》ぎとる以外、身を覆《おお》うものもなく、温かいはずのスープでさえ口に入れる頃にはすっかり冷えきってしまっていたから、食べ物で内から温まることもできなかった。何とか最後までもちこたえたくとも、敢《あ》えてそれに望みをかける気にはなれなかった。それにソ連軍が接近すればしたで、退却して行くドイツ兵が、残された時間を使って私たち全員をバラックに閉じこめ火を放って逃げて行くに違いなかった。

その間にも収容所の撤収が少しずつ始まっていた。二、三日おきにカポを連れたSSがやって来て後方の収容所に移動させる人員を選んで回っていた。ビルケナウを出てよその収容所に連れて行かれ、その先で幸運につながるのか非運につながるのか、誰にも分からない。少しでもシャンと見せて移動グループに選ばれようとする人もいれば、目立たないように小さくなっている人もいて、人それぞれだった。ママが病院で待っている今となっては、私はどんなことがあっても選ばれてはならなかった。次々に大勢の人が連れ去られて、収容所に残る収容者の数が日ごとに少なくなっていく。私のいるバラックからも一日おきに三〇人から四〇人が選別されてドイツのど真ん中に向かって去って行った。一回ごとに選別の範囲が狭《せば》まるなか、SSが回ってくるたびに私はうつ向きっぱなしでロープをない続け心の中で祈り続けた。

しかしとうとうある日、私の背後でSSが足を止めた。「これもだ」。すると側《そば》に控えたカポが口をはさむのが聞こえた。「目をかけられている娘です。そのままにしておいた方が無難かと思われますが」「そんならほっとけ。代わりにその隣!」。SSは高飛車《たかびしゃ》に答えるとフランツィを名指した。カポが手で追い払うようにフランツィを立ち上がらせ、外に出ろと言った。フランツィは肩をすくめてベンチから立ち上がると、別れのキスをしようとして、私の方にかがみこんだ。私はフランツィを力いっぱい抱きしめた。明け暮れ寄り添うようにして側を離れることのなかった大切な友人が、定めのない目的地へと他の人たちと一緒により分けられて外に出て行くのを、私はなすすべもなく見守った。時を同じくして邪《よこし》まな運命に放り出された私たち二人が、この後再び会うことはあるのだろうか。フランツィとめぐり合えたことで私はどんなに救われただろう。奈落《ならく》の底につき落とされた私を支えつづけてくれたその友人は、ママのために踏み止《とど》まらなければならないこの私の身代わりに出て行った。こうして隣の席が空っぽになったとき、私は突然悟《さと》った。またしてもパパの祈りが聞き届けられ、神が実際に私を導いていることを。

一九四四年十二月十六日　「バルジの戦い」。ドイツ軍、反攻に出る

（ベルギー・フランス国境沿いにひろがるアルデンヌ山地で行われたドイツ軍の起死回《きしかい》生《せい》の攻防戦）

十二月に入って三週目の朝の点呼の時、数名の囚人番号が読み上げられて、隊列から離れるように命じられた。みんなからこうして引き離される時、考えられることといったら懲罰《ちょうばつ》――それもごく些細《ささい》なことを理由に――ぐらいしかなかったので、最後に自分の番号が呼ばれるのを聞くと、私は青ざめて番号を読み上げられた他の九人と一緒に列からはずれ、みんなが隊列を組んで作業に出て行くのを不安な気持ちで見守った。しかしありがたいことに、私たちが向かわされたのは病院の方角だった。

今は一刻も早くミニと顔を合わせて、私が来ていることを知らせなければならなかったが、病院に着くと私たちはすぐに廊下の片隅の床に座らされ、病死者が順次運び出されてベッドが空になるまで、その場を動くことも許されずに何時間もそのままおいておかれた。かなり時間が過ぎてから、ついにたまりかねた私は勇気を出して廊下を自由に往来している雑役《ざつえき》係の一人に声をかけ、ミニを探してもらえないかと頼んでみた。「ミニですって？　あら、私プラハの時からミニとはとてもいいお友だちなのよ。とっても素晴らしい人。いいわ、すぐ見てきてあげる」。その人は二つ返事で受けてくれた。

毎日のように私が来るのを待っていたミニは、仕事に追われてその朝の入院予定者のリストに目を通していなかったのだった。ミニはすぐに私をママのベッドのある一角に引っぱって行くと、空のベッドをひとつ用意してママと私が一緒にいられるように手筈《てはず》を整えてくれた。こうして私はついにママとまた一緒になることができた。

ひとつベッドでかたく身を寄せ合いながら、断続的に聞こえてくる砲撃の音と空襲のサイレンをバックに、ママと私は昼となく夜となく苦しみの幾星霜《いくせいそう》にも思われた引き裂かれていた日々について、こと細かに耳の側《そば》で語り合いながら日々を過ごした。そうして語り合うほどに、ママと私の命がふたつとも救われたのは、神の手に導かれたミニのお蔭《かげ》だということがますます明らかになった。

第十五章　解放の足音

一日中ベッドに横たわる私たちの耳に、絶えず戦闘の砲声《ほうせい》の響きが届いていた。大砲の音はすぐ近くでするかと思うと、また遠のいては消えてゆく。何事も起こらずに同じような日がただ明けては暮れていった。収容所が撤収《てっしゅう》されて歩ける人は一人残らず西の方に向かって強制行軍で移動して行ってしまっていたので、もうこれっぽっちのニュースもここまでは届いてこなかった。新入り患者も出て行く人もなく、病棟の戸口《とぐち》を通るのはただ屍《しかばね》だけ。飢《う》えと病《やまい》と体温低下で、来る日も来る日も病人が次々に死んでいった。

ソ連軍が接近しつつあるのが、病棟にいる私たちにも感じ取れた。希望と絶望の間を空《むな》しく揺れ動きながら、一日も早くまだ間に合ううちにソ連軍が来てくれますようにと祈り続けたが、戦闘の状況はさっぱり見当がつかず、それに何がどうなっているのかも皆目《かいもく》分からなかった。どのみちソ連軍が到着する前にみんな始末されてしまうだろう、今となってはそれが何よりも怖かった。彼らが私たちをやすやすソ連軍の救出にまかせて去って行くなどとはとても信じられなかった。

近辺からはドイツ兵の姿も目立って少なくなった。自分たちだけで放っておかれることが多くなり、点呼《てんこ》も取り止《や》めになっていた。クリスマスが近いことを思い出す人もなく、ママと私は相変《あいか》わらずベッドの中ですり切れた毛布にくるまって抱き合ったままだった。自分たちが本当に助かるだろうと本気で信じている人はほとんどいなかった。そんな状況のなかでただひとつ確実で信頼のおけるものは、こんな時でも動じることのないミニの不屈《ふくつ》の精神だった。ミニは実際信じられないぐらいしっかりして、まめまめしかった。残っている力をすべてかき集めて病人の気持ちを引っぱり上げながら、朗《ほが》らかな笑顔をつくってパンやお茶や僅《わず》かな薬を配って病人の間を忙しく歩き回っていた。朝から晩まで長いベッドの列の間を往《い》ったり来たりして、三人の看護婦を指揮しながら死にかかった病人を看取《みと》ったり死体を片づけたり、ママと私の側《そば》を通りかかると、きまってベッドの端《はし》をタタッと叩《たた》いて決然とした口調で、「頑張って！　みんな助かるわ」と繰り返して行くのだった。ミニの快活で勇敢な姿にすがって私たちは迫りくる恐怖をかろうじてふり払い、かすかな望みを持ち続けることができていた。

ベッドの中でママと私は、もう一度自由の身になれたら真っ先に何をしようかと、あれこれ思いつくままヒソヒソ語り合って時を過ごした。お湯のあふれるお風呂にとっぷりつかって、石鹼《せっけん》で思いきりゴシゴシやってみたい。洗いたてのシーツにくるまって、ぐっすり眠ってみたい。ナイフとフォークを使って……。とにかくどんなことでもいい、もう二度と経験することなんかできないと思えた日常生活のほんのちょっとしたこと。しかし何といっても私たちの考えは、どうしようもなく食べ物のことに戻ってゆくのだった。自分たちの好物《こうぶつ》を並べたてた素晴らしいメニューをあれこれ思い描いて夢中になっては、もうこれ以上入らないというぐらいおなかいっぱい詰めこんでみたいと思った。ゆでたジャガイモやバターをたっぷり塗ったできたてのパン、新鮮なリンゴ——かたいリンゴにガブリとかぶりつけたらどんな気持ちだろう……。

昔のように、アムステルダムのレストランに入ったつもりにもなってみる。まずそれぞれのスープを選んでから、メインディッシュは——私だったらいつだってそうしたように断然ライスとカリフラワーを添えたローストチキン。いよいよデザートコースに移ると、二人ともすっかり夢見心地になってしまって、あれやこれや決めかねてしまう。ジャムとクリームのいっぱいかかったパンケーキ、チョコレートプディング、それともアップルパイにしようかしら。そして最後は何よりも私の大好きなミルクでしめくくろう。こうして食べ物の思い出にふければふけるほど、私たちの空っぽのおなかはいよいよよ激しく痛んでくるのだった。

一月に入って間もないある日、突然SSが病室の入口に姿を現して、起き上がれるものは全員ただちに外に出ろ、と命じた。ひどく興奮した様子でミニが私たちのところにとんできた。「起きて！　いらっしゃい。すぐ外に出るのよ！」

「でもママは動かせない。とても無理だわ」

「いいえ、やらせるの。やらなきゃいけない」

厳しい顔でそう言い残すと、ミニは次々と他のベッドを回って大急ぎで声をかけていった。「ええ、起きられますとも」。もはやどんな力も残っていないはずのママはそうつぶやくと、ありったけの力をふりしぼって体を起こしようやくベッドを降りた。二度と娘から離れたくない、それにこのまま残れば殺されてしまうという恐怖感が、気力でママを立ち上がらせた。ママの足が床に触れるやいなや、私はママの体を毛布でくるみこんで引きずるように体を抱きかかえて外によろめき出た。数カ月も寝たきりだったママはすでに半ば気《なか》を失い、私の体にぶら下がるようにしてかろうじて整列した人たちの最後に並んだ。日中の十一時ごろ、外は身を切るような寒さだった。病室にいた半数近くの人が出て来ていた。寒気が体の水分を奪い顔の筋肉が硬直《こうちょく》してピクリとも動かない。

久しぶりに目にする戸外《こがい》の景色は私の息を奪った。雲のない真青に晴れ渡った空の下に、シベリアのような大雪原が見渡すかぎりどこまでも広がっていた。バラックの群れも地面も道も、遥《はる》かに遠く収容所全体がすっぽり白一色に覆《おお》われていた。まるで魔法の杖《つえ》がひと振りされたかのように、殺伐《さつばつ》として醜《みにく》い収容所は跡《あと》かたもなく消え去って、白いお伽《とぎ》の国に一変していた。

私たちはきちんと整列したまま、長いことずっと待たされたが、いつまで経《た》っても何も起こらなかった。毛布一枚羽織っただけで、吹きっさらしの中に二時間も立たされた頃、ふいに空襲警報のサイレンが鳴り響いて、SSが慌《あわ》てふためいた様子でどこからともなくとび出し、全員なかへ戻れと叫んだ。夕暮れが迫る頃、再び外に並ばされた。やがて陽が沈み、辺りはとっぷりと暮れて気温が一段と下がった。またサイレンが鳴る。こちこちに凍りついた体を運んで、これも冷えきったベッドに這《は》うように辿《たど》り着く。少しばかりのパンが出た。誰も彼も、今はドイツ兵さえもすっかり恐慌をきたしてうろたえていた。

そのまま一晩床の中にいたが、骨の髄《ずい》まで凍《こご》えきった体はもう二度と温まることなく、その夜のうちにかなりの人々が凍死して翌朝その死体がベッドから運び出されて行った。親しかった友人たちの遺体を引きずって行くミニの姿がベッドの上から見える。ミニの顔は今ではすっかりやつれ表情も消えていた。それでも一、二度ママのところに戻ってきて、「お願い、頑張って……」。哀願《あいがん》するように声をかけた。

まったく意味のないこの意図《いと》的な屋外追い出しは、三昼夜《ちゅうや》にわたって時を選ばず繰り返されたので、回をへるごとにベッドから動こうとしない人が増えたが、三日目の夕方には私も同じ気持ちになっていた。こんなばかげたことなどもうたくさん、これ以上ママを苦しめることなんかできるわけがない。「どうせまた無駄骨《むだぼね》に決まってるわ」。次にまた外に出ろと命じられたとき、私はそう言ってママを安心させ、そのまま二人とも朽《く》ち果てたように人事不省《ふせい》の眠りに落ちた。

翌朝目を覚ますと、妙にシンとして物音ひとつ聞こえなかった。人の動き回る気配もなく、見回すと病室の中はガランとしてほとんどもぬけの殻《から》という感じだった。ソッと出口のドアを開け外に出て見る。ふいに何ともいえない奇妙な感覚が襲《おそ》ってきた。辺りには人っ子一人見えなかった。監視兵も犬もカポも消えていた。病棟にいた人たちの大部分が、それにミニや看護婦たちの姿も消えてなくなっている。

この日も凍《い》てつくようなよく晴れた日だった。病棟の外壁に寄りかかるように、死体が重なり合って放り出されていた。何万という大勢の人が住んでいたはずの収容所の中に今は一〇〇人、二〇〇人ぐらいの人しか残っていないように見える。しかもそのうちの八割方は衰弱の極みで死を待つばかりの人々。その他の残された生ける屍《しかばね》同然のひと握りの人々の間にかすかな望みが頭をもたげた――もしかすると？　ソ連軍が到着するまでの何日か、あるいは何週間か、何とか自活の方策を見つけその間をもたせることができさえすれば？……

私たちは自分たちで事態に対処することになり、非ユダヤ人で共産党員の政治犯だったポーランド人のオルガが、私たちごく小さなグループの指揮をとることになった。オルガと私と他に一人、二人、まず炊事ブロックに行って食料を見つけること。それに水道の栓《せん》もことごとく氷結して使えなくなっていたので、飲料水も確保しなければならなかった。毛布にしっかりくるまって私たちは雪の上を一歩一歩、炊事場ブロックの方に歩いて行った。おそるおそるドアを押してみると、どのドアも思いがけずわけなくすっと開いた。そしてある部屋につき当たるとみんなアッと声をあげた。

壁にとりつけられた何本もの棚をふさいで、何百本という黒パン――一年かかっても食べきれそうにない、おびただしい数の黒パン――がズラリと積み上げられていたのだ。まるで宝の倉《くら》――けたたましい歓声を上げて棚《たな》に突進すると、私たちはてんでに黒パンにとびかかって夢中になってかじった。ひとしきりおなかにつめこむと、今度は自分たちの衰弱した腕に抱えられるだけのパンを抱え、病棟に残っている人に食べさせるべくまた雪の上を戻って行った。余りの興奮と信じられない思いで天にも昇る気持ち、一刻も早くみんなに食べさせたくて、帰りの五分の道のりがもどかしくてたまらなかった。ベッドの間を回って、起き上がることもできない人たちの、やせさらばえた手の中に大きくちぎったパンの塊《かたまり》を押しこみながら、私は心の中でしゃくり上げ、繰り返し叫んでいた。「神さま、ありがとう、神さまありがとう」。もはや食べ物を受けつけることもできず、パンの端にちょっと口をつけただけであとは後生《ごしょう》大事に胸に抱きしめる人もいた。パンは足りないぐらいだったが、もう一度取りに戻る気力はなかった。

ぐったりベッドに倒れこむと、今度は頭の中をさまざまな不安が渦《うず》巻き始めた。夜になってまたドイツ兵が戻ってきたらどうしよう、結局ソ連軍は間に合わないのではないか、歩くのもやっとのこんな女たちだけで取り残されて、自分たちの面倒も見きれずただ死を待つだけになってしまうのかもしれない……。日中また少しパンをかじり、それでもいくらかホッとしてベッドでトロトロまどろんでいると、ふいにオルガにぐいぐい体をゆすられて目が覚めた。

「起きてくれない？　そこからちょっと降りてきて手を貸して頂戴《ちょうだい》！」

「あとにして、へたばってるの」

「駄目《だめ》よ、今すぐじゃないと。死体を外に出すんだから」

突然、真っ黒の雲が目の前を覆った。死体を運ぶですって?!

「いやよ、いや、いや!」。パニックになって毛布の下にもぐりこんだ私を、しかしオルガはすかさず引きずり出した。そして肩を押さえて私の顔をぐいと自分の方に向けるときっぱりした口調で、「あなたは若いんだし、力もまだ少しは残っている。それに他に誰もいないのよ。私たちでやるしかないの。ああやってパンを運べたんでしょ。今度だってできないとは言わせないわ」と言った。その時、側《そば》でママのか細い声がした。

「この子はまだ小さすぎるの。そっとしておいて。私が行きます」

ママの声を聞いた途端《とたん》、私は我に返った。動くことさえできないママにこんなことを言わせるなんて何としたことだろう。このママの一言で私は一足《いっそく》とびに大人に成長したような気がした。ママの面倒をみる時期がきているのだと思った。

私はオルガと組んで死体を片づける作業にとりかかった。後にも先にも思いもつかない壮絶極まる仕事だった。つい最近まで解放の日を夢見て語り合った友人たちの遺体も混じっていた。どの死体からもひどい悪臭がして、手を触れるだけでも怖《おそ》ろしいほど勇気が要った。すでに夜の帳《とばり》が下り始め、硬直して重なり合った死体の間から、見開かれた目が月明かりに照らされて、じっとこちらを見つめていた。同じ運命に運ばれて交わし、尊敬の念を抱かせられるようになった人々の顔があった。智恵《ちえ》を語り慰《なぐさ》めと励《はげ》ましの言葉を吐いてくれたその口。引き裂かれた我が子を見つめるかのような愛の眼差《まなざ》しを注いでくれたその目。ほんの僅かでも失われたその子たちの埋め合わせになれたらと私も精いっぱい愛を返そうとつとめた――いたわり合う愛情以外には、誰にも何も互いに差し出すものがなかったのだったから。

死んだ人とこうまで関わるのは生まれて初めての経験だった。これほど多くの人の命が、その人生の最盛期にかくもむざむざ断たれ捨て去られていくのを目の当《ま》たりにして、私は戦慄《せんりつ》した。どの死者も四十を過ぎているようには見えず、むしろずっと若かった。最後の最後までかろうじて希望をつなぎとめてきたはずの人々だったのに……。次の数日の間にさらに多くの人が息を引きとった。それは私がビルケナウで直接目撃したなかで最もおびただしい死者の数だった。

遠くで聞こえていた砲撃音が日を追って激しさを加え、こちらの方に近づいていた。次の日、私たちは食料倉庫をもう少し調べてみようと、三人で炊事《すいじ》ブロックの方に出かけて行った。昨日より気持ちが大きくなって構内を歩いていると、有刺《ゆうし》鉄線の柵《さく》の一部に穴が開いているのが見つかった。もう電流も切られているに違いないと思い、通りぬけてみようといってまず私がその隙間《すきま》をくぐりぬけると果たしてうまくいったので、あとの二人も私の後ろからこわごわついて来た。柵の向こう側に出ると何もかも打ち捨てられたかのようにガランとしていた。そこで私たちはいくつかの倉庫——それもありとあらゆる物資の詰まった——に出くわした。まるでグリム童話の中に迷いこんだみたいだった。最初に行き当たったのは被服《ひふく》倉庫、ここには革長靴《ブーツ》からベレー帽《ぼう》に至るまで、およそ身に着けるものなら何から何まで揃《そろ》っていた。次のは寝具《しんぐ》倉庫だった。ピシッと仕上げられてきれいにたたまれた毛布と羽布団が、まるでスイスのクリーニング工場さながら、整然とびっしり棚の上に並べられていた。そして三番目は食料倉庫。この倉庫の中には夢も敵《かな》わないぐらいたくさんの、種々の保存食料がぎっしり詰まっていた。シールを貼ったケース詰めのチーズ、壜《びん》詰めジャム、小麦粉の袋、ジャガイモ……。私たち三人はその場にへたりこんで、手当たり次第《しだい》手近にあるものを取って口に持っていった。

それからまた二番目の倉庫に戻ってみんなで毛布を取ってくると、毛布を広げた上に運べるだけの食べ物を載せて四隅をくくり合わせ、サンタクロースよろしくそれぞれ肩に背負った。宝の中の宝を早くママやみんなに届けようと勇《いさ》んで外に出る私たちの顔に、再び雪の粉が静かに舞い降りてきた。急に思いついてもう一度、被服倉庫に舞い戻ってみる。私はそこでピカピカに磨き上げられた黒革でできた軍隊用ブーツを一足取り、ふくれ上がった足に履《は》いてみた。靴の中で足元がプカプカ泳いだが、とにかくこの凍てつく寒さからしっかり足を守ってくれる、穴のあいていない初めての文句なしの履物《はきもの》だった。雪の中に出てその上を一歩一歩踏みしめると、急にスマートになったような気がして早くママに見せたくてたまらなかった。あれほどひどかった凍傷《とうしょう》の痕《あと》もいつの間にか、もう痛まなくなっていた。

この日のあとも数日、数回に分けて貯蔵倉庫に出かけて行ってはいろんな必需品を運んで来たが、その中にはのこぎり、つるはし、ナイフ等工具も含まれていた。ベッドに残った人のためにもできるだけたくさんの食べるものや着るものを取ってきて、配って回った。

私たち探検隊の興奮ぶりについにたまらなくなったママが、もう二日目には一緒についていて行きたいと言い出して、私の腕につかまって一晩のうちにまた降り積もった雪の上をソロリソロリとついて来た。貯蔵倉庫のストックの豊かさにすっかり目を丸くしたママは、被服倉庫の中でいくつか衣類を選び出した。タートルネックの紺色のウールのワンピース、グレーのウールの長靴下、そして少々頑丈《がんじょう》な黒革の編《あ》み上げ靴。靴はママの足にしっくりと合った。枯れ木のようなその体をついに暖かい衣服で包み終えると、僅《わず》かに髪の伸びかけた頭を見せてママがふとポーズをとって私に声をかけた。「どう、おかしくない？」

「ママ、とっても素敵《すてき》よ！」。二人で向き合ったまま、ママと私は思わず泣き出してしまった。

何よりの掘り出し物は、しっとりした風合《ふうあ》いの柔らかい二枚の羽布団だった。多少かさばりはしたものの体に巻きつけるとピッタリと吸いついて少しも邪魔にならず体も自由に動かせた。こうしてこの日からママと私の二人の羽布団は、切っても切れない仲良しになった。

一九四五年一月十七日　ソ連軍、ワルシャワ解放

水道管はみんな凍りついていて役に立たなかったので、コップやボウルで雪をすくい、それが自然に解けるまで待って飲み水をつくっていたが、何としても水が足りなかった。オルガの提案で、正門のすぐ外側にある小さな池ほどの大きさの貯水溝《ちょすいこう》に厚く張った氷を、どうにかして割って水を汲《く》めるかどうかやってみようということになった。それぞれに手斧《ておの》とバケツをひとつずつ下げ、私はブーツを履いてオルガのあとからついて行った。池の辺りに見当をつけると、私たちは四つん這《ば》いになってハアハア息を切らしなが

ら、いつまでもいつまでも無い力をふりしぼって、厚い氷を斧で割り続けた。すると、とうとう氷面に亀裂《きれつ》が走り氷片《ひょうへん》がはじけとんで、三〇センチもある厚い氷の塊《かたまり》がギシッと動いたかと思うと、その下から透明に澄みきった水が顔を出した。思わず、やった！と大声で叫ぶ。裂《さ》け目はいい具合にちょうどバケツが下ろせる大きさで、オルガと私はエスキモーにでもなった気分で氷の下から新鮮な水を汲《く》み上げ、病棟に運んで帰った。

こうして連日食料倉庫に出かけたり、氷と格闘したりして数日を過ごすうち、私たちは次に芯《しん》から体を温めるものが欲しくなった。暖房はおろか、どこにも火の気がなかったので、食べ物に火を加えたり、お湯すらわかすことができなかった。しばらくこの問題を検討していたオルガとママが、思いきって収容所の門の外に出て居場所を探してみようと言い出した。生き残れた人たちはこの頃までには既《すで》にそれぞれで生きる工夫をしていたし、あとは私たちを必要としない死んだ人間ばかりだった。正門を出たところに民家《みんか》造りの空《あ》き家になったSSの官舎があるのに私たちは気づいていて、そこになら暖房設備か何かあるに相違なかったので、まずはその空き家を探検してみようということになった。私たちの計画を近くで聞いていた若いフランス人のイヴェットが自分も仲間に入りたいと言ってきたので、三人よりは四人の方が何かと好都合だろう、私たちは四人一緒に行動をとることになった。

これから出かけようと用意を整えたちょうどその時、バラックの外で悲鳴に近い声が聞こえたと思うと、入口のドアが勢いよく開いて女の人がとびこんで来た。

「大変よ、門のところに熊がいる！　熊が出た、早く来て！」

怖《おそ》る怖る用心しながら私たちは正門へと向かって道を急いだ。すると門のところにまさしく熊が立ちはだかっているのに出くわした。

「熊」――頭のてっぺんから足元まで、熊の毛皮にすっぽり覆われた雲《くも》つくような大男が、ものも言えないぐらいびっくりした顔をして仁王《におう》立ちになっていた。互いに顔を見合わせてしばらく立ちすくむ。と、一瞬私は我に返って、ソロソロと男の方に近づいて行った。顔が歓《よろこ》びにゆがんだ。今まさにわが解放者がこの収容所の入口にたった一人ですっくと立っている！　私は腕を広げて男の胸の中にとびこんで行った。言葉はひとつとして理解できないはずなのに、二人とも何を言っているのかはっきり分かった。ソ連軍がついに到着したのだ！

第Ⅲ部　帰還――ロシアを通って

エヴァとママの辿った経路
ナチによる連行
解放後の移動
0
200
400
600km
ポーランド
ワルシャワ
アウシュヴィッツ・ビルケナウ
カトヴィッツ
ソビエト連邦
レンベルク
チェコスロヴァキア
チェルノヴィッツ
コロミア
ウィーン
ブダペスト
ハンガリー
オデッサ
ルーマニア
ベオグラード
ブカレスト
ユーゴスラヴィア
黒海
ソフィア
ブルガリア
アドリア海
ティラナ
イスタンブール
アルバニア
アンカラ
ギリシャ
トルコ
アテネ
地中海
エーゲ海

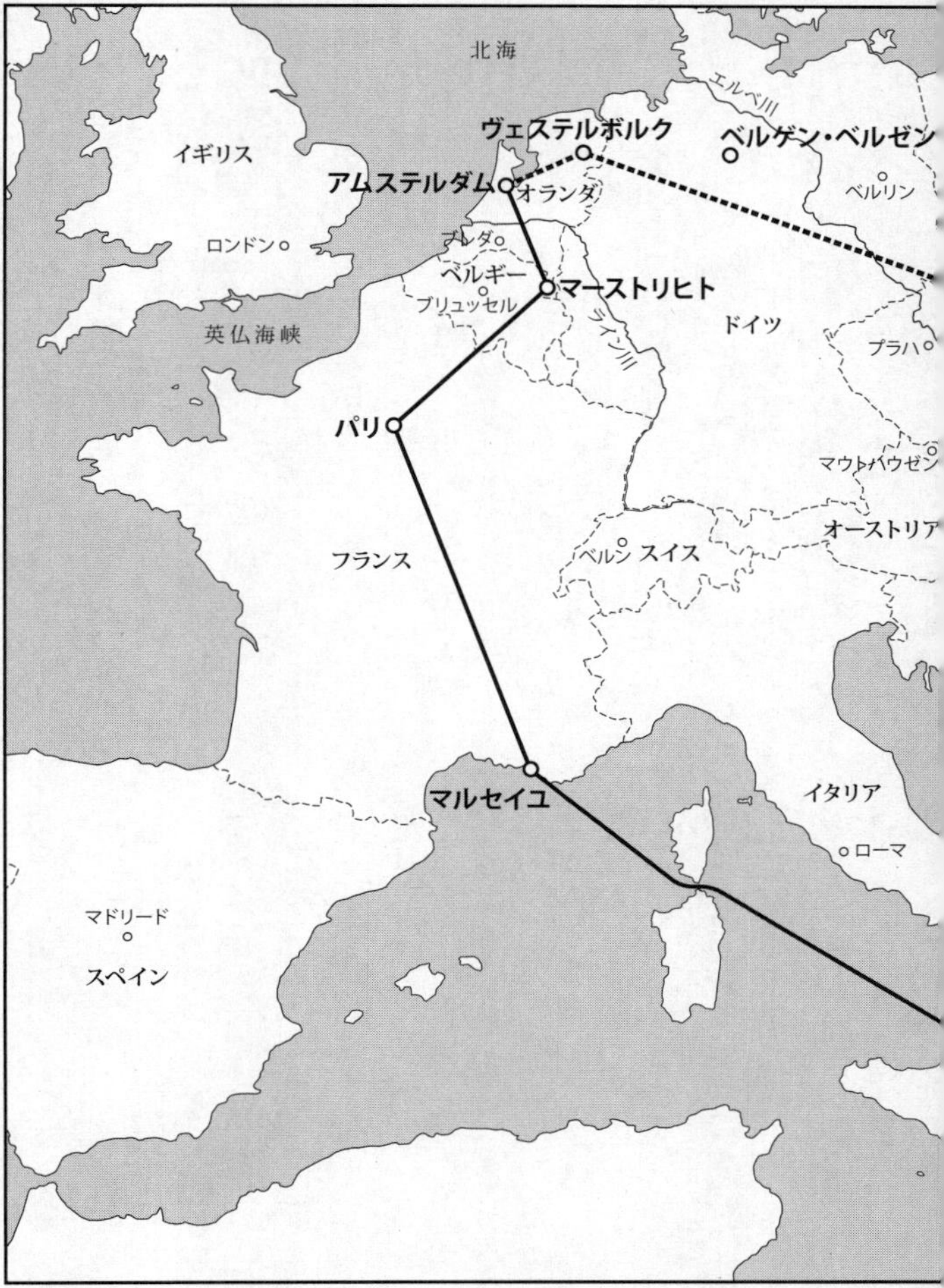
北海
エルベ川
ヴェステルボルク
ベルゲン・ベルゼン
イギリス
アムステルダム
オランダ
ベルリン
ロンドン
ブレダ
ベルギー
マーストリヒト
ブリュッセル
ライン川
英仏海峡
ドイツ
プラハ
パリ
マウトハウゼン
オーストリア
フランス
ベルン
スイス
イタリア
マルセイユ
ローマ
マドリード
スペイン

第十六章　ソ連兵のスープ

一九四五年一月二十七日。

「熊」の出現のあと、同じ日のうちに我々の解放者、ソ連軍の兵士が前線に届ける武器や物資を馬に引かせ小部隊に分かれて終日次々と到着して来た。ソ連兵たちはしかし前線へ向かうことで頭がいっぱいらしく、収容所の現況や生存者の問題には余り関心がないようにみえ、言葉が皆目《かいもく》通じないのでまともな会話も交わせないまま、私たちは彼らの周りをウロウロしながら、その一挙手一投足《いっきょしゅいっとうそく》を見届けるばかりだった。兵士たちが逃走中のドイツ軍のあとを追って先を急いでいるのは明らかだった。収容所に立ち寄ったのも野営炊事場を設営して食事を摂《と》るのが目的らしく、食事が済むとまたすぐ入れ替わりに出発して行った。

そのうち野営炊事場に仕かけられた大きな深鍋からジャガイモとキャベツのスープを

煮るたまらなくいい匂いが流れてきた。ソ連兵が私たちの方に手招きして、こっちに来いと呼んでくれたので、気もそぞろに側《そば》に駆け寄り熱いスープの入った容器を受けとって中身をすする。途端《とたん》に熱いものが体の隅々《すみずみ》まで行き渡って体中がしびれた。

こうしてソ連兵が来てくれたからにはもう一安心、勇気百倍の私たち四人は、その日の午後遅く病棟のバラックを出て、SSの官舎を目指して正門に向かった。ゲートをいくつか通り抜けて収容所の構内を自由に歩いて行くのは、何ともいえない奇妙な感じだった。行く手をさえぎる監視兵もいなければ吠《ほ》えたてる番犬もなく、聞こえてくるのはただ馬のいななきと大地を渡る風の音だけ。

官舎に着いて玄関のドアを押すと鍵もかかっておらずスッと開いた。こわごわSS上級指揮官が寝起きしていた室内に入ってみる。人の住まいらしい、いかにも清潔な匂い――きちんと整頓《せいとん》された部屋が二つ見つかった。四人は離れたくなかったので、整えられた二段ベッドが二つそれぞれ壁際《かべぎわ》に寄せてある一方の部屋を一緒に使うことにする。何より喜ばしいことに部屋の中央に黒塗りの鉄ストーヴがひとつあり、隅の方には薪《まき》がたっぷり用意されていた。そそくさとストーヴに薪をくべて周りを取り囲むと、火が燃え上がるのを四人でかたずをのんで見守った。それからやっと床に腰を下ろし、まんべんなく冷えきった体を温めながら、この上もなく居心地のいい部屋の中で初めてゆっくり手足を伸ばす。
一日じゅう興奮と緊張の連続だった。みな目も開けていられないぐらいトロトロとしてきた。あかあかと火の燃えさかる暖まった居室の中で、収容所に連れてこられて以来初めて、着ているものを脱ぎ捨てて清潔なベッドの中にもぐりこむ。オルガとイヴェットが一台のベッドを分け、ママがうっとりとした表情を浮かべて、もう片方のベッドの下段でシーツの間にすべりこんだ。携《たずさ》えてきた羽布団を放り上げると私もベッドに這《は》い登り、懐かしくも柔らかい床《とこ》の中で思いきり体を伸ばした。へとへとなはずなのにいつまでたっても寝つけなかった。白壁に踊る焔《ほのお》の影を見つめながら、何度も何度も自分自身に言い聞かせる。
《夢を見ているんじゃない、これは現実なんだ。とうとうくぐり抜けることができた、私たちは生き残れたのだ》
翌朝、みんな早くから目が覚めた。外は死んだように静まり返り、窓をすかして見ると一夜のうちにまた雪が降り積もっていた。ここでも水道管が凍って使いものにならなかったので、オルガとイヴェットが氷割りと水を汲《く》みに、私はママと食料調達に行くことになった。今度は食料倉庫に地下室があることがわかり、ここにもジャガイモ、人参《にんじん》、玉葱《たまねぎ》、大麦などたくさんしまってあった。二つの袋に持ち上げられないほど野菜をつめこんで雪の上を引きずって帰ると、先に戻って火にお湯をかけて待っていたオルガが、さっそく実だくさんの素晴らしい野菜スープを作ってくれたので、私たちは四匹の飢えた狼《おおかみ》のようにガツガツとスープを口にした。食べれば食べるほどもっと食べたくなり、ママがいくら止めようとしても私は抑制がきかなかった。ママの言う通り、やがて遅くなってから猛烈におなかが痛くなり激しい下痢が始まった。私たちには、もう食べ物を消化する力もなくなっていたのだ。

「痛いよう、おなかに穴を開けて空気を出してよう」。身をよじってうめき続けても、ママに出来ることといえば私をトイレまで抱えて行くことだけ。とうとうその晩、私は一晩じゅう便器にしがみついて過ごす羽目《はめ》になった。このときの経験を肝《きも》に銘《めい》じて、私はそのあと一回に食べる量に気をつけるようになった。

遠くで鳴っている砲声と頭上で旋回《せんかい》するソ連空軍機の爆音を聞きながら、私たちは用心のために二人ずつ組になって、交代で食料を取りに行ったり水を汲みに行ったりして日を過ごした。気温は依然厳しく何もかもコチコチに凍りついていたので、池の氷を割る作業はめっぽう骨の折れる力仕事だった。

ママと私の組はつるはしを使うことにした。前の日氷にうがった穴は一晩ですぐに塞《ふさ》がってしまい、他のよりいくらか薄いといっても、もう一度穴を開けるのにはゆうに半時間はかかった。つるはしをふるいながらフウフウあえぐ。灰色の息がたちまちスカーフのひだに凍りついて、水を汲み上げる頃には精も根もつき果て、そのうえバケツがひとつしかなかったので、一日のうちに何回も往《い》ったり来たりしなければならなかった。四人の中ではオルガがいちばん力があり、何事にもキビキビ対処して意気軒昂《けんこう》だった。祖国ポーランドと家族たちの待つ我が家に帰り着く日も遠からずと信じきっていたからだ。そこへ行くとイヴェットは哀《あわ》れだった。一家全滅の悲報に今からすっかり怯《おび》えきって、ベッドにほとんど入ったきりですすり泣いては日を過ごしていた。

無事に三日目も過ぎようという日の晩方、早々にベッドに入っていると、家の外で物音がしたのにつづいて突然玄関のドアが激しく蹴り開けられた。束《つか》の間の平和もまたたく間に消しとんで、私たちは毛布をわしづかみにガバッとベッドの上にとび上がった。二人の大男が毛皮を回した長い外套《がいとう》を着て廊下にぬっと立ち塞がっていた。顔半分隠れるぐらい深々とかぶった毛皮の帽子《ぼうし》の下から、氷に覆《おお》われた眉毛の下で二つの目がギョロリと光っている――またしても我らがロシアの熊、向こうもベッドの上に一斉《いっせい》に立ち上がった私たちの姿に、すっかり肝をつぶして立ちすくんでいた。

やがて我に返ると、私たちは次々にベッドの上からとび降りて二人の男の方へ走り寄り、暖かい部屋に導き入れた。オルガが食べるものを用意しながらポーランド語で話しかけたが、ソ連兵はどちらも口もきけないほど疲労困憊《こんぱい》の体で、横にして休ませてくれと伝えるのがやっと、というところだった。大急ぎで片方の二段ベッドを直して彼ら二人に提供し、私たちは四人でもうひとつのベッドを使うことにした。オルガとイヴェットが上に登り、ママが私をかばうように壁際に押しやって下に寝た。みんな心の奥ではピリピリしていた。ソ連兵の暴行為に関する噂《うわさ》を幾度《いくど》となく聞かされたことがあったからだ。しかしそのまままぐっすり寝入って次の朝に目を覚ますと、もうソ連兵の姿は見えず二人とも立ち去ったあとだった。

そのあと二日ほどソ連兵の到着が途絶えたと思うと、今度はトラック一〇台余り連ねた一〇〇人ほどの大きな前衛部隊がやって来て、私たちのいるところのすぐ近くにテントを張った。ソ連兵は例外なく非常に親切で、いい人たちだった。みんなして野営の焚《た》火《び》を囲んでたどたどしい会話をやりとりしながら、いつも私たちは火のとおった温かい兵糧《ひょうろう》のお相伴《しょうばん》にあずかり、噂とは大きく違い性的な脅威《きょうい》を感じさせられたことなど一度もなく、それどころか彼らは善良そのもので、とても紳士的だった。とうとう本物の味方とこうして一緒にいられる——私たちはただそういう気持ちでいっぱいだった。

兵士たちの中には少しばかりポーランド語やドイツ語の出来るものも混じっていて、ドイツ軍が自分たちの祖国でどれほどの極悪非道《ごくあくひどう》のかずかずを行ったか私たちに語ってう十三歳になる少年兵もいた。この前衛部隊の中には、村人もろとも一家全員を虐殺《ぎゃくさつ》されたという十三歳になる少年兵もいた。少年の村は村ごと消されてしまった。「僕はどうしてもみんなの敵《かたき》をとりたいんだ」と少年は熱に浮かされたように言うのだった。私たちの出会ったソ連兵一人一人が例外なくドイツ兵に対する復讐《ふくしゅう》心でたぎりたっていた。敵の最初の一兵に出くわすのが待ちきれないといった様子で、これから赴《おもむ》くドイツの先々で町という町、村という村を全部焼き払って、自分たちのかけがえのない家族や同胞に加えられた残虐《ざんぎゃく》の限りに徹底的に報復するんだと、仲間同士で熱烈に誓い合っていた。

家族や同胞がみな殺しにされてしまったのに自分たちだけが生き残ってしまった――あたかも彼らはそんな罪の意識にさいなまれていて、こうして徹底的に敵を憎《にく》むことによって自分たちの心の辛《つら》い重荷《おもに》をいくらかでも柔らげようとしているように私には思われた。

一晩野営《やえい》しただけで部隊は翌日にはもう出発して行ったが、ここに来るまでにも激しい戦闘に明け暮れ、これから先にも同じことが待ち受けているはずなのに、兵士たちはいずれもとてつもなく楽天的で朗《ほが》らかだった。そんな意気爽《さわ》やかなソ連兵たちの姿を見るにつけ、私の心の中には彼らに対する深い敬愛の思いがますます大きく育っていくのだった。

ついでまた数日にわたって、徒歩あるいは自動車や馬に乗って前衛部隊が入れ代わり立ち代わり現れ、私たちに食べ物をくれたりニュースを残して出発して行ったが、その中には決まって年端《としは》のいかない少年兵が混じっていて、いろんな雑用《ざつよう》を言いつかったり、甲斐甲斐《かいがい》しく兵士たちの手助けをしたりして動き回っていた。片言《かたこと》まじりのドイツ語を話せる子などもいたので、私は羽布団にくるまってその子たちの側に近づいて行き、たどたどしいおしゃべりを試みたが、少年たちはこぞってドイツ兵に対する激しい憎悪《ぞうお》でいっぱいになっていて、故郷の村や町で起こったナチの殺戮《さつりく》についてまたしても私に聞いてもらおうとするのだった。

部隊の出入りが一時《いっとき》静かになったある宵《よい》の口、ベッドに入る準備をしているところへ、玄関のドアをおずおずノックするかすかな音がした。ソ連兵のノックの仕方ではなかった。身をすり寄せるようにかたまりながら玄関に出て行ってこわごわドアの隙間《すきま》からのぞくと、囚人服を身につけた四十がらみの背の高い男が一人で外に立っていた。男は、自分は収容所の生き残りでひもじさと寒さで死にそうだ、中に入れてくれとドイツ語で言った。家の中に入り差し出されたパンとスープをガツガツ食べ終えると、またしてもきちんとしたドイツ語で礼《れい》を述べたのが、私たちの疑いに輪《わ》をかけた。それに長い間飢《う》えかかっていた囚人にしては体つきもしっかりして健康そうだったし、男の怯えきった様子とは裏腹にますます疑念は強まるばかりだった。男はみんなが撤退時の強制行進で連れ去られたとき物陰《ものかげ》に身を潜めて収容所に残ったのだと説明したうえで、ここにしばらく一緒に置いてくれとしきりに頼みこんだが、私たちは恐怖にかられていよいよ頑《がん》として彼の言うことを聞き入れなかった。すると今度はソ連兵の所在や去って行った方向をしきりに気にするふうに尋ねるので、私たちは彼が前に出て行った部隊に遭遇《そうぐう》してもいいようにわざと違う方向を教えた。いずれにしろ、もし男が彼の言うように正真《しょうしん》正銘《しょうめい》の囚人ならいずれ行き当たったソ連兵が助けて守ってくれるはずだし、男には気の毒な気もしたが、私たちの方も十分過ぎるぐらい怖かった。

ところが翌朝になって後続部隊がやってくると、何としたことか夕べの男がその真中に捕らわれ、ひかれているのが見つかった。後ろ手に縛り上げられ相当乱暴にこづき回され痛めつけられている。その有様についに見かねた私たちはソ連兵に強く抗議を申し入れた。いつまでたってもあきらめずに私たちがヤイヤイ抗議を続けるので、とうとう一人の将校が腹だちまぎれに男を私たちのところまで引っ張ってきて、目の前で男の上半身を裸にし、ぐいとその腕を上に持ち上げて見せた。男の脇の下からは、まぎれもなくSSであることを示す入れ墨が現れた。

動かない証拠を見せつけられても不思議に気持ちは少しも晴れず、却《かえ》って私たちはいらだつばかりだった。もはやどんな酷《ひど》い仕打ちにも無感覚になってしまったと思われていた私たちだったのに、そうではなかった。このあとに待ち受ける男の運命を思うと、たまらなかった。それは自分たちにも説明のつかない、予想もしなかった心の動きだった。

第十七章　収容所の外へ

永《なが》い間麻痺《まひ》させられていた人間らしい感情が、せきを切ったように甦《よみがえ》って来たかのようだった。私は何ともないささいなことにもヒステリックに笑いころげるかと思うと、今度は泣き出して止まらなくなった。この頃になると相変わらず先行きの不安はあったものの、差し迫った死の恐怖は影をひそめ、それに当座《とうざ》の必要を満たす食べ物も確保できていた。黒パン、ジャガイモ、玉葱《たまねぎ》、人参《にんじん》、蕪《かぶ》、それにスープにコクをつけるレンズ豆等の主食になるもの、その他にもチーズやコンデンスミルク、再生油、バター、小麦粉等もあった。一方ソ連兵に分けてもらうスープのお蔭《かげ》で、肉の味も思い出したが、肉の方はもちろん手に入らなかった。

新しい前進部隊が到着するたび、兵士たちの目に留《と》まるようにその辺をうろついてスープの分け前にあずかるのがいつものことだったが、この朝立ち寄った部隊は炊飯もせずにそのまま前線の補給に向けて発《た》つのが分かったので、オルガとママは自分たちの食事の用意をしに宿舎に戻って行った。

私はその間、外に残って兵士たちが移動の用意を整えるのを見物することにした。一頭の馬が、疲れ果て荒い息をして地面に倒れこんだまま、いくら引っぱって立ち上がらせようとしてもビクとも動かなくなっているところだった。倒れた馬の周りで数人の兵士たちがしばらく頭を寄せ合っていたと思うと、そのうち一人が突然ピストルを抜き出して、馬の頭めがけて弾《たま》を発射した。兵士たちは撃ち抜いた馬を雪の上に残したまま出発して行った。私は動転してしまった。たとえ馬一頭といえ、こうもあっさり殺してしまうなんて何て酷《ひど》いことをするんだろう。

翌朝オルガを連れて前日の場所に戻ってみると、新しく降り積もった雪の下に馬の屍《し》骸《がい》が静かに横たわっていた。何ごとにも動じない現実的なオルガはそれを見て、「しめしめ、さっそく今夜は肉入りシチューのご馳走《ちそう》にありつける。それにこの肉の量！しばらくはこれでいけるわ」。そう言って、すぐとって返すと大きな台所包丁を手にして戻って来た。柔らかそうな部分を切り出そうとオルガが馬のおなかに包丁を入れるのがとても見ていられなくて、私は少し離れたところで目をそむけるようにして立っていた。

するとオルガがふいに身を起こして叫んだ。「ちょっと、早く、これを見て！」

反射的に駆け寄って足元をのぞきこんだ私の目に、切り裂かれた母馬のおなかに横たわる完全に成育した仔馬《こうま》の姿が飛びこんできた。私は飛び上がって一目散《いちもくさん》にその場を逃げ出すと、そのまま宿舎の裏に回って壁にもたれ、いつまでもいつまでも泣きくずれた。またしてもいわれない死。何もかもビルケナウとそっくり……。仔馬一匹の死でこれほど涙が止まらないなんて、おかしいことは分かっていた。ビルケナウであんなに大勢の人が死んでいくのを、傍《かたわ》らで空しく見ているしかなかったのだから。今、私はこの仔馬にも手を貸すことができなかった。ママが探し当てて側《そば》に来たとき、私はママの肩に顔を埋《うず》めて、死んだ仔馬を思ってかつてないほど泣き続けた。それにもかかわらず遅くなってジューいう馬肉の入った料理がオルガの手で用意されると、私もみんなと一緒になって舌なめずりをしないではいられなかった。

この日を境に戦闘がこやみになったらしく、ソ連兵も現れず砲声も途絶えたまま三、四日が過ぎた。相変わらず交代で五〇メートルほど先にある貯水溝《ちょすいこう》に水を汲《く》みに通っていたが、そろそろ緊張も解けてきたので、必ずしも組にならずに一人ずつ出かけるようになっていた。この朝はママの番だった。バケツと斧《おの》をさげて池の方に向かって雪の上を歩いて行くママの姿を、私は見るともなしに家の中から窓ごしに眺めていた。膝《ひざ》をついたママが氷に穴を開け終え、いよいよバケツを水の中に下ろそうとした瞬間だった。戦慄《せんりつ》が体の中を突き抜けた。ブレーキの音をきしませ、ドイツ国防軍の兵士を満載した二台のトラックが収容所の入口に止まった。一台が門を突っ切って真っすぐ病棟の方角に走り出したかと思うと、残りの一台がショックで呆然《ぼうぜん》と突っ立っているママの方に近づき、中から一人のドイツ兵がとび降りてきて、ママに銃を突き付け後ろ向きにさせるのが見えた。建物の中に残っていた私たち三人は咄嗟《とっさ》に床に身を伏せた。病棟ブロックの方角から、「全員外へ出ろ！　行進の用意！」。ドイツ兵の呼ぶ声が荒野《こうや》をわたって聞こえてきた。

息を殺して物陰《ものかげ》から窓の外をのぞくと、列の先頭と背後を二台のトラックにはさまれ両側に銃を突き付けられた、みるも無残《むざん》な女たちの一行《いっこう》が門を出て行くのが見えた。その中に濃紺《のうこん》の服をつけたママの姿が見えた。恐怖にひきつった顔をしてママはチラリと窓の方を見た。悲惨な人間のひとかたまりがヨロヨロと視線の前を横ぎり、車のエンジンの音がしだいに小さくなってやがてシンとなった。

火を放って行くためにドイツ兵がまだ残っているかもしれなかった。そんなことはどうでもよかった。私は狂乱《きょうらん》状態に陥《おち》った。ここまで来てママが殺されてしまうなんて、到底《とうてい》信ずることも、受け入れることもできなかった。こぶしを口にくわえて死にもの狂いで悲鳴を押さえつけながら私は床に突っ伏した。「しっかりするのよ。お母さんには神さまがついていて下さる。神さまにまかせなさい」。にじり寄って肩を抱こうとするオルガの手を狂ったようにふりほどく。「シッ静かに！　私たちまで見つかってしまうじゃない！」。イヴェットが声を押し殺して私たちを制した。床に伏せったまま何十時間も経《た》ったように思われる。なにをどう考えたらよいかも分からず、私は隅《すみ》のほうでうずくまったままになっていた。たとえようもない絶望感が襲った。静まり返った雪原《せつげん》を時折《ときおり》銃声がこだまする以外、何のもの音もしない。薄闇《うすやみ》が迫ってきて、再び雪が激しくなった。もうドイツ兵も残っていそうにもない。

そのとき突然玄関のドアをどんどん打つ大きな音がして、みんな一度に呼吸が止まった。続いて奇跡のように声が聞こえた。「エヴァーチェ、私よ、開けて頂戴《ちょうだい》！」。ドアに飛びついて戸を開け放つと、私は戸口《とぐち》に立っているママの腕の中に倒れこんだ。涙が滝のようにこぼれ落ちた。ママが、最愛のママが無事に戻って来てくれた！

ひとしきりの後、ストーヴを囲んで熱いスープをすすりながら、私たちはみんなしてママの話に熱心に聞き入った。ママの語るところはこうだった。一行が収容所の門を出て間もなく、一人、二人、三人と力尽《つ》きた人たちがつぎつぎと雪の上に倒れ始めた。そのまま動けなくなった女たちを、撃ち殺すか放置するかしてドイツ兵は行進を進めて行った。もう今しかないと悟ったママは、厚く積もった雪に足をとられるふりをして、少しずつ歩調をゆるめ、体をふらつかせて最後に雪の上にくずれ落ちた——どうかドイツ兵にこれ以上無駄弾《むだだま》を使わせないでくださいと祈りながら。息を止めてそのまま動かなくなったママの傍《かたわ》らを行進の列がヨロヨロ通り過ぎ、わずか一メートルと離れていないところをトラックが地響《じひび》きをたてて通って行った。何もかも去って、すっかり安全になったと思われるまでじっとそのままの姿勢で雪の上に倒れていたママは、それからやっと体を起こすと暗闇《くらやみ》の中をとって返して来たのだった。その夜、私はママとしっかり抱き合って同じ床《とこ》で寝た。

翌朝明るくなるのを待って、万が一にもまだ息のある人がいるかどうかと私たちは収容所の外に続く本道に出てみた。死の静寂《せいじゃく》が支配する雪原の上には、目の届く限りえんえんと凍りついた死体が横たわっていた。たくさんの遺体が雪を朱《あけ》に染めて血の海の中に横たわっていた。一〇〇人以上の女たちがこの晩死んだ。

第十八章　アウシュヴィッツ偵察とオットー・フランク

　このことがあったので、すぐあとにソ連兵が再びやって来るようになると私たちはホッとした。一度に二、三〇人、その半数は馬に乗って二、三日おきに途切《とぎ》れることなくやって来て、一晩か二晩移動炊事《すいじ》設備つきのテントを張ると、また入れ替わり出発して行った。ホッとしたものの、女四人だけでいるのは実際にはとても心細かった。アウシュヴィッツ男子収容所の方はどうなっているのだろう。生き残りはいるのだろうか。そうだとしたら一時《いっとき》も早く、男性の収容者たちと合流したかった。ドイツ兵も完全にいなくなったようだし、早速イヴェットと私を次の日アウシュヴィッツへ偵察《ていさつ》に送ろうという話がまとまった。

　ジャケットの上から羽布団を巻きつけ、乗馬ズボンに革のブーツ、イヴェットもソ連兵から譲ってもらった詰物《つめもの》入りの衣服で暖かく装備すると、二人はお昼の十一時頃、いちばん天候が穏やかな頃合いを見計らってアウシュヴィッツに向かって出発した。雪の上に残っている車のタイヤの跡《あと》を辿《たど》りながら二人並んで一歩一歩進んで行く私たちの顔を、激しい粉雪《こなゆき》が吹きつけていく。人っ子一人見えない音のない世界。耳に入るのはバリバリ雪を踏《ふ》みしめる自分たちの靴音だけ。身を切るような風と寒さの中を、口もきけずひたすら進んで行く私たちの胸のうちを、同時に大きな不安が占めてもいた。——一体全体、向こうはどうなっているのだろう。

かれこれ二時間近く黙々《もくもく》と歩き続けると、やっと行く手に一群の二階建ての建物の屋根が見えてきた。アウシュヴィッツ区域内に近づいたのだ。道端《みちばた》にソ連軍のトラックが数台停《と》まっているのが見える。車の周辺で毛皮の帽子《ぼうし》と外套《がいとう》をつけた逞《たくま》しい兵士たちが、エンジンを見たり銃の手入れをしていたが、私たちが近づいても無言のままこちらを見るだけで停まれとも何とも声をかけてこない。そのまま収容所の入口の側《そば》まで来ると、何かあたりには活気《かっき》がみなぎっていて、ソ連軍の恒久《こうきゅう》的な駐在を示す組織の行き届いた雰囲気が読みとれた。正面の鉄門の頭のところに、皮肉な意味の飾り文字が刻まれてあるのが目に入った——〈働けば自由になれる〉。確かに今、私は自由の身でここに立っていた。しかしこの自由だという思いはあまりにも圧倒的で、どう受けとめていいか分からないほどだ。

アウシュヴィッツは今やソ連軍の駐屯《ちゆうとん》司令部に変えられていて、庭の中には野戦炊事用のテントも見え、完全にソ連軍の統制がゆき渡っている様子だった。命ある人間の存在を示すこの秩序に満ちた空気——これこそ私たちが願い求めていたものだった。今から私たちを庇護《ひご》してくれる人たちに会える！　そう思うとイヴェットも私も一挙に気持ちがはやって、最後の数百メートルは思わず小走りになった。すると前方からソ連兵とは異なる外見の男たちが数人こちらに向かって近づいてくるのに気がついた。縞《しま》の囚人服にベレー帽、危なっかしい足取りでよろめくように歩いてくる、やせさらばえた男たち——私は一瞬、彼らの中にパパとハインツの姿を求め一人ずつ顔を見回した。

いちばん手前の奥行きのある細長いレンガ造りのバラックの中へ、入口の階段を数段上って入って行くと、ズラリと並んだ狭い三段ベッドの上に大勢の男たちが横になったり、端《はし》の方に腰を下ろしたりしてたむろしているのが目に入った。私たち二人の姿を認めるや男たちは一斉《いっせい》に腰を上げて近寄って来た。私たちが歩き通しでビルケナウからやって来たことを知ると、おうーと一斉にどよめいて、みんな一瞬電気で打たれたようになった。驚きと感動が駆け抜けると同時に、一斉に質問攻めが始まった。君たちの出生地は？　名前は？　他にも生存者はいるのか？　どこの誰それに会わなかったか？　ビルケナウにはあと何人ぐらい残っている……？

四方八方からいろんな国の言葉が一度に耳にとびこんできた——ドイツ語、フランス語、イディッシュ語、ポーランド語、ハンガリー語、オランダ語……。イヴェットも私も何にどう答えていいか分からず、ぼうっとなった。解放後、初めて出会う女性収容者を目の前にして、誰も彼も自分たちの妻や娘の安否を必死になって知ろうとしていた。しかし彼らの期待に沿うような返事はしてあげることができないのだ。ほとんどの女たちが死んでしまっているのを知っているのだから。

パパとハインツを求めてベッドの列の間をくまなく歩いてみたが、二人の姿は見つからなかった。その代わり、かすかに見覚えのある顔に行き当たった。表情のすっかり消え失《う》せた中年の男、骸骨《がいこつ》同然のその顔の中で色あせた茶色の目がもの問いたげにじっと私を見つめていた。

「存じ上げて……」。声をかけながら絶対この人を知っている、私は頭のどこかで考えていた。今でも気品《きひん》を失わずにいるその背の高い人は、痛々しい仕草《しぐさ》でそっと体を起こして立ち上がると、かすかに頭を下げ、弱々しい笑みを浮かべて答えた。

「オットー・フランクといいます。確か君はエヴァ・ガイリンガー……あのアンネのお友だちだった……」。口にすると同時にフランク氏は私を引き寄せてしっかり胸に抱きしめ、せきこむように続けた。

「アンネもあなた方と？　アンネかマルゴットを見かけやしませんでしたか？」

私はメルウェーデプレインの友だちとは誰ひとり一緒ではなかったと告げるしかなかった。私もパパやハインツのことをフランク氏に尋ねてみたが、動ける人はみんな行進で連れ出されたという以外、彼にも何も分からないという答えだった。

それからしばらくの間ベッドの縁に腰を下ろして私はフランク氏と話を続けた。私はこれまで知っている限りのことをフランク氏に話した。彼も私たちのことを心配してくれて、一刻《いっこく》も早くここに移って来るように、ここではソ連兵が全面的に面倒を見てくれているからと言った。また訪ねる約束をして私は間《ま》もなく彼にいとまを告げた。

ソ連兵に熱いスープを十分に振る舞ってもらってから、いよいよママとオルガを迎えに引き返す段になって、イヴェットは自分はもうビルケナウに戻るつもりはないと言い出した。男の人たちとようやく一緒になれたからには、今さら苦労してビルケナウへとって返すなど、イヴェットには思いもよらないことだった。仕方なしに私は一人で戻ることになった。午後四時ごろ、すでに黄昏《たそがれ》が迫っていた。怖くてドキドキしながら私はビルケナウの方角に向かって歩き出した。しばらく行くと、やがてあたりはとっぷりと暮れ、月のない夜空に数万の星がまたたき始めた。突然頭の真上で曳光弾《えいこうだん》がはじけ、緑がかった青い光がキューンと闇《やみ》を貫《つらぬ》いて行った。十字砲火《ほうか》を避けるため急いで雪の上に突っ伏したが、すぐにまた静かになった。こちらに向かって近づいてくる自動車の音がする。敵か味方かも分からないまま近くの藪《やぶ》に逃げこんでやり過ごし、出ようとすると、また続いて数台通って行った。慌《あわ》てて藪の中にあと戻りをして真暗闇の中にとり残されているうち、夜の気温が一段と落ちこんできた。このまま行き暮れてしまったら凍死するのは明らかだった。ママのことが頭の中を駆けめぐる。このまま死んでしまったらママはどうなるだろう。今夜のうちに私が戻らなかったら？……

ありったけの勇気をふりしぼると、私は藪の中から這《は》い出してまた歩き続けた。怖《おじ》けそうになるのを口笛でまぎらし、口笛を吹くのに疲れると今度は羽布団のはじっこをくわえてしゃぶり続けた。いよいよこの先には死体がごろごろしているのだ。しかし死体をよけながら進んで行くうち、突然ちっとも怖くなくなったのに気がついた。死んだ人たちの魂がしっかり行く手を守っていてくれるのが、ひしひしと感じられた。

やがて行く手に淡い灯《ひ》がチカチカまたたいているのが見えてきた。つい数週間前まではSSが住むおぞましい家、それが今はママの待つ懐かしい我が家の灯だった。玄関に辿り着くと私は思い切りドアをノックした。

いよいよ明日はここを去りみんなと一緒になれる。そして新しい未来が始まるのだ。ビルケナウの門を生きてくぐり抜けることのできる僅《わず》かな人たち、その数少ないなかの一人に自分も加えられることになったことを、私はこみ上げてくる熱い感謝と敬虔《けいけん》の思いでかみしめていた。

第十九章　帰還——アウシュヴィッツの引き込み線へ

翌朝は澄みきった素晴らしいお天気だった。前もって倉庫で見つけておいたスーツケースにそれぞれの着替え用の下着、ウールの靴下、ジャンパーコート、それにワンピース（ウェストがなくなっていたのでスカートは用をなさなかった）とパンを一本詰めこむと、ママと私は今は同じ運命で結ばれて行動を共にすることになったオルガと三人で、すぐにビルケナウを出発することにした。

解放感ですっかり張り切って、私たちは意気揚々《ようよう》とビルケナウを後にした。背後《はいご》わずか数キロのところで、何百万人もの同胞がひたすら機械的に殺されていったなど、まるで嘘《うそ》のようだった。夕べの新雪で足元が柔らかくサクサクときしむ。道筋に点々と横たわる死体の小さな雪山も、今は何もかも平和そのもの白一色に包まれていた。しかし、しばらく行くほどに私たちはあえぎだした。巻き上げた羽布団をそれぞれ小脇《こわき》に抱え、ママと私はスーツケースをときどき交換して持ち合ったが、それもしだいに重くなり、やがて踏み出す一歩一歩がひたすらアウシュヴィッツに向かう執念の刻印とも思えるようになってきた。これから先はどうなるのだろう、心を悩ましながらよろけるように進む私たちの口元で息が白く凍る。目を半分つぶったまま私はパパとハインツのことを考えていた。死んだとばかり思っていたママがこうして生きている姿を目の前に現したら、パパはどんな顔をするだろう。あれほどの犠牲者の中からよりによってママと私が揃《そろ》って生き残れたなんて、たとえ私たちの顔をじかに見たとしてもパパはにわかには信じられないにちがいない……。パパとハインツに会いたい一念が、私たちに難儀の道行きを続けさせていた。

二時間余り歩き続けて、やっと地平線に赤レンガのアウシュヴィッツの姿が見えてきた。前日と同じく忙しそうに装備の点検や準備に立ち働いているソ連兵の姿が見えた。手前にいる兵士の一団のところまで来ると、近づいて行ってしばらくやりとりしていたオルガが私たちの方を振り向いて、先に行ってと手真似《てまね》で合図をした。ママと私はオルガをそのままそこに残して先へ進んだが、それっきりオルガと顔を合わせることはなかった。

私は前日と同じバラックにママを案内して行った。三段ベッドには相変わらず大勢の男たちが群がっていた。よく見るとどの人もみんなまだ若いのに、灰色の坊主頭と肉がごっそり落ちて前に突き出したあご骨が、彼らをまるで老人のように見せているのだった。いずれも生きた骸骨《がいこつ》そのものだった。

パパとハインツの姿を探してベッドからベッドへそろそろと歩《あゆ》んで行くと、もしや自分たちの妻や娘では──探るような熱い眼差《まなざ》しが一斉《いっせい》にママと私に注がれた。オットー・フランクの姿は見えなかった。ママがふと足を止めてベッドに横たわっている一人の男に声をかけた。アムステルダムでもヴェステルボルクでも見覚えのある人だった。

「もしかしてヒルシュさんでは?」。男は声のする方にうつろな目を向けた。

「私ですよ、フリッツィ・ガイリンガー、……生きてらしたんですね……」。やがて男の顔がかすかに動き、針金のような手がワナワナと差し伸べられてかすれた声がした。

「フリッツィ! ああ、あなた生き残られたか。何とありがたいことだ。しかし私は起き上がってご挨拶《あいさつ》も叶わなくて……ごらんのように脚が折れちまって、こうして板きれにくくりつけられているもんで」

パパたちのことも聞いてみると怖《おそ》れていた答えが返って来た。

「ああ、行っちまいましたよ。二人とも最後に出た行軍に混じって行っちまった。エーリッヒはこのまま残ると皆殺しになると言って無理を通してね。私はこうして動けなかったばっかりに……」

ヒルシュ氏は絶望的な仕草《しぐさ》で首を振った。胸の縮まる思いだった。ママと私は顔を見合わせることもできなかった。ママがヒルシュ氏の細い手を軽くたたき、落ちつき先を見つけてからまた訪ねて来ると約束をして私たちはその場を離れたが、二人とも心が重く沈んだ。それでもとにかく、私たちは生き続けなければならないのだ。パパとハインツが行軍を生き延びていてくれることを祈るしかない。再会のときが少し先に延ばされただけ——そう自分たちに言いきかせてママと私は互いに慰《なぐさ》め合った。

階段を上がって同じ建物の最上階に行ってみると、仕切られたいくつかの小部屋があり、それぞれソ連兵や比較的元気そうな収容者が使っていた。その中に誰も使っていない部屋がひとつ見つかったので、早速私たちはそこを占拠《せんきよ》することにした。藁《わら》のマットレスのついた木製のベッドがふたつ、小さなテーブルひとつに椅子《いす》が一脚、何よりもドアが付いているのがうれしかった。これでやっと二人きりのプライバシーが確保できる。ベッドの上になけなしの全財産を放り出すと私たちはさらに探検を続けるためにまた下に降りて行った。どこもかしこも戦争のどさくさを物語る有様を呈《てい》していた。数十人の収容者が群れをなしてその辺をうろつき回り、倉庫から手当たりしだいに物を持ち出してはあたりかまわず要らないものをそこらじゅうに放り出していた。一階に水の出る洗面所が見つかったが、トイレの方は全部打ちつけて封印されていた。廊下の隅にバケツが置いてあったので、便器代わりに自分たちの部屋で使うことにして、庭に積み捨てられていたものの中からお皿とスプーン類を拾った。さらに歩いていると途方もない拾い物にぶつかった。とびきり大きなレバーソーセージが、まるで私たちを待ちうけていたかのように地面にころがっていたのだ。これで何年も味を忘れてしまっていた素晴らしいレバーソーセージのサンドイッチが食べられる！　思っただけで生唾《なまつば》がごくんと出てきた。ヒルシュさんにも分けてあげよう。

サンドイッチのことで無我夢中になって、急いで部屋に戻ってドアを開けた途端、私たちはガックリ肩を落とした。二枚の羽布団だけ残して、荷物がパンごとまるまる消えてなくなってしまっていた。しょんぼりベッドの縁にへたりこんだまま、ママと私はしばらくのあいだ手にしたソーセージを見つめていたが、パンなどなくっても一向に構いやしない――私は気をとり直すとソーセージに思いきりよくかぶりついた。ママも少しだけかじってから、一度にたくさん食べないようにと言って私を止めにかかったが、もはやこの世の何をしても私の食欲の衝動を止めることはできなかった。私はソーセージが離せなくなり、とうとう丸ごと一本をペロリと平らげてしまった。

身心ともにたいへんな一日だった。夕方になると私たちは早々にそれぞれのベッドにもぐりこんだ。そのまますぐに深い眠りに落ちるかと思ったが、すぐにママの温もりが恋しくなって私は数分も経《た》たないうちに自分のベッドを抜け出してママの側《そば》に行った。果たせるかな夜遅くなって、私は激しい胃けいれんに襲《おそ》われて目が覚めた。こうしてこの夜も一晩中バケツにしがみついて貪食《どんしょく》の罪の償《つぐな》いをして過ごすはめになった。

次の日の朝、ママと私はソ連兵のもとに出向いて行った。生存者の世話を専門にする兵士たちの小さなグループがあるらしく、地面に共同トイレ用の穴を掘ったり、体の使える収容者を指導して大量のジャガイモの皮をむかせ、黒い大きな深鍋でスープを作ったりしている。ジャガイモとキャベツのスープ、それにボソボソした粗挽《あらび》きトウモロコシの大きなパンが兵士を含め私たち全員の共通の食事だったが、このきちんとした食事のお蔭《かげ》で、私たちがかかっていた慢性飢餓《きが》の症状にやっと歯止めがかかるようになったのだった。ジャガイモの皮むき以外にも何か仕事を手伝ったりすると、お決まりのパンとスープのほかにちょっとした食べ物が手に入ることがあったので、ママと私は喜んでお手伝いを申し出た。一人の将校が水の代わりに丸めた新聞紙を使って窓ガラスを拭く方法をママに伝授してくれたので、私たちは将校の執務《しつむ》室の窓に厚く積もった汚れをその方法で落としてあげて、お礼にパンとチーズを頂戴《ちょうだい》した。

ある早朝、三人の屈強《くつきょう》な若者の兵士が手に手にのこぎりをかかえて大部屋に現れたかと思うと、三段ベッドの上二段分を切り落としにかかった。全部切り終わって平らになったベッドがずらりと並んでいる様は、いかにもさっぱりして、まるで町中の一般の病院にでもいるような印象を与えてくれたので、私たちはとてもうれしかった。これでやっと本当に囚人の身分から解き放されたという気がした。こういった何気ないところまできめ細かく思いやってくれる人たちが側にいてくれる——そして、こうしたささやかな配慮こそ、収容者を徐々に立ち直らせ適応させるうえで非常に大切なことだったのだ。ところが少ししてから、ベッドが解体されたのは、もっぱら燃料にするためだったということが判明した。切り落とされたベッドの古材が炊事用の薪《まき》になって火にくべられているのを見たのだった。

アウシュヴィッツに移って来た同じ週のうちに、数人のオランダから来た女の人たちとめぐり合った。その中のいく人かは、前年の九月に入ってからビルケナウに移送されて来ていたので、その前から収容所にいる人たちよりはかなりましな状態だったが、そんな中にローチェがいた。ママと同じぐらいの年格好《としかっこう》の元気で気のおけない女性で、ママとはすぐ気が合って仲良しになった。

ローチェは夫と十六になる娘のジュディと三人で隠れ家に身を潜めているところを捕

らえられ、娘の方だけ別の収容所に送られていた。ママが娘と切り離されないで済んだことをローチェはしきりにうらやましがっていた。アウシュヴィッツに入れられていた夫は撤退時の行進で連れ去られてしまったということだった。また、ビルケナウではオットー・フランクの妻と娘たちとバラックで一緒だったということも話してくれた。二人の娘のマルゴットとアンネは十月になってからよその収容所に再移送されて行き、そのあと一人残された母親のエディトは、すっかり意気阻喪《そそう》して気がおかしくなった。一人になってからもエディトは家族がみんなまだ側にいるものと思いこんで、夫や娘たちにとっておくのだといっては自分の食べる分をこっそり隠そうとした。そして解放の日を目の前にした一月のある日、衰弱の果てにローチェに抱きかかえられるようにして息を引きとっていったということだった。この話を聞くと私はオットー・フランクが気の毒に思えてならなかった。彼のためにせめてもアンネとマルゴットが無事でいてくれますようにと祈るばかりだった。

私はキアという名前のひょろっとした十六になる内気な女の子と知り合い、仲良しになった。キアもオランダから来ていて、互いにオランダ語でしゃべれる同年代の友だちにめぐり合えたのがうれしく、私たちは毎日のように一緒にくっついていた。両親と祖母の手でただ一人フリースランド地方の農家に預けられたキアは、これもまた密告で捕らえられ、そのあと家族の消息《しょうそく》もゆくえ知れずのまま、ここではまったくのひとりぼっちになっていた。

三週間目のある夜間《やかん》、すぐ側で突然砲声《ほうせい》がはじけたかと思うと、続いて大砲の音が鳴り響いた。砲撃の音は夜通し鳴り止《や》まず、ママと私は羽布団にしがみついて耳を押さえながらまんじりともせず夜を明かした。朝になるのを待って外に出てみると、興奮しきった兵士や収容者が構内のあちこちにあふれ返って、がやがやと騒いでいた。ドイツ軍が猛反撃に出て陣地を奪い返し、ソ連軍が後ずさりを余儀《よぎ》なくされているということが少しずつ分かった。我々共通の敵がまたこちらに向かっている――私たちはパニックに見舞われた。ドイツ軍が再び引き返してくるようなことがあれば、今度こそ情け容赦《ようしゃ》なく徹底的にすべての人を血祭《ちまつ》りにあげるだろう。あれだけの苦しみをなめて生き残った私たちにとって、それは余りにも明らかなことだった。

やがて将校が数名出てきて群衆を静かにさせ、これから収容者を後方の安全地帯カトヴィッツ（ポーランドのカトヴィーツェ）に移す、決められた時間内に出発の用意を整えて集合せよ、と片言《かたこと》のドイツ語で訓示した。ママが床拭き布を利用して縫《ぬ》っておいた間に合わせのリュックサックに二、三の身の回り品を詰め羽布団を巻きあげると、私たちはヒルシュ氏に手を貸すために下に降りた。しかし脚の回復が余りよくないヒルシュ氏は起き上がることはおろか、脚を動かすこともできなかった。他にも動けない人たちがいた。ドイツ軍が戻って来るかもしれないというのに、この人たちを残して出発しなければならないのだろうか。ソ連軍がどうにか陣地《じんち》を守ってくれますように——万一《まんいち》そうならなかったら、この人たちはどうなるのだろう。

一五〇名ほどの男女が中央広場に集合していた。くりくり頭に大部分が縞《しま》の囚人服をまとった哀《あわ》れな姿をした一団が、一刻も早くアウシュヴィッツから脱出しようと集まっていた。数台のトラックが広場に入って来て車のフラップが下ろされると、互いに手を貸し合って車の後部に乗り込んだ。ママと私は、ローチェとキアと身を寄せ合うように床に座って、かの悪名高き貨物列車引き込み線に運ばれて行くのを待った。引き込み線にはもう一度人間貨物を運ぶことになった家畜運搬用の貨物列車が待機していた。ただし今回はソ連兵に護《まも》られての旅だ。いよいよ自由を目指す旅が始まった。

第二十章　カトヴィッツの映画館

笑いさざめき、口々に歌を口ずさみながら、着いた時とはうって変わったなごやかな雰囲気のなかを、私たちは喜々《きき》として貨車《かしゃ》の上によじ登った。混雑をかき分け、隅《すみ》のほうを確保すると、羽布団を一枚広げた上にもう一枚を上掛《うわが》けにして、長旅に備える居心《いご》地《ち》のいい一隅《いちぐう》をつくった。板床《いたゆか》の真ん中にはあかあかと火の燃える調理兼用の鉄ストーヴがひとつ、もうあの吐き気を催すような便器バケツもない。用を足すために今度は列車の方で定期的に停《と》まってくれることになっていた。

この世の地獄の地から、貨物列車はゆっくりと離れ始めた。そして前線をあとにした私たちは、解放されたポーランドの国土を縫って旅を続けた。ストーヴをとり囲んでじっと座ったまま、人々はそれぞれの思いにふけって静かに時を過ごしていた。こうして味わっている安らかな同胞との一体感、そして保護のもとにある安心感のほか、敢《あ》えて望みうるものは何もなかった。それでも列車がポーランドの田園《でんえん》地帯を走行して行くにつれ、戦争は継続中なんだと思い知らされて先のことを考えると一様に心細かったが、だからといって自分でどうこう考えられるほど気力のある人もなく、今はただソ連兵たちが、私たちのために備えていてくれるこのあとの措置《そち》を当てにするばかりだった。
二、三時間ごとに列車が一時停車するたび、地面にとび降りて思い思いに体を伸ばしたり外の空気を吸いこんだりしながら、私たちはもの珍しげに辺りの景色を見回した。目に映るのはそこらじゅうドイツ軍とソ連軍の生々しい戦闘の跡《あと》と、焦土《しょうど》と化した国土、村々の廃墟《はいきょ》の跡だった。列車が崩れ落ちた小さな駅に入って行くと、それでも時折《ときおり》、掘り起こされた地面の中から背中を丸めた人影がポツリポツリ立ち現れることもあり、ショールやスカーフをまとった農家のおかみさんたち生き残った村人が私たちの方に近づいて来て、手にしたかごに入っているジャガイモや玉子を買ってくれとせがむのだった。お金を持っていない私たちがてんでに身につけているスカーフや靴下、ソックス等を差し出すと、彼らはどんなものとでも喜んで交換したがった。旅のあいだ日に二回、停車中にパンとスープの食事が配られた。
ソ連兵を乗せた軍用列車がひっきりなしに前線に向かっていた。反対方向に向かうお互いの列車が停車中にすれ違うたび、両方の列車の中からどっと人々がとび降りて、東と西のニュースを求め合った。私たちの方も「世間《せけん》」にいた人たちに一人でも多く接したかったし、戦局《せんきょく》がどうなっているかも知りたかった。ソ連兵の中には十五、六になるかならないかの少年兵もいて、どこから来たのか、前線の様子はどんなかと私たちに片言のドイツ語で話しかけてきた。私たちがユダヤ人だと知るや、手をとって握手を求め、早速《さっそく》自分たちの列車に引き返して行ってユダヤ人の戦友を引っぱって戻って来る。そして相方《あいかた》のユダヤ人が感極まったように抱擁《ほうよう》し喜び合う光景を傍《かたわ》らでさも満足そうに見守るのだった。ユダヤ系ソ連兵はいずれも多少イディッシュ語が話せたので、私たちから詳細な話を聞くとホロコーストの生き証人を目の前にして心《しん》から驚き、かつまた狂喜した。強制収容所のことに関しては彼らの間にも、すでにある程度詳しい情報が流れている様子だった。

プラットホームの崩れた足場に立って話を続けながら、兵士たちはめいめいの胸のポケットから大事そうに家族の写真をとり出して私たちに見せ、そこに写っている自分たちの父や母や兄弟姉妹、息子や娘をもしやどこかで見かけなかったか、と訴えるように質問してきた。スターリンの肖像写真をとり出すものもいて、熱烈に写真に口づけしながらスターリンは我らが救世主、我々を勝利に導く偉大な指導者だと口々に称《たた》えていた。土の匂いのするこれらがっしりとしたソ連兵は、揃《そろ》いも揃った堅固《けんご》一途《いちず》なコミュニストだったのだ。

彼らは熱をこめて繰り返し私たちに話して聞かせるのだった——遠い昔の祖先のことならいざ知らず、他でもない自分たち自身のお祖父《じい》さんお祖母《ばあ》さん、父さん、母さんがどれほどまでに地主階級たちに搾取《さくしゅ》されつづけ、家畜小屋同然の掘立《ほったて》小屋に押しこめられて、希望のかけらひとつない農奴《のうど》として塗炭《とたん》の苦しみをなめさせられてきたか、それが今では人民等しく平等になったうえに、何よりもまずお腹いっぱい食べられる、まともな家にも住めるし、将来に希望を託してやっと人間らしく生きて行くことができるようになった、何もかもみんなスターリンのお蔭《かげ》——。

私は兵士たちのひたむきな話ぶりに心打たれた。その真剣実直な顔を見ているうちに、彼らに対する信頼感はますます強まり、こんなにも確固たる信念を抱いている人たちなら、きっと私たちのこともしっかり守り通してくれるに違いない、そう思うと、とても心強かった。

一九四五年三月七日　アメリカ軍部隊、ボンの南方レマーゲンでライン川渡る

列車の行き着く先もはっきり知らされないまま、旅は西北の方向に向かってノロノロ

と続いた。そして三月二十五日、とうとう私たちはそっくり無傷《むきず》のままの姿を残しているある大きな駅に着いた。ポーランドの重要な炭鉱《たんこう》都市カトヴィッツ。ひさびさに目にする整然とした都市を目の当《ま》たりにして、ついに文明社会に帰って来たという感慨《かんがい》がこみ上げてくる。

手回り品をまとめて席を立ち、はやる気持ちでホームに降り立ったとき、少し離れたところでステップに足をかけているオットー・フランクの姿が目に入った。ローチェに手真似《てまね》で差し示すと、彼女はフランク氏の後を追って向こうの方に行った。私たち一行《いっこう》は街はずれにある炭鉱労働者用の宿舎に向かった。宿舎に着いてみると、床《ゆか》には一面に藁《わら》のマットレスが敷きつめられていて、次の指令が届くまでの数日間ここで好き勝手にゆっくり休養を取るようにとお達しがあった。収容者一行の面倒を見るのは骨の折れる難題に違いなかったのに、ソ連兵はすべてをきちんと把握《はあく》し、うまく管理体制が機能しているようだった。

宿舎に着くとじきに中庭に炊事《すいじ》場が組み立てられ、スープの鍋からおいしそうな匂いがしてきた。しかし、スープと一緒にきまって食事のとき出される、例のぼそぼそした硬いトウモロコシパン、こちらの方はどうにもまずくて喉《のど》を通らなかった。まだ体力の回復もはかばかしくないママは、そんな私に一口でもこのパンを食べさせようとして、

「ほら、見なさい、兵隊さんたちの強くて元気そうなこと。こうしてこのパンを頂いているからああなれるのよ」と無理にすすめようとしたが、差し当たって餓死《がし》する心配がなくなってみると、以前の好き嫌い癖《ぐせ》が途端に私のなかで頭をもたげてしまっていた。

カトヴィッツ滞在の間、私たち四人は午後になると待ちかねたように数人の仲間と連れ立って街中《まちなか》に出かけ、目ぬき通りを往《い》ったり来たり、道の両側に並ぶお店をのぞいたりして、ワクワクしながらひねもす街中を歩き回った。申しわけ程度の貧相《ひんそう》なショーウィンドーの中身も、私たちの目には最高の贅沢《ぜいたく》品に映った。買い物こそできなくとも、こうしてウィンドー・ショッピングをしながら自由に街の中を歩いているだけですっかり心がはずみ、やっと市民社会の一員に戻れたという気持ちでいっぱいになった。収容所で私たちが飢《う》えていたのは、口に入れるものだけではなく、「当たり前に生きる」ということも含まれていたのだ。

ある日私たち一行は、オーストリアの古い映画を上映しているある映画館の前に行き当たった。私はすっかり夢中になって、「ねえ、ねえ、切符《きっぷ》売場の女の子に頼んで中に入れさせてもらって!」。ママをゆさぶりながら、足をばたつかせてせがんだ。ママは初めのうちはいやがっていたが、私があまりにしつこいので、とうとう根負《こんま》けしてしまって窓口の方に近づいて行き、あっけにとられているもぎりの女の子に向かってわけを説明してくれた——私たちアウシュヴィッツから出て来たばかりなんですが、映画が見たくて——。いがぐり頭にひっこんだ目をした異様な風采《ふうさい》の一行の姿に、女の子は一瞬驚いたような顔を見せたが、すぐに事情をのみこんで、私たちみんなをそのままただで映画館の中に通してくれた。

映画はもう始まっていた。おかしな格好《かっこう》を観客に見とがめられることもなく座席にすべりこむと、深々としたビロード張りの椅子《いす》に体を沈めて、私たちは一気《いっき》に幻想の世界へと引きこまれていった。皇帝フランツ・ヨーゼフの史劇だった。画面いっぱいに、子どものころ連れていってもらったシェーンブルーン城とお城の庭園が映し出された。ヨハン・シュトラウスの音楽が場内を包むなか、それからの二時間あまり苦しかった日々の記憶をいっさい忘れて私は画面に浸《ひた》りきりになった。

映画が終わって表に出ると、もう薄暗くなっていた。自由の身の実感がいまさらにこんこんとこみ上げてきて、ふと目まいがした。アウシュヴィッツの悲劇を体験した私はまだ十代、これから普通の社会生活に戻ろうとしている。学校に戻り、先生や友だちとも再会するだろう。そして永年にわたってあれやこれやと禁じられ、剝奪《はくだつ》されるままになってきた世の中の一般生活のいろんなことと向き合うのだ——でもどうやってこれらのすべてのことに取り組めばいいのだろう。そう気がつくと、急に私はすくみ上がった。

いつの間にか、あたりはすっかり暗くなっていた。子どものようにママの手をしっかり握りしめ、私は黙ってママの側《そば》を歩いた。二人とも一言も口をきかなかった。ともに心の中でパパとハインツのことを思い出していた。不吉な影が行く手を遮《さえぎ》った。もしかしたら二人とも、もう戻ることはないかもしれない……。

何日かして再出発の指令が回って来た。戦闘状況はソ連軍にとってはかばかしくなく、ドイツ軍がカトヴィッツを奪回《だっかい》するかもしれない勢いだった。私たちはさらに東方に移動することになった。

三月三十一日。またしても貨物列車によじ登り、私たちはウクライナの奥深くへと向かって旅を続けた。列車はこれまで以上にしょっちゅう一時停止を繰り返し、前線に向かう軍用列車をやり過ごすために何時間も停まったまま動かなくなることもあれば、長時間走行が続く場合、乗客の便宜《べんぎ》に備えて十分足らずしか停まらないこともあった。そんな短い停車の時は一メートル以上も下にある線路にとび降りて、すぐまたそそくさと貨車の中に戻らなければならなかったので、三日目も遅くになるとみんな前に用を済ませてしまって、小休止の間に外に出ようとする人もほとんどいなかった。

ところがこのとき、ママは用を足したくなって降りて行った。線路から数メートル離れたところでママが地面に腰をかがめた時、突然列車がひと揺れしたかと思うと、静かに動き出した。他にも線路際にいた数人の人が慌《あわ》てて貨車にとび乗った。ところがママは貨車の上から差し出される何本もの手にも怖《おじ》けづいて摑《つか》まろうとせず、速度をあげ始めた列車に沿ってただ走るばかり。そしてとうとう加速するスピードに追いつけなくなって走るのを止《や》めてしまった。一人とり残されて動かなくなったママの姿がみるみる小さくなっていく。

私はまたまた半狂乱になった。ローチェとキアが懸命になだめようとして、このあとのですぐ追いつくに決まっている、先でまた落ち合えるんだからというのにも、「どうやって追いつけるっていうの、ママは行く先も分からないじゃない。当の私たちでさえ知らないっていうのに」。私は食い下がった。次に列車が停まるのを待って、私はローチェとキアと一緒に座を立って係の兵士を探しに行った。

悲しいかなソ連兵は一言も言葉を解せず、私たちは身振り手振り、しゃがみこんで大きな音をたてたり貨車にとび乗る格好をしたり、いろいろとパントマイムで説明を試みた。まるでジェスチュアごっこだ。私たちのもの真似がよほど面白かったのか、そのうち兵士はゲラゲラ笑い出すとしまいには涙まで流し始めたが、最後にまるっきり心配しなくてもいいんだというふうに私の肩をポンとたたいた。それでも私の気持ちは少しも収まらなかった。ママに対する怒りも収まらない。ここに至ってまたも私をひとりぼっちにしてしまうなんて、よくもこんな馬鹿な真似ができたこと、それも今度ばかりは徹《てっ》頭徹尾《とうてつび》ママがいけないのだから。

第二十一章　チェルノヴィッツでの歓待

ママを置き去りにしたまま、列車は先々で一時停車を繰り返しながら東に向かってなお数日走り続けたが、その間にもママの手掛かりになるようなものは何もなかった。私の重い気持ちとは裏腹に、車内の空気の方はすっかり解きほぐれ、いよいよ和《なご》やかになってきた。数両の車両にイタリア兵の捕虜《ほりょ》の一団が乗り合わせていて、陽気に冗談《じょうだん》をとばし合ったり高吟放歌《こうぎんほうか》したり、もう弾《たま》の撃ち合いをしなくて済むのが最高の幸せとばかりはしゃいでいたが、そのうちみんな気やすく車中を往《ゆ》き来し始めた。長い間会うこともなかった男女がやっと顔を合わせたのだった。そこここに抱き合うカップルの姿が出現するのに時間はかからなかった。車体の振動《しんどう》に呼応《こおう》するかのように、情熱的な物音が車内を満たすのを私はびっくりして聞いていたが、周りじゅうカップルだらけになっているのに気を強くしたのだろう、そのうち一人の男が私の方に近寄って来て羽布団の下にもぐりこんで来た。そんな気持ちは毛頭《もうとう》もち合わせていない私にも、彼の気持ちはとてもよく分かるような気がした。生死の狭間《はざま》をくぐり抜けてきた命の証《あか》しとして、渇《かわ》くように愛のぬくもりを求めている孤独な一人の男だった。邪険《じゃけん》に追い返すのはしのびなかった。そうこうするうちに私にとっては何と幸運なことか、その直前に食べたたくさんのゆで玉子のお蔭《かげ》でやたらにげっぷが出はじめたので、硫黄のような臭《くさ》いにおいに閉《へい》口《こう》した男は、とうとうそのままあきらめて静かになってくれた。

汽車は最後にチェルノヴィッツ（ウクライナのチェルノフツイ）で停《と》まった。ここはかつてルーマニアの領土に組み入れられていた都市で、当時のルーマニア政府によって施《ほどこ》されたユダヤ人融和《ゆうわ》政策のもとに、大勢のユダヤ人住民が住みついていた。私たちがやって来ることが前もって知らされていたらしく、収容者の一行が駅を出て通りに姿を現すと、大勢の住民が道筋に出迎えに待ちうけていて盛んな歓声と拍手で迎えてくれた。駆《か》け寄ってきて食べ物や着る物を贈ってくれる人たちもいて、私たちはこの心のこもった歓迎にとても感動した。

通りをしばらく行くとからになった校舎があり、ここがこれから数日間の宿舎になるはずだった。大きなホールにまたもマットレスが敷きつめられている。遊牧民のようなこんな生活にもすっかり慣れ、私は今ではそれが楽しくてならなくなっていた。それぞれの寝場所を確保して一段落《いちだんらく》してから、私たちはまた三々五々連れ立って街中に見物に出かけた。お店のショーウィンドーを鼻をくっつけるようにしてのぞきこんだり、住宅街を歩き回ったりしているうち、トイレに行きたくて仕方なくなったので、ローチェとキアと三人で、手近《てぢか》にあるアパートの一軒に飛びこんでみることに決めた。

行き当たりばったりの一軒のドアをノックすると、運よく中から優しそうな顔をしたユダヤ人の中年の女性が顔を出して、要件をきくと満面ほころばせながら、私たちをドアの中に招《しよう》じ入れ家の中に通してくれた。そればかりかユダヤ人家庭のしきたり通り、一緒にお茶を飲んで行ってくれとしきりに勧めてくれたので、勧められるままに私たちは居間のテーブルに腰を下ろして、手作りのお菓子と砂糖入りの紅茶をご馳走《ちそう》になった。久しぶりに味わう贅沢《ぜいたく》なお茶の席だった。どこもかしこも食糧難でみんな困っているというのに、こんな温かいもてなしをうけて、私たちは胸がいっぱいになり、永《なが》いこと忘れていた家庭団欒《だんらん》の味をいっぺんに思い出した。私たち三人もこれまで経てきたところを洗いざらい女主人に話して聞かせたので、帰る時にはどちらも昔からの親しい友人に別れを告げるような名残《なご》り惜しい気持ちになっていて、私たちはいつまでもしっかりと抱き合った。帰り際、ふと見ると玄関の表の脇柱にユダヤ人の一族であることを示すメズザー（神の臨在を想起するために羊皮紙《ようひし》に書かれた祈りの一節を、筒型の金属の箱に納めたもの）が付されてあるのに気がついた。

そこでこのあと、知らない家を訪ねるときはいつもこのメズザーの印を目印にすることにした。するときまって素晴らしい成り行きになった。どこの家でも玄関のドアがいそいそと開かれ、私たちは家族の仲間入りをさせられて何かしら心づくしのご馳走で大歓待に与《あずか》るのだった。どんなに貧しかろうとも分相応《ぶんそうおう》の持ち合わせのものを互いに分かち合い、同胞を大切なお客さまとして温かく受け入れる、これがユダヤ民族の伝統習《しゅう》俗《ぞく》だった。このゆかしい風習に身をもって触れた私は、自分も同じ民族の一人であることを思うと、とてもうれしかった。いずれ劣らずナチに対する激しい憎悪《ぞうお》をもっていたこれらの人々は、かろうじてナチの魔手《ましゅ》を逃れてきた私たちに会うことによって、ナチの〝最終的解決〟（占領地域ひいては全ヨーロッパからすべてのユダヤ人を虐殺《ぎゃくさつ》一掃しようとするヒトラーのユダヤ人問題解決策）が彼らの意図した結果に終わらなかったことを見て、心から喜んだ。いろいろな人に会って話をするにつれ、あの苦しみを耐えて生き残ったことには、非常に大きな意味があったのだと、私たち三人は改めてある大きな成就《じょうじゅ》感に満たされたのだった。

ママなしでもこうして私はチェルノヴィッツ逗留《とうりゅう》の日々を十分に楽しみながら過ごし

ていた。何かそれまでとは違った独立心のようなものが芽生《めば》え始め、一人で床《とこ》についてもすぐに眠れるようにもなった。ある真夜中、ぐっすり寝入っている最中に部屋の灯《あか》りが突然パッとつくと、さあさ、みんな起きたり起きたり、手伝ってくれと言いながら、ソ連兵の一団がどやどやと部屋の中に入って来た。眠い目をこすりながら目を開けて見ると、兵士たちがジャガイモを袋の中から出し、床の上に大きな山をつくっているところだった。間もなく通過する前線へ向かう増援部隊のために、スープをこしらえて朝までに送り出さなければならないというのだった。

「ああ、おいもの皮むきはもうたくさん！」「これ以上重労働はご免《めん》こうむらして！」。年配の女の人たちの不機嫌な声がそちこちで聞こえる。誰一人起き上がろうともしないのを見て、私は何てみんな恩知らずなんだろうと思った。いいわ、それなら私たち若いもので手伝ってあげよう。そこでキアと私は起きていって、スープ作りに参加することにした。私たちにとってはどんなことでもまたとない冒険を楽しんでいるように思われたし、その上それでいくらかでも兵隊さんのお役に立てるなら言うことはなかった。皮むきの音頭《おんど》をとっている兵士たちの口からウォッカが匂っていた。スープに使う水の入ったバケツをリレーで運び入れながら、彼らはおなかの底から湧き出してくるような深い声音《こわね》でロシア民謡を口ずさんでいた。心をゆり動かされるようなうっとりとしたメロディーだった。やっとジャガイモの山が姿を消すと、兵士たちは手に手にバラライカ（ロシアの弦楽器）をとって今度はダンスを始めた。機敏に膝《ひざ》をからめたり腕をよじったり、目の回るようなアクロバットダンスが目の前に展開した。ありとあらゆる素早《すばや》い身のこなしで、入れ代わり立ち代わり次々と踊りまくる兵士たちは、いずれ劣らぬプロ顔負けの踊り手だった。ここが劇場だったら、観客総立ちになるのは請け合《う》いといった見事さだった。キアと私は夢中になって手をたたき、声をふりしぼって声援を送った。何と驚くべき才能とエネルギー！　ロシア人っていうのはまったく何て凄《すご》い人たちなんだろう。

終《しま》いにはキアと私も手をとってダンスの輪《わ》の中に引っぱりこまれた。見ている分にはリズムに乗って難なく踊れそうに思えたのに、いざ一緒になってステップを踏んでみると、とんでもなかった。一、二度真似《まね》しようとしただけで、いとも簡単によろけて腰をついてしまう。キアも私も笑いころげて床にへたりこんでしまった。夜も白《しら》みかける頃、くたくたになった体をひきずっていって私はマットレスの上にくずれこんだ。兵士たちのあふれるような生命力が流れこんでいて体じゅうがほてり、気持ちが心地よく高ぶっていた。何ていい人たち……。純粋で率直で、大きくて明《あ》けっぴろげの心をもったこの兵士たち。こんな人たちと一緒にいられるなんてこの上なく幸せだと私は思った。

どのぐらい眠っただろう。誰かに体をゆすぶられてボンヤリ目を開くと、目の前に頬《ほお》をほころばせてのぞきこむようにしているママの顔があった。いつかどこかで必ず会えると思っていたはずだったのに、いざこうしてそれが実現してみると不思議にも真っ先に胸にこみ上げてきたのは激しい怒りの感情だった。よく注意もしていないで置いてきぼりになんかなってしまうから、ママはみんなとり逃してしまったのだ。大勢の人たちとのあんな素晴らしい出会いもご馳走も、その他のいろんな楽しいこと何もかも——。

床の上に身を起こすと私は積もり積もったフラストレーションを一気に吐き出してママに当たった。うれしそうに輝いていたママの顔がみるみる曇《くも》って目から涙がこぼれ落ちた。やがて一段落してやっと気持ちが収まると、私はママの胸にしがみついて仲直りをし、そして二人しっかり抱き合って床についた。

第二十二章　ママのひとり旅——ママの回想

エヴァの悲鳴が、速度を上げて遠ざかって行く汽車の音に重なるようにして消えていった。汽車が視野から見えなくなってからも、その悲鳴はまだ耳の底で尾を引いて鳴っていた。線路際にたったひとり取り残された私は、自分の臆病《おくびょう》さ加減に対する腹立たしさとショックの余り体を震わせながら線路を見つめて、呆然《ぼうぜん》と立ちつくしていた。何故《なぜ》あんなに気後《きおく》れしてしまったのだろう、差し伸べられた手のひとつに何故に取りすがろうとしなかったのだろう。またしても娘と引き離されてしまった……。しばらく茫然自《ぼうぜんじ》失《しっ》してから、やっと気を取り直すと私は枕木伝《づた》いに線路の上を歩き出した。やがてレンベルク（ウクライナのリヴィフ）という標識《ひょうしき》の掲《かか》げられたかなり大きな駅に出た。爆撃でやられた補修の跡《あと》がそこここに見られる。レンベルクはかつてのオーストリア領、きっとドイツ語の話せる人が見つかるにちがいない。私は少しばかり気力をとり戻して駅舎の中に入って行った。待合室はかごや荷物を抱えた農家の人たちでごった返していた。そのうちの多くは手荷物の間で大きないびきをかいて眠りこけていた。カフェのカウンターに座って女の人が一人、疲れた顔でコーヒーをすすっているのが目に留まった。私はカウンターごしに、おずおずとその人にドイツ語で話しかけてみた。

「娘とはぐれてしまって、さっき行ったあの汽車に乗っていたんですけれど。力を貸して頂けないでしょうか」

びっくりしたように顔を上げ、しょげきった相手の姿に気がつくと、女の人はカウンターを回って傍《かたわ》らに来て私を隣の席に座らせ、もっと詳しく話をするように促した。

「それでどこまでおいでで?」

「それがはっきり分からないんですの。確かチェルノヴィッツと言っていたように思うんですけれど」

「ちょっとこのままここで待ってらっしゃい。調べてきてあげましょう」

女の人はそう請《う》け合うと駅長を探しに出て行ったが、間もなく首を横に振りながら戻って来た。

「時刻表、目茶目茶《めちゃめちゃ》なんだそうですよ。次の汽車がいつになるのか、それにどこ行きになるかもはっきりしていないんですって。軍用列車優先で、それもひっきりなしに通っていてね。ソ連兵のほかにも、国に帰る捕虜《ほりょ》兵やあちこちの強制収容所や労働収容所から戻る人たちでいっぱいらしいの。待ってみるしかないみたいですよ」

仕方なかった。いずれにせよエヴァとは先で必ず一緒になれるはずだ。私は覚悟を決めた。駅長がやって来て、プラットホームで待機しながら次にくるチェルノヴィッツ方面行きの便《びん》をつかまえるようにと言ってくれた。そのうえ腹ごしらえするようにと食べるものとコーヒーまで用意してくれた。こうしてこのあと旅の間じゅう、私はさまざまな人から援助の手を差し伸べてもらうことになったのだった。

それぞれに戦争の深い痛手《いたで》を受け、生活のやりくりに必死で追われている人たちだった。そうした人たちが惜《お》しみなく示してくれるほんの小さな心遣《づか》いのひとつひとつが、どれほど私の胸を打ち、信頼の気持ちと勇気を再び心の中に呼び戻してくれたことか。心の底からお礼を述べる以外、私にできることは何ひとつなかったが、この間に受けた人々の優しさのかずかずを、私は終生忘れることはできない。

爽《さわ》やかな午後の空気があたりにただよっていた。静まり返ったプラットホームのベンチに一人腰を下ろして、私は東の方にいるエヴァのことを思った。とにかくあの娘《こ》は無事なんだし側《そば》にはローチェもキアもいてくれる。万一途中で会えずに終わっても、最後にはアムステルダムで一緒になれるのだ。

思いは次に、西にいるはずの夫と息子の方へとさまよっていった。戦争がこのまま終わってくれれば、案外二人とも先にアムステルダムに戻っていて、私たちを待ちうけてくれるということになるのかもしれない。娘のジュディのことをあんなにも気にかけていたローチェ、そして二人の娘たちと引き裂かれて、絶望のうちにローチェの腕の中で死んでいったフランク氏の奥さん……。この人たちに比べれば自分は何と幸運なことだろう。遠くの方から機関車が近づいてくる音が聞こえてきた。それまでに私の気持ちはかなり落ちつき、次にくる冒険に立ち向かう心の準備ができていた。

ホームに入って来たのはソ連軍の貨物輸送列車だった。トラックやジープが、ずらりと車台にロープでくくられて積みこまれていた。数人の兵士が列車からホームにとび降りて来た。私はドイツ語、フランス語、オランダ語、それに多少の英語は話せたが、ロシア語の方はまったくできなかったのでカフェで助けてくれた女の人が通訳を買って出てくれ、列車が途中までチェルノヴィッツ方面に向かっていることを聞き出してくれた。将校が手をとって車台の上のジープの前座席に乗せてくれたので、運転席に座ってハンドルを握る真似《まね》をすると大笑いになった。今度は同じ将校が何か話しかけながらジープに乗りこんで来て、私の隣の座席に腰を下ろした。どこから来たのか聞いているらしかった。「アウシュヴィッツ！　その前はオランダ！」。私の答えを聞くと、将校の顔が一度にパッと明るくなった。「おお、オランディア!」。それから宙に絵筆《えふで》をとるジェスチュアをしながら、「レンブラント、フランス・ハルス、フェルメール!」。うれしそうに続けて、私の手を求めると力いっぱい握手をした。発車時間のまぎわ、彼は食べるものを手にしてまた戻って来た。大きな粗挽《び》きパンひとつ、ゆで玉子数個、それにぜいたくにもゆで肉の一片。早速ご馳走《ちそう》にかぶりつく私の姿を彼はしばし満足そうに見ていたが、あとのために包んでとっておこうと、私が頭からスカーフをはずすと、その下から出てきた頭に気がついて「おお……」と溜息《ためいき》をついた。そして慰《なぐさ》めるように私の腕を軽くたたき、横になってしばらく休みなさいと手真似《てまね》をして去って行った。

積荷《つみに》の中に置き忘れられては大変とウトウトとして過ごすうち、夜通し走り続けた汽車は明け方近くどこかの駅らしいところにゆっくりと入って行った。若い兵士がやってきてジープのドアを開くと、ここで降りるようにと合図した。

再び動き出した汽車を見送りながら、一体どこで降ろされたのか、次にどうしたらいいのかも分からないまま、私は一人途方《とほう》に暮れてプラットホームに佇《たたず》んでいた。あたりは静まり返って人の気配もない。しばらくしてどこからともなくコココ……というにわとりの鳴き声が聞こえたかと思うと、続いて遠くの方でこちらに接近してくる機関車のポッポッという音がした。プラットホームに入って来たのはコンパートメント式になった普通の長距離旅客列車だった。

そのうち通路までびっしり詰《つ》まった列車から、兵士たちがホームに降りて来て、のびをしたりてんでにおしゃべりを始めた。兵士たちが話している言葉を聞いて私は思わず耳をそば立てた。まぎれもなく英語が聞こえてくる！　声をかけてみると、ソ連軍に解放されて母国へ帰る途上のイギリス兵捕虜《ほりょ》の一行だった。彼らは同じくソ連軍によって解放された私の話に熱心に耳を傾けていたが、強制収容所の実態を知るに及ぶと一様に唖然《あぜん》となった。強制収容所やガス室の存在について誰もまったく知識がなかったのだ。一連の話が済む頃にはエヴァとはぐれた一件をつけ加えながら、私は泣き出しそうになっていた。すぐに誰かが一枚の地図を見つけてきて、みんなして頭を寄せ合ってチェルノヴィッツがどこにあるか探してくれた。とりあえずこの汽車で次の分岐点《ぶんき》まで行き、そこで別の汽車に乗り換えるのがいいということになった。私はイギリス兵たちから両脇を抱きかかえられるようにして汽車に乗せられ、満員のコンパートメントの中に席をつくって座らせてもらった。

「こんなに汚くしていて……何日も旅を続けているものですから。この列車には洗面所がついているのでしょうか」

「奥さん、動いちゃいけない。そのままにしていらっしゃい」。一人の兵士が言うのに続いてもう一人が廊下に出て行くと、お湯の入った容《い》れ物とタオルをかかえて戻って来た。そして汽車が動き出すと、コンパートメントにいた全員が一斉《いっせい》に席を立って廊下に出て行き、私が身づくろいを済ますまで外で待っていてくれた。再びレディに対するまともな扱いをうけて、私はこの折目《おりめ》正しい兵士たちの態度にいたく心を動かされた。

みんながまた席に落ちつくと、私はマンチェスター近くのダーウェンに両親と妹が住んでいることを話して、イギリスに着いたら彼ら宛《あ》てに手紙を投函《とうかん》してもらえないだろうか頼んでみた。さっそく鉛筆と紙が回ってきたので、私は揺れる座席で短いメモを認《したた》めた——エヴァと私は無事に生きて戻って来たと。隠れ家の二年余りとアウシュヴィッツでの九カ月をへて、三年ぶりに身内に送る音信だった。書き終わった手紙を一人が大事そうに胸のポケットにたたみこんで母国に着いたら一番先に郵便で送ってあげましょうと言ってくれた。この時の手紙が無事両親たちの元に届いたことを私たちは数カ月後に知った。やがて汽車は分岐点に差しかかり、私はこれも以前オーストリア領だったコロミア（ウクライナのコロムイヤ）という町の小さな駅で降りることになった。名残《なご》りを惜《お》しみながら、私はこのイギリス紳士たちに別れを告げた。

まだ日も半ばだというのに、駅に降り立つと人気《ひとけ》もなく何もかも荒れ果てた姿を露呈《ろてい》していた。通りに出て見ると建物という建物が爆撃でやられていて人の住む気配もない。

話しかける人を求めて瓦礫《がれき》の並ぶ街中を歩いてみるが、老婆《ろうば》が一人か二人、とぼとぼと行き過ぎるだけだった。そのときあご鬚《ひげ》を伸ばした男の人が、うつ向き加減に地下室と天井だけ残した廃屋《はいおく》の中に入ろうとしているのが目に留まったので、近づいていって声をかけてみた。「すみません、困っていますの。力になっていただきたいのですが」

男は振り向いてじっとこちらを見つめると「シャローム、力になれることでしたら」。同情のこもった声で答え、かつて自分の住まいだったらしい家の地下室へと私を導いてくれた。男のあとについて降りて行くと、床の中央に古びたテーブルと椅子《いす》が数脚、炊《すい》事《じ》道具がいくつか床の上に寄せられて、壁際に寝具が積み重ねられてあるのが目に入った。まだ若さを残した男の妻がやつれきった姿をして片隅のコンロで食事の支《し》度《たく》を整えているところだったが、突然の見知らぬ来客に驚きを隠さぬねんごろさを示して、ちょうどよいところだから是非《ぜひ》一緒に食べていって欲しいと言ってくれたので、私も夫婦と一緒に食卓に座らせてもらった。つつましい食卓を囲みながら、それぞれの身の上話をとりかわすうち、彼らユダヤ人夫婦もちょうど避難先のロシアの奥地から戻って来たところだということが分かった。私から強制収容所の話を聞くと、二人とも肝《きも》を潰《つぶ》さんばかりに驚いた様子だった。

ひとしきり話が済むと、明日はもうロシア方面に向かう列車はないはずだから次の便がハッキリするまで、せまくるしいところだけれど是非ここで泊まっていきなさいと言ってくれた。急ごしらえの寝床《ねどこ》に入れさせてもらって、私はすぐにぐっすり眠りについた。

翌朝私は数家族のユダヤ人が共同で仮住まいをしている、もう少し手の加えられた別の家屋《かおく》に案内された。行って見ると大勢の人が私の話を聞きに集まって来ていた。噂《うわさ》は流れていたものの実際にアウシュヴィッツで何が行われていたのか真相を知るものはなく、私の話がガス室と焼却炉にまで及ぶと集まった人々は声を上げて泣き出した。みんながたいそう丁重《ていちょう》に接してくれるので私は胸が詰まりそうだった。あれこれ食べ物を持ち寄ってくれるばかりか――できるだけ食べるようには努めたが――お餞別《せんべつ》にとお金まで集めてくれた。集まったお金を押しいただいて、感動の余り私は涙がこぼれそうだった。こうしてこの日はずっとその家に留《とど》まって大勢の人に囲まれて過ごし、寝る時になって夫婦の地下室に戻って行った。

次の日の明け方、家の主人に起こされて駅まで送ってもらった。駅では乗客がごった返して汽車を待っていた。「主《しゅ》が共に在《まし》ますように」。お礼を述べる私の両手を固く握りしめてうなずくと、彼はそう別れを告げて帰って行った。殺到する乗客にもまれて、どうにか高いステップによじ登りコンパートメントに辿《たど》り着いてぎゅうぎゅう詰めの木製のベンチに座ることができた。周りはみんな元気いっぱいのお百姓さんたち。早速ウォッカの罎《びん》を取り出してチビリチビリとやり出した。私にまで罎が回って来たので、首を振って丁寧に断わった。ウォッカの強烈な匂いで頭がクラクラするようだった。

途中、次から次へと小さな駅で停まるたび、乗りこむ人や降りる人で賑《にぎ》わったが、今度は私に気を留めてくれる人もなく、どこまでこうして乗って行けばよいものやら、私はしだいにとても心細くなった。終日不安な思いで汽車に揺られ、日が暮れる頃ある駅に着くと、とうとう乗客が降り払って車中が空っぽになった。終点らしかった。私はまたしてもひとりぼっちで淋《さび》しいプラットホームに放り出され、なす術《すべ》もなく立ちつくした。ふと夕闇《ゆうやみ》をすかして煙草《たばこ》の吸いさしを足でもみ消しているソ連兵の姿が浮かんだ。チラリとこちらの方を見たので急いで目顔《めがお》で合図を送り、刈られた頭を指さして手招きをしてみた。兵士は近づいてくると何やらロシア語を発したがさっぱり分からず、向こうも私が何を言っているのかけげんな顔をするばかり。要するに恐ろしいほど何も通じない。ロシア語って何てわけの分からない言葉なのだろう、私は溜息まじりに思った。

旅の疲れと張りつめ通しの緊張で突然目まいがして倒れそうになった。とっさに手を伸ばした兵士はそのまま私を抱きかかえるようにして駅舎を通り抜けて行くと、すぐ近くにある軍の駐屯所《ちゅうとんしょ》とおぼしき建物の中に連れて行った。事務所の中に入って兵士が何か告げると、部屋の中にいた数人の兵士が一斉《いっせい》にうなずいて私の方を見て話しかけてきた。ああだこうだと互いに相手の話を途中でさえぎって私の言っていることを酌《く》みとろうとするが、どうしてもうまくいかない。ふと見ると大きな机の背の壁一面に地図が掛かっているのに気がついたので、側《そば》に行ってチェルノヴィッツを探し出し、地名と自分を交互に指さし、ついで入れ墨《ずみ》のある腕を示してみた。「ああ、チェルノヴィッツ！ダー、ダー」。やっとわけを解したらしく、今度はみんなで大きくうなずき合った。

それから一人の兵士に伴われて紫煙《しえん》の立ちこめる酒保《しゅほ》に連れて行かれた。仲間の好奇に満ちた目が注がれるなか、兵士は私をテーブルのひとつに案内すると、お茶の入った茶碗《ちゃわん》と真っ黄色のスクランブルエッグを載せたお皿を運んできて私の前に置いた。こんなものは見たこともないと思いながら口をつけてみると、なかなかおいしかった。あとで知ったところではアメリカの友軍から大量に送られてきた新開発食品の粉末玉子ということだった。酒保の中はもうもうと煙が立ちこめていて、見回すと兵士たちがめいめい小さくちぎった新聞紙に刻み煙草を巻きこんで、やおら満足げに口にくわえたその紙棒の先に火をつけ、思いきり深く吸いこんでは大きな煙をつくって吐き出しているのだった。あんなに喫《す》って体にいいはずがない、眉《まゆ》をしかめながら見ていたがどの兵士も実に逞《たくま》しい体つきをしていて絵に描いたように健康そのものに見受けられた。

我が友なる兵士は私がお皿の中身を平らげてお茶の最後の一滴までおいしそうに飲み干すのを目の前に座ってずっと待っていてくれたが、それが終わると今度は自分の後からついてくるようにと身振りをして暗い小径《こみち》に出て歩き出した。しばらく行くと一軒の小さな民家にたどり着いた。ノックの音に玄関のドアを開けた女の人が、目を輝かせながら兵士の説明に聞き入っていた。母親のスカートの裾《すそ》に三つぐらいの小さな子がまつわりつき、奥の暖炉《だんろ》の傍《かたわ》らで深いしわを刻んだ老婆《ろうば》がゆり椅子《いす》に掛けているのが見えた。兵士と話していた女の人はそれからうなずいてニッコリすると、早速《さっそく》私を家の中に通してくれた。一歩中に足を踏み入れて私はあっと周りを見わたした。まるでドールハウス、これまで実際に足を踏み入れたこともないような、ほのぼのとした絵のようなたたずまいの部屋だった。手入れの行き届いた品のいい調度品、片隅に寄せられた二つのベッドと、そこここに置かれた椅子やベンチ——。それらの上には、色とりどりの手刺繡《てししゅう》を施《ほどこ》した奇麗《きれい》なクッションが置かれ、テーブルの上にはこれも刺繡入りのテーブルクロス、床には手織りの敷物が散らされ、聖画が白壁を飾って鉢植えが窓辺に並べられている。奥に通ずるドア越しに拭き清められた可愛らしい台所がのぞいて、ピカピカに磨きこんだお鍋やフライパンが掛かっているのが見えた。まるでおとぎの家の中に迷いこんだみたい、夢を見ているのかしらと私は思った。

女主人は手早くベッドの用意を整えると老母をそのひとつに寝かしつけ、もう片方を私のために空けてくれて自分は子どもと一緒に床の上に寝場所をつくった。ベッドの中に入れさせてもらって暖炉の火を見つめながらエヴァのことを思い出しているうち、いつしか私は眠りに落ちたが、夜半近くノックの音で起こされた。先ほどのソ連兵が入口に立っていて駅までついてくるようにと合図をした。

ホームにはもう汽車が入っていた。市場に出かける農夫やおかみさんたちが、かごに詰めた食料やにわとりを抱えて一団になって乗りこんでいたが、兵士がその人たちに私のことを何か説明してくれた。チェルノヴィッツで降ろすように言ってくれたのだといいけれど。笑顔で別れの手を振る親切な兵士をプラットホームに残して動き出した汽車は、夜が明けかかるころある駅に着いた。『チェルノヴィッツ』。ロシア文字ではなかったので、私にも駅名が読めた。とうとう目指す町に着いた。出札口《しゅっさつ》でたずねてみると近くの学校の校舎に強制収容所から来た人たちが泊まっていると係の人がドイツ語で教えてくれたので、早暁《そうぎょう》の通りに出た。途中で駅に向かう数人の人に出会い、呼び止めてもう一度道を聞くと、女の人が一緒に引き返してきてある建物を教えてくれた。私は思わず小走りになって、はやる心を抑えながら建物の中に入って行った。

それなのに、こうしてやっとめぐり合えた娘からあのような歓迎の仕方で迎えられるとは想像もしなかった。ぐっすり眠りこんでいるところを起こされたあの娘は私に気がつくなり叫んだのだった。

「いったい今までどこをウロウロしていたの！　もう絶対に汽車から降ろしてあげないから！」。

思ってもみないエヴァの反応にあって私は声も出ないほど驚き、次に涙があふれ出した。しばらくたってやっとエヴァの激情が収まると私は寝床の中にすべりこませてもらって、娘をしっかり抱きしめて誓った。

「もう二度と離れたりするもんですか」。

私たちは結局、丸一週間離ればなれになっていたのだった。

第二十三章　オデッサの大邸宅

一九四五年四月十三日　ソ連軍、ウィーン解放

いつの間にか雪が姿を消し、陽射《ひざ》しも増して樹々《きぎ》の枝には蕾《つぼみ》がほころび始めていた。私たちは毎日のように町の農産物青空市場に出かけて行って、町の人たちがお金の代わりに思い思いに陶磁器や布地織物や什器《じゅうき》等を携《たずさ》えて来て、農家の人たちと物々交換する光景を見物して回るのが楽しみだった。私の履《は》いているブーツにも買い手の熱い視線が注がれ、にわとり一羽とどうかね、と幾度《いくど》となく声が掛かったがこれを手離すのはまだまだ先という気分だった。ママの持ち合わせのお金でほしいと思えば何かしらは手に入れることができたし、この際少し目先の変わったものを試したいと思ったのでスメテナと呼ばれているクリームを買ってみた。ビロードのような口ざわりに、ちょっとサワー

クリームのような味がしてとてもおいしかった。

こうしてチェルノヴィッツ滞在の日々をのびのびと楽しく過ごしながらも、絶えず人々の心を占めるのは散《ち》り散《ぢ》りになった家族の安否だった。一日も早く赤十字から連絡が届いて行方不明になっている家族に関する情報がもたらされはしないものかとみんな心待ちにしていた。カトヴィッツからここに来る汽車旅の間、ママとはぐれる前、私はもう一度オットー・フランクを見かけていた。フランク氏は抜け殻《がら》のような姿でひとりぼっちでホームに立っていた。ローチェが妻の死を知らせた直後のことで、心を動かされたママは何とか慰《なぐさ》めの言葉をかけなくてはと私に紹介して欲しいと言ったので、私はママをフランク氏の側《そば》まで連れて行った。フランク氏は二言三言ママとさりげなく丁重《ていちょう》な言葉を交わしたあとは何も耳に入らないといった、ぼうぜんとした様子だった。今はひとりにしておいて欲しいんだなというのが分かった。

ママは依然《いぜん》として力がなく微熱も続いていたので、チェルノヴィッツにいる間にママを連れて町の病院に診てもらいに行った。レントゲンを撮ったりいろいろな検査をして医者も看護婦も親身になって診察してくれたが、肺にもどこにもこれといった異常は見つからなかった。原因は、収容所熱とでも言うべきものだから平常の生活に戻るうち症状も自然に消えていくだろうと言われて、私たちはホッとして胸のつかえが下りた。

一九四五年四月十六日　アメリカ軍部隊、ニュルンベルクに到達

再び移動するという伝達《でんたつ》が回ってきて、さらに南下することになった。そして前と同じような具合に汽車に揺られ、丸四日ののち黒海《こっかい》沿岸にある保養地としても有名な大きな港町、オデッサに着いた。車窓《しゃそう》には緑したたる風景を背に優雅な大邸宅や別荘の点在する田園《でんえん》が広がり、まるで別天地に入って行くようだった。気温もぐんと穏やかになった。汽車から降りると歩けない人たちを運ぶためにトラックが一台待機していた。車が一台しかなかったので、あとの一〇〇名ほどの人はそれぞれいくつかのグループにまとめられ、ソ連兵に引率されて宿舎まで徒歩で出発することになった。

宿舎まで二キロと聞かされていたのに一時間も歩きづめでヘトヘトになったところで、あと三〇分だけだから、もう少し頑張れと言われた。さらに半時間行くと「さあ、もうちょっとの辛抱《しんぼう》だ、あと一五分ばかし！」。道端で小休止してからまた歩き出した一行《いっこう》を、ソ連兵がさらに陽気に駆《か》りたてる。「もう一息、あとたったの一キロで無事ご到着！」。やれやれ、一体全体ロシアで言う一キロってどのぐらいの距離を指すのだろう。とにかくやっとの思いで目的地に辿《たど》り着くまでにゆうに一〇キロ以上は歩かされたし、

四時間はたっていた。

節々の痛みをかかえ消耗《しょうもう》しきって私たちが入って行ったのは、さるロシア皇太子の夏の別荘だったという広大な屋敷内——大庭園のそこここにロシア皇帝の一族が使っていた瀟洒《しょうしゃ》な離れ家が見え隠れしていて、まるで楽園のようなたたずまいだった。それぞれの離れ家にドイツ軍から解放された各国の戦争捕虜《ほりょ》がオーストラリア、イタリア、フランスの国別に分かれてぎっしり収容され、私たちユダヤ人はいちばん立派な母屋《おもや》の館が割り当てられたが、中に入って見ると家具調度の類《たぐい》はいっさい取り払われてがらんどうになっていた。

例によって床の上はマットレスの行列だったが、同じ床でも今度のは見事な寄木細工《よせぎ》で作られたエレガントな飾り床、天井は壮麗《そうれい》な情景画で埋めつくされ部屋の隅々までぜいを凝《こ》らしたきらびやかな装飾が施《ほどこ》されている。一度もこんなところで過ごしたことがなかったので、私は目を瞠《みは》るばかりだった。

屋敷の門から外に出たり街に行くのはご法度《はっと》だったが、敷地の中では自由に歩き回れて何をしてもよかったので、長旅で完全に伸びきっていた私たちには文句のありようもなかった。燦々《さんさん》と降り注ぐ太陽の光を浴び、紺碧《こんぺき》に輝く黒海を眺めながら毎日たっぷり休養をとって過ごすうちに、身も心も回復をとり戻し始め、収容所でボロボロになった精神状態も少しずつ癒《い》やされていくようだった。私は体もしっかりしてきてエネルギーがもり返してきているのが分かったし、一時は亡霊《ぼうれい》のようだったママも、力がついてきて、ずっと見られるようになってきた。

こうして時が過ぎていくと、ママと私の好奇心がムクムク頭をもたげ始めた。というのはある日の朝ママが、「ねえ、もう二度とオデッサに来ることはないと思うのよ」と意味ありげに切り出したからだ。「それじゃ行ってみようというの？」。私は興奮で胸をドキドキさせながら聞いた。「規則とか決まりなんてもう余り構う気がしないわ」。ママはいたずらっぽく笑うと、「だから——やっちゃおう！」

隠密《おんみつ》行動で街に出ることにしたママと私は、庭園を散策するふりをしながら格好《かっこう》の繁《しげ》みを物色《ぶっしょく》すると、そっと繁みの間から這《は》い出して街の方向めざして歩き出した。小径《こみち》づたいに本道に向かう私たちのおなかは、朝食に出た甘い紅茶とトウモロコシパン、プラムジャムで気持ちよくふくれていた。

しばらく行くと車の往来《おうらい》する音に混じって路面電車の音が聞こえてきた。停留所に土地の人に混じって不安げに立ちながら、自分たちがどこにいるのかを見定めようとしたが、目に入る標識《ひょうしき》はどれもこれも見慣れないロシア文字で書かれていて読むことも判別することもできない。それでちょうど停留所の前にある大きな建物の鉄飾り門と花をつけた植えこみを、目印にすることにした。あとは通り過ぎる停留所の数を覚えておけばいい。やって来た電車は満員の立ち席で、そのうえ凄《すご》い臭いが立ちこめていた。ここの人たちは葱《ねぎ》とか何か変わった香草《こうそう》を朝食に食べるらしい。切符もないのに車掌《しやしょう》が回ってきたらどうしよう、私がひやひやしていると、何ごとにも用意のあるママが、「持ち合わせがないって言えばいいのよ、オランダ語でね」。そう言って肩をすくめてみせ、「だからといって撃ちゃしないと思うわ」。オデッサの街の中心に近づくにつれますます乗客が乗りこんで来たので、車掌もこちらまではやって来なかった。

十番目の停留所で降りてみると立派な樹々が木陰《こかげ》をつくっている広場に出た。お金持ちの居住区だったところらしく、豪壮《ごうそう》な邸宅が立ち並んでいたが、そのほとんどは住む人もなく、見捨てられたままになっていた。戦時中ということのほかにも、帝政時代を引き継いだコミュニストたちが前時代の建造物に無関心で、放置《ほうち》したままにしているからだった。邸宅のいくつかは現在、野戦病院に使われているらしく、傷病兵《しょうびょう》を乗せた救急車が出入りしていた。それでも邸宅に附属する庭園には亜熱帯植物が生《お》い茂り、果樹のむせるような甘い香りがただよって往時《おうじ》をしのばせていた。樹々が花をつける……あの荒涼《こうりょう》としたアウシュヴィッツの光景とは何というコントラストであろうか。ママと私はうっとりとして豪奢《ごうしゃ》な気分に浸《ひた》りながらかつての大庭園をそぞろ歩いた。

さて次はどの道を通ろうか、私たちは辺りを見回した。「絶対私から離れちゃだめよ、帰り道もしっかり覚えておかなきゃ、ヘンゼルとグレーテルみたいに石ころを落として行ったらどうかしら」。私が提案するとママは大した自信をみせて、自分が覚えているから大丈夫だと言ったので私たちはそのまま街の中心に向かって歩き出した。それからの何時間か、私たちは金色に輝くドームを載せたいくつもの見事な寺院を感服《かんぷく》して仰《あお》ぎ見たりしながら、オデッサの街を心ゆくまで歩き回った。目に入るもの何もかも面白く、空っぽに近いお店のショーウィンドーの前で足を止めてジーッと見入るのさえ楽しかった。

おなかが鳴って初めてもう戻らなければと気がついて広場に引き返した。「ほらちゃんと帰れた、ママが言った通りでしょ」「じゃあどの電車に乗ればいいの?」二人ともすぐに分かると思っていたのに、いざ電車が目の前に現れてわけの分からないロシア文字を目にして見ると、とたんに自信がもてなくなってしまった。最初に来た黄色い電車を指して私がこれだと言うと、ママが違う、次だわと言い、次のもまたやり過ごすことになった。そうこうするうちにママも私もすっかり自信喪失《そうしつ》して、お互いに違う違うと言い張って口げんかを始めた。万一間違ったのに乗ってしまったら二度と宿舎に帰れなくなるし、宿泊施設の名称もわからないうえ、大まかな方角さえ言えないのだ。

私は気が気ではなかった。あてもない、こうでもないと激しく言い合っている私たちの目の前を、何台もの電車が通り過ぎて行く。ついにママが、「どうにもこうにも、運を天にまかせるしかないわ」。憤然《ふんぜん》として、私たちはすぐあとから来た電車に乗りこんだ。心なしか行き先を示す文字が似ているような気もした。どっかと木の座席に座りこんでいると、女車掌が回って来たので、ママがからっぽの両手を開けて見せ宙《ちゅう》に格子《こうし》を描いて、二人で袖《そで》をまくって囚人番号を見せた。途端《とたん》に女車掌がニコニコして早口で話しかけてきたので、ただひとつ知っているロシア語の表現で「分かりません《ニエ・パニマーユ》」と答える。窓にしがみついて九つ目の停留所を数え終わった時、女車掌がまた私たちの方に回って来て、次で降りなさいと手真似《てまね》してくれた。あとになって何ということはない、それまでにもオーストラリア兵が同じ路線を使って大挙《たいきょ》して街に出かけていて、街の人にも私たちの存在がお馴染《なじ》みになっていたということが分かった。

外出禁止が一応あるにはあっても、むしろそれは私たちの安全確保のためだと思われたので、帰りは無事に通してもらえると思ってママと私は何くわぬ顔をして門に近づいて行き、哨舎《しょうしゃ》の前をできるだけ知らん顔をして通り過ぎようとした。ところがそうは問屋が卸《おろ》さなかった。

衛兵《えいへい》が一人待ちかまえたように哨舎からとび出して来て私たちの前に立ちふさがると、何度も街の方を指さしては首を激しく振って大きな声でガミガミ叫び出した。どう見ても本気で怒っているらしい、ママも私も怖《おそ》れをなしてしまった。衛兵はやにわにママと私の腕をとると二人を両脇にかかえて哨舎の側に引っぱって、大きな犬小屋の前で膝《ひざ》をつかせてあっという間に私たちをオリの中に押しこんでしまった。そして外から格子戸《こうしど》の閂《かんぬき》をかけると、いったん腰をかがめて中をのぞきこんだ衛兵はあっけにとられている私たちを尻目《しりめ》にスタスタと戻って行ってしまった。

ほどなく彼は大きな脛《すね》の骨を一本ぶら下げておなかをかかえて笑いながら戻って来ると、格子の隙間《すきま》ごしにその骨を放ってよこした。ママと私は憤然としたが、手も足も出ない。私たちはまたしても鉄格子の向こうに捕らわれの身となってしまった。

「こちらが悪いんだもの、規則違反したんだから」。私はしょんぼりして言った。「それにしても疲れたしおなかがペコペコだわ」「まさかこのまま犬小屋に泊まらされるんじゃないでしょうね」。ママが心配そうに言った。私たちは身を寄せ合ってうずくまりながらあれこれ慰め合った。

「とりあえず命の心配はないし」。私が言うと、ママも「もしこれが一番のお仕置《しお》きだとすると、オデッサ見物ができたのはもうけものかも」「ほんとにそうだわ」

二人の姿が長いこと見えないので心配していたローチェやキアや他の人たちが、私たちが犬小屋に入れられているのを聞きつけて大勢で見物に押しかけて来た。彼らは私たちの哀《あわ》れな姿を見ると金切《かなき》り声を上げて笑いころげた。懲罰《ちょうばつ》は懲罰でもユーモアたっぷりのお仕置き、みんなも私たちもおかしさの方が先に立ってしまった。「でもおなかが空《す》いて死にそう！」。私の訴えにキアが戻って行って自分たちの部屋に隠しておいた食べ物を持って来てくれた。こと食べ物に関しては、私たちは一様《いちよう》に世才《せさい》にたけていて、どんな残り物もお皿のまま返すなんて思いもよらなかったのだ。この先、いつ緊急事態が発生しないとも限らない。強迫《きょうはく》観念にかられた私たちはいつもリスのように食べ物を隠匿《いんとく》するようになっていた。

そのあと二時間近くママと私は犬小屋に閉じ込められたまま、キアが持って来てくれたパンやチーズやゆで玉子をほおばりながら至って快適に過ごした。自分たちは何て幸せなんだろうと考えながら。

一九四五年四月二十一日　ソ連軍、ベルリン近郊に迫る

これからはママも私も、もう少しいい子になろう！　次の日、全員にきちんとした衣

服が支給されることになったので、なおさらだった。朝のうちに芝生《しばふ》の上にシャワー設備のついた特別テントが張りめぐらされ、思う存分体を洗い流すようにと申し渡されると、女性たちはすっかり浮き浮きした気分になり、男性や係兵の面白そうな目も大して気にせず私たちはそそくさと着ているものを脱ぎ始めた。中には二、三これはいい趣味ではないといって躊躇《ちゅうちょ》する年配の人もいたが、私は一向にかまわなかった。シャワーが済むときれいなブルマーが一枚ずつ渡され、ついで別のテントに行かされた。テントの中にはブラジャーが積み上げられた長いテーブルが一台、入口に一人のソ連兵が陣取《じんど》って、夢が叶えられたとばかり喜びを隠しきれない表情で椅子《いす》に腰を下ろしていた。私たちが順番にその前に立つと、兵士は丸めた両手を盃《さかずき》のようにして私たちの胸に当て、さらに乳房を思いきりよく摑《つか》んで念入りにバストを測ると、テントの中にいるもう一人の仲間に向かって「小!」とか「中!」とか言って叫ぶのだった。

　相棒の紳士はそのたびにブラジャーの山をかき分けてちょうどいいサイズを選び出し、一人一人の胸にうれしそうに当てては後ろに回って自らホックを留め、もう一度前に戻って来てしっかり胸にさわってうまい具合に納まっているかどうか見届けてくれるのだった。あちこちで哄笑《こうしょう》の渦《うず》やクスクス笑いが巻き起こり、みんな大はしゃぎになった。恥ずかしいとかみっともないとかこれっぽっちも感じないで済んだ。そしてこれこそ彼らの真骨頂《しんこっちょう》だった。親切で善良な、誰にも気恥ずかしい思いをさせることのない、純心で自然のままの人たち――。こうしてブラジャー一枚つけ終えるのに悠長《ゆうちょう》な時間がかかったのに、私たちはみな不思議なぐらいうれしかった。やっと人間らしくなれたという思いがした。

次にオリーブ色をしたブラウスとお揃《そろ》いのスカートが配られた。ソ連の女性兵士の制服だったがブラウスの胸のボタンにはハンマーと鎌《かま》のデザインがついていて、着終えると何かキリリとした気分になった。古靴も選《よ》り取り見どりあったので、私はブーツと履《は》き替えることにした。きっとあとで何かと交換できるかもしれない――多分、にわとり一羽か何かと。

午後までに一通り身ごしらえが整うと、初めてきちんとドレスアップしたところを誰かに見てもらいたくなった。ママが英語を話してみたいというので、オーストラリアの捕虜が泊まっている一画《いっかく》に散歩がてら行ってみることにした。一刻も早く国へ帰って、故郷の牧場で羊の番をしながら暮らすことを夢見ているこのオーストラリア兵たちも、同じように陽気で楽天的な人々だった。彼らには赤十字を通してちょくちょく慰問《いもん》小包が届いていたが、チョコレートとかコンビーフの缶詰《かんづめ》など私たちみんなにも惜《お》しみなく分けてくれていた。その中にオーストラリア兵士の軍服軍帽がピタリと決まった映画俳優を彷彿《ほうふつ》とさせるような背の高いハンサムな兵士がいて、驚いたことにママに好意を寄せているらしく、しょっちゅうお菓子とか滅多《めった》に手に入らないような珍しいものを私たちに贈ってくれていた。ビルという名前だった。

こうしてこの日もビルを訪ねて行って過ごしているうち、話のなかばでビルがママに切り出した。

「今夜もう一度僕のところへ訪ねて来てくれないかな？」

「ご遠慮させて頂くわ」。チラリと私の方を見ながらママが答えるとビルは、「いや、お嬢さんはいいんだ、君一人で来て欲しい」

ビルの考えているような冒険を考えてもいないママは、ビルと会う時は相変わらずいつも私をお目付け役として連れて行ったが、そのあとたて続けに数日会ううちに、ビルの方はかなり深刻になってきた。庭の一角に三人で腰を下ろしながら、ビルは郷里の牧場に連れて行く夢を描いてみせ、果ては二人をオランダから連れ出すつもりだとも言った。ビルは農場に腰を落ちつけたがっていた。そしてオーストラリアでは女の人が足りない、向こうに行けばママも私も安心して新しい人生が始められる、これもいい機会じゃないかと言うのだった。

「フリッツィ、そして君は僕と結婚するんだ。僕は君たち二人とも面倒をみるよ」

こうまでいわれてもちろんママは悪い気はしなかったが、とにかく自分は幸せな結婚をしている身だからと、ビルを納得させようとした。ビルは切り返して言った。「でもフリッツィ、君は未亡人になるよ、きっと。その時は迎えに行くからね。忘れないでいてくれ！」

一九四五年四月二十五日「エルベの邂逅《かいこう》」。
エルベ河畔トルガウにて、米ソ両軍が出会う
四月二十六日　ソ連空軍、ベルリン首相官邸を爆撃

宿舎を抜け出した何人かが海で泳いできたといって喜々《きき》として帰って来るのを見ると、私も泳ぎたくてたまらなくなった。ママが台所ふきんを二枚利用してビキニ風の即席の水着を縫《ぬ》ってくれたので、私はさっそく次の男女混成《こんせい》非公認海水浴の一行に加わることになった。通りの少し先まで歩いて行くと目の前に金色の砂浜が開け、その向こうに真っ青な海が広がっていた。美しく晴れ渡った暖かい日和《ひより》、水着に着替えるのももどかしく、私は素っ裸になった男の人たちのあとについてしぶきを上げながら海中に飛びこんだ。

私が大はしゃぎで思いきり泳ぎ回っている間、ママは浜辺に立って水とたわむれていた。生き返ったようにはしゃいでいる私の姿に心をゆり動かされたママは、海辺の帰り道しみじみとした口調で言った。

「まるでこの世がもう一度息を吹き返したみたいだわ。そしてお前が命あってこうしてそれを満喫《まんきつ》しているかと思うと……」。そして私たちはだまりこくった。死んでいった全ての人のことが一時に思い出され、パパやハインツに対する懐《なつ》かしさがかつてないほどにこみ上げてきた。二人に会うことはもう二度とあるまい――悲痛な予感が海辺を去る私たちの胸を締めつけた。

一九四五年四月二十八日　ムッソリーニ、愛人クララ・ペタッチ処刑

四月三十日　ヒトラー、愛人エヴァ・ブラウン自殺

第二十四章　帰国――オランダへ

一九四五年五月四日　オランダ解放
五月七日　ドイツ無条件降伏
五月八～九日　ヨーロッパ全土で戦火止《や》む

戦争が終わった。連合軍がついにベルリンに入城した。屋敷の中は歓喜に沸《わ》き返った。あらゆるところで人々の口をついて感謝の叫びがほとばしっていた――神へ向かって、連合軍に向かって、ソ連軍に向かって、そしてまた神へ、感謝と称賛が渦《うず》を巻いて昇って行った。ウォッカの大盤振る舞い、人々は酔いしれ踊り歌いまくり、恋におちた。

いやが上にも私たちを喜ばせようと、ソ連兵たちはとっておきのことを計画してくれていた。その週末オペラ歌手や踊り子や楽士たちの一行《いっこう》の総勢が揃《そろ》って到着してきて、大広間にこしらえた舞台の上で素晴らしい出し物を見せてくれたのだ。大広間の床に座りこんで、私たちは舞台に見惚《みほ》れ聴き惚れた。生まれて初めて観《み》るバレエ舞踊《ぶよう》だった。これほど純粋で美しいものが世の中に存在していたのか。大観衆は総立ちになり、いつ果てるとも知れない万雷《ばんらい》の拍手が大広間に鳴り響いた。演ずる方もこんなに場違いな観客を前にしたのは初めてかもしれなかったが、これほどの喝采《かっさい》を浴びたのもきっと初めてだったに違いなかった。この夜の光景は私には一生忘れられないものとなった。

一九四五年五月十一日。

十六歳の誕生日！　一日じゅう太陽が降り注ぎ、誕生パーティーこそなかったが、私は幸せな気持ちでいっぱいだった。浜辺で拾い集めた貝殻《かいがら》でキアが素敵《すてき》なネックレスを編《あ》んで贈ってくれ、ビルも特大のチョコレートバーで祝ってくれた。パパとハインツの消息《しょうそく》が欠けているのを除けば、こうして平和な日々が過ごせることこそ何よりの誕生祝いだった。

その間に戦争が終わったからには早々に引き揚げて帰国したい、という気分がそれぞれのグループの間に流れ始め、実際ある日ビルを訪ねてオーストラリア兵の別棟に行ってみると、もう全員引き揚げたあとでもぬけの殻《から》になっていた。さよならを言う暇《ひま》さえなく去って行ってしまったのだ。淋《さび》しい気もしたが、とにかく引き揚げが着々と始まっている、間近《まぢか》に迫った肉親との再会に対する期待と不安で、残った人もみんなソワソワし出した。

ほどなく五月十九日、私たちを運ぶニュージーランドの輸送艦モノウェイ号がオデッサ港に到着して帰還者五、六〇〇名が港へ行くため勢揃いした。強制収容所の生還者、フランス、イタリアの軍事捕虜《ほりよ》、ドイツの軍需工場に徴用されていたオランダ人とベルギー人、そしてドイツの工場に自ら志願して働きに行っていたそれぞれの国の人たち——一行はさまざまな人々の集まりだったが、ただひとつ一刻も早く母国へ辿《たど》り着きたいという点ではみな気持ちを同じくしていた。港に着くとモノウェイ号が灰色の巨大な船体を横たえて碇泊《ていはく》していた。私たちのシップ・オブ・フリーダム、堂々と落ちついたその雄姿《ゆうし》はあたかも西欧民主主義文明のゆるぎなき砦《とりで》のように頼もしく私たちの目に映《は》えた。

真っ白な制服に身を包んだ海軍オフィサーが数名、甲板《かんぱん》の上で待ちうけて私たちの乗船を見守っていた。乗船者の荷物といえば各々《おのおの》が手にしている小さな包みひとつ、ママと私はそのほかに羽布団をしっかり抱えていた。ローチェとキアに続いてタラップを上って行くと、入口に控えたオフィサーが、「ようこそ、マダム」と言ってキアと私にも手を差しのべてくれたのでゾクゾクした。女性にはAデッキとBデッキの船室が割り当てられ、男性は全員階下の船室でハンモックで休むことになった。客室係のボーイが、私たち四人をBデッキの船室まで案内してくれ、どうぞごゆっくり、あと一時間ぐらいで昼食の時間ですからその時は食堂の方へ、と言ってドアを閉めて出て行った。

キアとさっそく二段ベッドの上段によじ上ってマットの上でお尻をはずませてみる。フワフワの羽枕、たっぷりした豪華なマットレス、糊《のり》のピシッときいた洗いたてのシーツ、そしてフカフカの毛布——。いらなくなった持参の羽布団を戸棚にしまっておいてもらおうとママの方に投げ下ろすと、声もなくベッドの縁にへたりこんでいるママの姿が目に入った。四人とも感無量《かんむりょう》の余りほとんど口もきけなかった。やがて簡単な身づくろいを済ませてから私たちは、食堂に向かった。一歩食堂の中に入って行って私たちは文字通り息を止めた。しみひとつない純白のクロスを広げたテーブルの列、そしてそのひとつひとつの上に整然と輝く銀器や食器やきらめくグラス——。ほんのついこのあいだまでチビたブリキの容器を使っていたというのに……。ママはこの光景を目にすると、一瞬つまってそれからドッと泣きくずれた。何という人間らしい応待を受けているのだろう。私たちはみんな感激して胸がいっぱいになった。

めいめいのお皿の上には、きれいにたたんだ白いナプキンに添えて小さな白いパンがひとつずつ載《の》っていた。私たちは席に座るやいなや、もぎ取るようにそのパンを取ってペロリと食べてしまった。何年もの間、お目にかかることのなかった白パンだった。周りに控えて目を丸くしてこの無作法《ぶさほう》な客たちを見つめていた給仕《きゅうじ》たちは、それでも気をとり直すと、すぐにまたお代わりのパンを持って来てくれた。メニューは英国風で、コンソメスープに続いてステーキパイと野菜の付け合わせ、そしてデザートにはトライフル（果実入りのケーキをワインに浸《ひた》してクリーム等でトッピングしたもの）が出た。豪華なご馳走《ちそう》を思いきり食べてみんな満腹ですっかり満ち足りたが、それでも誰一人として残ったパンをひとつ残らず船室に持ち帰るのを忘れなかった。例によって、もしもの場合に備えて……。

食事が済んで甲板の上に出てみると、いつの間にか船は滑《すべ》るように黒海《こっかい》の上を一路《いちろ》トルコへと向かって船足を進めていた。白い建物を点在させた緑色の海岸線が、きらめく真っ青な海の向こうにしだいにかすんで遠ざかっていく。私はデッキの手すりにもたれて惜別《せきべつ》の思いでその景色を見守っていた。今では愛してやまぬこの国、あれほどお世話になり心を残してきたというのに、思えばその人々にもまともに別れを告げる間もなく出発してきてしまった。しかし彼らを忘れることは決してないだろうと私は思った。

船の上では栄養のいき届いた十分な量の食事が毎日規則正しく出されていたにもかか

わらず、人々はパンとか果物とかチーズとか（その他、何であろうと！）、食べ残しのものをかならず船室に持ち帰ろうとしたので、とうとう艦長がラウドスピーカーを使って船内に呼びかける始末だった。食料は十二分に備えがあるから心配無用、衛生上からも残り物は決して部屋に持ち帰らないように、欲しい人はいつでも申し出て欲しい——。これを聞いて私たちはみな、いささか赤面の思いだった。

七日にわたる船旅の間、私たちは一番上のデッキで日なたぼっこをしたりしてのんびり過ごした。オフィサーたちと楽しそうにさんざめいたり、睦《むつ》み合っている女の人たちも大勢いた。船がヨーロッパ大陸とアジア大陸を僅《わず》か数百メートルの水路で分かつボスポラス海峡に入ると、豊かな南国植物の生《お》い茂るせり上がったトルコの岸壁《がんぺき》の丘の向こうに、イスラム寺院の尖塔《ミナレット》が陽の光をうけてきらめいているのが見えた。やがてモノウェイ号は滑るようにイスタンブールの港に入った。防疫《ほうえき》の必要から乗船者の下船は許されず、代わりに関係各国の総領事が乗りこんできて肉親に電報を打つ手続きをとってくれた。ママはイギリスにいる両親と妹宛《あ》てに電文を用意した。

「イキテオランダヘキコクノトニアリ、ココロカラアイヲコメテ。フリッツィ、エヴア」

生残者名簿を作成するために赤十字の係官《かかりかん》も船にやって来たが、東部方面からの帰還者は私たちのグループが最初だということだった。パパとハインツがどこかでママと私の名前を見つけてくれるよう、祈る思いで私たちは名簿に自分たちの住所氏名を登録した。

絶好の快晴の日和《ひより》に恵まれて船はトルコの岸を離れダーダネルス海峡を渡り、フランスの南に向けて地中海を横切った。そして五月二十七日正午、私たちは南フランスのマルセイユ港に到着した。甲板の手すりは黒山《くろやま》の人だかりになった。手すりから見下ろすと正装でかためたフランス軍の軍楽隊が二編成、直立不動の姿勢で桟橋《さんばし》に勢揃いしているのが見え、やがてフランス国歌『ラ・マルセイエーズ』の演奏が始まった。素晴らしい眺めだった。喉元《のどもと》まで感動がこみ上げ目の前が涙でかすむ。人々は我勝《われが》ちに手当たりしだいのものを手に取って——大方は食堂から取って来たナプキンだったが——ちぎれんばかりに振り続け、喉もかれよと声を限りに叫び続けた。

下船が開始され乗船者がタラップを下り始めると、出迎えの群衆の間から盛んな拍手が湧き起こった。ところがやがてドイツと手を結んで軍需工場で働いていた志願労働者の一団がタラップに姿を現すと、拍手は途端に鳴りをひそめ、群衆は後ろ向きになって背中を見せ始めた。この人たちが歓迎に値しないのだと、人々はどうやって判別ができたのだろう。あとになってからも私はいつもこのことを不思議に思ったものだ。このあと私たちのグループは桟橋の一角に設けられた受付の細長いテーブルのところに行かされ、住所氏名や行き先を聞かれたが、係員の話すフランス語が分からない人もいてあちこちで混乱が生じていたので、ママが通訳を買って出て、しばらくそのまま残ることになった。

もうはぐれる心配もなかったから、自分の受付が済むと私はママを置いて、他の人たちとトラックに同乗して一時休憩所になっているホテルに向かった。ホテルではワイン付きの素晴らしいフランス料理が私たちを待ちうけていて、少なくとも三杯はワインをお代わりしたので私はすっかりいい気分になり、次いでフラフラになってしまった。食べることとなるといまだに私は強迫観念《きようはく》にさいなまれていた。それでそのあと三時間も経《た》ってからやっとママがホテルに戻って来ると、私はまたもママを責めたてないではいられなかった。「どうしてこんなに時間がかかったのよ！　ご馳走があんなにあったのに！　お蔭《かげ》でママは全部食べそこなっちゃったじゃないの」。私はほとんどロレツが回らず、それにママもくたびれ果てた様子だった。

その日の夕刻のうちに私たちはパリに向かう列車に乗りこみ、マルセイユを後にした。列車はコンパートメント式で、洗面所もきちんとついていた。エクサン・プロヴァンス、アヴィニョン……半時間そこらごとにひとつひとつの駅に停《と》まりながら、汽車は北に向かって走った。あちこちの駅頭で、模型の絞首台《こうしゅだい》にくくりつけられたヒトラーの藁《わら》人形が風に吹きさらしになって揺れていた。どの駅にも町の人が大勢出迎えに出ていて、汽車が停まるたびにたくさんの慰問《いもん》の品々が窓ごしに差し出された——花束、ワイン、ケーキ、チーズ、バゲット……みんなに十分行き渡るほどたくさんあった。帽子《ぼうし》を頭にのせ、胸に鎖《くさり》をつけて居《い》ずまいを正したお偉方《えらがた》がプラットホームに立ち並び、町の小さな音楽隊が、人が眠っていようが眠っていまいがおかまいなしに賑々《にぎにぎ》しく自分たちのレパートリーを演奏していた。誰もがフランス人のこの熱狂的な歓迎ぶりに目を瞠《みは》り、全部自分たちに向けられたものだと思いこんで、大いに気をよくしていた。しかし列車がパリを出るとすぐこの種の公式な出迎えはぐんと減ってしまい、それで初めて私たちは気がついたのだった。彼らの熱のこもった歓迎は同じ汽車で帰って来たフランス人捕虜の帰還を祝うものだったのだ。

あちこちで乱れ寸断された路線の上を、汽車は翌日も一日かけてのろのろ北に向かって走行を続け、ベルギーを通過してやがてオランダに入ったが、マーストリヒトまで来るとそこから先には完全に進めなくなった。先々の川に架《か》かった橋が撤退するドイツ軍の手で全部爆破されて使えなくなっていた。この時まで残った帰還者六〇人ほどは、汽車から降ろされ出発の目処《めど》が立つまで近くの修道院の建物を仮の宿とすることになった。そのあいだ食べ物も不足がちのうえ、誰もお金を持っていなかったので、死の収容所のあらゆる辛酸《しんさん》を生き延びてきた私たちはどっと不安になり、ひどく見捨てられたような気がした。オランダ国内に入ってからは私たちを歓迎するようなムードはいささかもなく、人々の助けの手も伸べられないまま自分たちだけで放っておかれるような気がした。しかし実際国内に残っていたオランダ国民もまた戦争の間、困難艱苦《かんく》に耐え疲弊《ひへい》し飢《う》えかかっていたのだった。オランダ国民の置かれていた窮状《きゅうじょう》と悲惨さは、ここに来るまで目にしてきたフランスの豊かさとはあまりにもきわだった対照を見せていた。

二日目の日に、一台のトラックが修道院の入口に着き、中から強制労働収容所に連れて行かれていた衰えきった人たちの一団が降り立った。側《そば》に立ってみんなと一緒にその様子を見守っていたローチェが、突然つんざくような声を上げて、車から出て来た一人の少女めがけて駆け寄った。「ジュディ、ジュディ、ああ私の赤ちゃん……」。ローチェは何度もつぶやきながらやせ細った我が娘《こ》を軽々と抱き上げると、赤ん坊をあやすように胸の中にかき抱いてむせび泣いた。周りの私たちはみなもらい泣きをした。劇的な再会の光景だった。パパとハインツともこんなふうにして再会できたら――私はそう願った。

何日かかって川に舟橋が完成すると、私たちはバスに乗せられてアムステルダムに向かった。食い入るように車窓を見つめる私たちの目に、ところかまわず爆撃で目茶目《めちゃめ》茶《ちゃ》になった国土が広がり、野にはそこここに今を盛りのお花畑が広がっていた。いよいよ車がアムステルダムの郊外に差しかかると、胸が激しく高鳴って誰も落ちつかなくなった。

解散地点のアムステルダム中央駅に降り立った私たちは、抱擁《ほうよう》を交わして互いに別れを告げた。またの連絡を約束してママと私もローチェやキアに別れを告げたが、みんな気もそぞろだった。この瞬間それぞれの胸を占めているのは自分たちの家族や肉親がどうなっているかという、ただそればかりだった。

第二十五章　それから私たちは

一九四五年六月十三日。中央駅には市の職員が出て帰還者の氏名と行き先を調べていたが、オランダ国内に身寄りのないママと私はとりあえず友人を頼るしかなかったので、かつてご近所だったローゼンバウム夫妻を訪ねて、身のふり方が決まるまでしばらく泊めてもらえないかどうか頼んでみることになった。マルティン・ローゼンバウムはユダヤ人だったが、奥さんの方がキリスト教徒だったので、きっと二人とも無事に以前のところで暮らしているかも知れないと思った。それでママと私はタクシー代を支給されると、そのままローゼンバウム家へと向かった。

玄関のドアを開けたのはマルティンさんだった。私たち二人を即座に認めたマルティンは、「フリッツィ・ガイリンガー!」と驚きの声を発し、顔を輝かせてママをしっかり抱きしめた。次いで同じように私を抱きしめたマルティンはさあ、さあと言ってママと私を部屋の中に通し、当然のこと安心して自分たちのところに泊まっていってくれと請《う》け合ってくれた。他にも驚くようなニュースが待っていた。長いこと子宝に恵まれなかった彼ら夫婦の間に、それもたった三日まえ、男の子が生まれて、母子とも目下《もっか》病院にいるというのだった。戦争にまつわるあらゆる困難と人智《じんち》をこえて、ひとつの新しい人間の生命《いのち》がこの世に生まれ出た。私はこのことを聞かされた時、まるで奇跡中の奇跡を目《ま》のあたりにするような気がした。

その日の夕刻、母子を見舞いがてら病院に訪ねて行くと、ロージィ夫人当人も今ごろ自分に赤ちゃんができたことに驚き半分、得意半分といった様子だった。私たちはしばらく同居させてもらいながら、その間ママがお産で弱った夫人と赤ん坊の面倒を見ることになった。

耐乏《たいぼう》生活の時代だった。いずこもひどい食糧難と燃料不足で、ガスも止まっていたので街路樹という街路樹は残らずストーヴにくべる薪代《まき》わりに切り落とされていた。家々の木でできた玄関のドアはあちこちで剝《は》がされたり、盗まれたままになっていた。ママと私は戦前隠しておいた食料品のことを思い出して倉庫の鍵を預けてあったレイツマ夫妻の家を訪ねてみることにした。レイツマ夫妻はあの事件のあとも国外移送されることなく、これも戦時中うまく隠れおおせた息子のフローリスともども無事に生き延びていたが、ママと私が無事に帰って来た姿を見ると涙を流さんばかりに喜んでくれた。しかし戦時中彼らの命をつないだ私たちの食料品はすでに食べつくされて何ひとつ残っていないということだった。二人とも前より老けこんで足腰も弱くなっていたが、レイツマ夫人はオランダ政府から占領解放記念切手のデザインを頼まれたところだといって張り切っていて、私たちにも制作中の銅版画を見せてくれた。そして落ちついたところで私の絵のレッスンも見てあげたいと約束してくれた。

レイツマ夫妻を訪ねて行った翌日、ロージィ夫人が赤ん坊を連れて退院して来た。同じ日、もう一人玄関先をノックするものがあった。出て見るとオットー・フランクが一人で戸口《とぐち》に立っていた。やせてヒョロヒョロになった長身にグレーの背広がだぶつくようにかかっていたが、その姿はとても落ちついて立派に見えた。部屋の中に客人を案内しながら私は奥にいるママに向かって声をかけた。初対面の挨拶《あいさつ》をする仕草《しぐさ》でオットーがママの方に手を差し出そうとすると、ママがそれを制するように、「あら、でももう前に一度お目にかかっていますわ。あの時、チェルノヴィッツに向かう途中でした」と言った。深く沈んだ淋《さび》しそうな茶色の目をしばたかせながら、オットーはやれやれというように自嘲《じちょう》ぎみに首を振った。

「そんなことがありましたか、どうも覚えがなくて……。実は生存者名簿でお名前を拝見しましたので、娘のマルゴットとアンネのことで何かご存《ぞん》じのことはないかとお伺いさせて頂いたのです」

未《いま》だに二人の娘の手掛かりがつかめず気落ちしていたオットーは、それから長いあいだ腰を下ろしてママと話をしていった。オットーと話しこむうちにママの方も力づけられ、行方不明になったままのパパやハインツのことや前に住んでいたアパートを取り戻したいことなどを彼に語って聞かせた。私たち一家が住んでいた、メルウェーデプレイン四六番地のアパートは、あれから非ユダヤ人の友人の名義で人に貸したままになっていた。当時、隠れ家生活中フランク一家を助けてくれたミープ・ヒース夫妻のところに身を寄せていたオットーは、自分の住んでいるところも近いことだし、アパートの件に関しては力になりたいと言ってくれた。

七月の初め、ママと私はローゼンバウム家を出て無事に元のアパートに戻れることになった。階段を上って自分たちが以前暮らしていた住居に上がって行く時、私はいわく言い難《がた》い不思議な気分に襲《おそ》われた。部屋の中に一歩足を踏み入れた瞬間、タイムトンネルをくぐり抜けたかのような気持ちがした。部屋の中は、まるでこれまで何事も起こらなかったかのように寸分《すんぶん》たがわず昔のままだった。部屋から部屋へ何度も出たり入ったりしてみる。家具ひとつ動かされた形跡はなく、カーテンや壁のペンキまで何もかも変わっていない。子ども部屋の壁に目をやると、パパが鉛筆で印をつけてくれたハインツと私の背の高さの跡《あと》がそのままになって残っていた。窓際に立って外を見る。広場のアスファルトの一角で子どもたちが数人遊んでいるのが見えた。しばらくして階下の方で近づいてくるタクシーの音がした。期待に胸を躍らせて玄関まで走り、ドアを開く。しかし、パパたちの姿はなかった。

オットー・フランクはその後も時々私たちのアパートに訪ねて来てくれた。娘を学校に戻したものかそれともすぐに職業訓練に就かせた方がいいのだろうか、あれこれ私のことで悩むママに、オットーは何かと親身になって相談にのってくれ、学校に戻して卒業だけは済ませるように、と強くすすめるのだった。

七月も終わりにかかる頃から私は悪夢にうなされるようになった。毎晩のように自分の上げる悲鳴で目が覚めた。化粧着《ガウン》をまとったママが手に水の入ったコップを持って、ベッドの側《そば》に立っていた。

「眠ろうとしても眠れないの」

「分かってるわ……」。コップを渡しながらママはベッドの縁に腰を下ろす。

「パパはいつ帰ってくるの？」

「もしかしたら明日になったら……」。私の髪をまさぐり、額《ひたい》にキスをしながらママが答える。ママはそれから私の体を例の大切な羽布団にくるみ直すと、隣に置いてあるハインツのベッドにしばらく身を横たえて、私が寝入るのを見届けるまで側についていてくれるのだった。

エピローグ

アムステルダムのリセウムを優等の成績で卒業した後、私は母とオットー・フランクの強いすすめもあって職業写真家としての道に進むべく、一九四九年いったんアムステルダムにあるフォト・スタジオで見習いとして働き出した。しかし、これまで経てきたもろもろの経験のおかげで、このままアムステルダムで生活を続けていくのは非常につらかったので、私はしばらくオランダを離れて暮らしてみることにした。

そこでオットーがロンドンのウォーバンスクエアで大きなフォト・スタジオを営む旧友のところへ私を紹介して手筈《てはず》を整えてくれ、私は間もなくロンドンに渡って、下宿住まいをしながらそのスタジオに通うようになった。同じ寄留《きりゅう》先で私は経済学を学ぶかたわら証券会社でアルバイトをして働いていたイスラエルから留学中の青年ツヴィ・シュロスと知り合い、私たち二人は一九五二年、オットーに証人になってもらってアムステルダムで結婚式を挙げた。

イギリスで新しい生活を始めた私たち夫婦はそこで三人の娘に恵まれた。長女キャロライン（一九五六年生まれ）は現在ロンドンで弁護士、美容師の次女ジャッキー（一九五八年生まれ）はノルウェー人の夫との間に一女リサをもうけロンドン在住。末娘シルヴィア（一九六二年生まれ）もやはりロンドンでジャーナリストとして働いている。私は一九七二年までフリーランスの写真家として仕事を続けていたが、その後アンティークに手を染め、現在に至るまでロンドン北西部でアンティーク商を営むことになった。

母フリッツィは一九五三年にオットー・フランクと再婚した（母の再婚によって私はアンネ・フランクと義姉妹に結ばれることになった）。それとともに二人はオットーの母と妹弟が戦前から移り住んでいたスイスのバーゼルに居を移して、一時期その家族とともに同じ家に住んでいた。

『アンネの日記』の刊行によってもたらされた膨大《ぼうだい》な量の文書や手紙の整理と返書にともにあたりながら、母はオットーをよく助けて一九八〇年オットーが没するまでの二十七年間、幸せな結婚生活を送った。その間にも、そして今でも母はひんぱんにイギリスにいる私たちを訪ねて来てくれている。またオットーも生前私の三人の娘を実の孫として扱ってくれた。

母方の両親、即《すなわ》ち私の祖父母は、それぞれ一九五五年と一九六四年、移住先のイギリスで没した。母の妹シルヴィア叔母《おば》は、ラグビーの試合の事故がもとで脳出血のため二十五歳で逝《い》ったイギリス生まれの末子ジミーをいたみながら、一九七七年癌《がん》のため死去した。

ママの命を救い出し、ビルケナウの病棟で私たちを支え続けてくれたミニは、収容所撤退時の死の行進を奇跡的に生き延び、終戦後いったんプラハに戻ったが、戦争勃発《ぼっぱつ》前に自分の妹とともにパレスチナに逃がした、当時十代だった息子のペーターとステファンに合流するため、一九四七年パレスチナに渡った（ミニの夫はアウシュヴィッツ撤収時の行軍の際、死亡した）。翌一九四八年、イスラエルの独立戦争で次男ステファン戦死。イスラエルに新たに移住してくる入植者と老齢者の世話に活動的な後半生を捧げたミニは、一九八四年ステファンの死を最期までいたみ続けながら彼《か》の地で他界した。

フランツィも死の行進を無事に生き延びて、ドイツ国内の収容所でアメリカ軍の手によって解放された。すでに結核に侵《おか》されていたフランツィは、オランダに帰国した後も長年にわたってベッドに寝たきりで長期療養を続けることになったが、友人や妹イレーネの献身的な看護を得て完全に恢復《かいふく》することができた。現在はイスラエルでイレーネとともに暮らしている。ママと私とフランツィとは、今でもひんぱんに往来し合っている。

ローチェの夫は帰らなかった。ローチェは娘のジュディと再会を果たした後も収容所の後遺症から抜け切ることができず、一九八四年死ぬ時までうつ病に悩まされ続けた。ジュディは二人の子の母親として幸せな家庭を持ち、私たちと親しく交流を続けている。

キアの家族は誰一人戻って来なかった。その後キアは美術教師となり、今はインドネシア人の夫とともにオランダのハーグに住んでいる。

最後にパパとハインツのその後に触れたいと思う。

一九四五年八月八日、赤十字から一通の書簡がアパートに戻った私たちのところに届いた。書面にはパパとハインツの死亡の確認が記されていた(ちょうどそれと同じ頃、オットーもアンネとマルゴットがベルゲン・ベルゼン強制収容所で帰らぬ人となったという知らせを受けていた)。

ハインツは死の行進のあとマウトハウゼン強制収容所において一九四五年四月、衰弱のため死亡した。パパはママがガス室を逃れ得たことも、私がその後を生きながらえたことも知る由《よし》もなく――多分すべての希望を失って――終戦三日前に死んだ。

パパとハインツのお墓はない。アムステルダムにあるホロコースト犠牲者追悼碑《ついとうひ》のひとつに、他の数百人の人の名前に混じってその名が刻まれているだけである。

以上はパパとハインツの物語でもある。

母フリッツィ・フランクによる追記

アウシュヴィッツからアムステルダムに引き揚げて来たエヴァと私の寄留先《きりゅう》に、オットー・フランクが初めて姿を見せたとき、彼は妻エディトが一月のソ連軍の解放を直前にして死んだことを、すでにオデッサへの途上で知らされていた。オットーは悲嘆《ひたん》の底にあったが、一方では私たちと同様、二人の娘たちの生還にまだ希望をつないでいた。しかし数週間経《た》って再び彼が訪ねて来た時点で、私たちは自分たちの愛するものたちがオーストリアのマウトハウゼンで死んだという通知を受け取っており、オットーもマルゴットとアンネがチフスに罹《かか》ってベルゲン・ベルゼンで死んだことを知らされていた。私たちは双方とも深い失意の淵《ふち》に立っていた。夫のいなくなったこの先どうやって生きていったらよいのか、夫が生活全般にわたって何もかも舵《かじ》とりをしていてくれたこともあって、私はただ一人放り出されて途方に暮れる思いだった。

その後も折にふれ私たちを訪ねて来てくれていたオットーが、ある時アンネが隠れ家で日記を残していたということを私たちに話してくれた。アンネが日記を書いていることは当時家族を含め周りにいた人もよく知っていたが、アンネは絶対に日記の中身を人目に触れさせようとはせず、その代わり自作の童話の方は時折《ときおり》読んで聞かせることがあったということだった。あとになってミープ・ヒースが隠れ家に残された日記や書き綴《つづ》り断片を見つけて拾い集め、事務所に持って帰って本人が帰って来たら返してあげようとそのまま目も通さずにしまっておいたものを、アンネの死が判明した時になって初めてオットーに渡したのだった。

感情の高ぶりにさえぎられてなかなか先に読み進むことができず、日記を一通り読み終えるのに長い間かかったというオットーは、その読後の感想をエヴァと私にもらして言った——自分は娘の本当の姿を理解していなかったと。父親として当然アンネとはとてもうまくいっていたのに、実際にアンネが心の深いところで何を考えていたのか、その高邁《こうまい》な理想、篤《あつ》い信仰心、進歩的なものの考え方など何ひとつ思い及ぶこともなく、娘の本当の気持ちをいまさらながら知って目の覚める思いがすると彼は言った。

オットーはエヴァと私の前で日記のところどころを拾い読みしてくれたが、そのあとでエヴァはオットーにこう打ち明けた。何故《なぜ》かアンネがいつも自分よりはるかに大人のように思えていたけれど、それがアンネに余り近づけなかった理由かもしれない。でも今は違う。もしアンネに今会えたとしたらアンネとはずっとよく理解し合えるような気がする。これまでの経験で自分はすっかり変わってしまったから、と。

オットーはまたアムステルダムの自由派シナゴーグに属する信徒代表の一人として、シナゴーグの再建にも参画していた。復旧が始まったばかりの、当時はまだみすぼらしい建物の中にあったシナゴーグの事務所に通うかたわら、金曜日のシナゴーグの礼拝にひんぱんに私を誘ってくれた。周りから余りにも大勢のユダヤ人同胞がいなくなっていたので、残されたユダヤ人はできるだけ機会を作って顔を合わせ、占領中の経験やその後の暮らしぶりについて互いに語り合いたがった。

オットーは本来の自分の事業にも心血《しんけつ》を注いだ。隠れ家生活中命がけで一家を支えてくれた社員たちのために、何としてでもしっかりした生活の基盤を確保して、その恩に報いたいと考えていたオットーは、こうして事業を再び軌道《きどう》にのせることにも成功した。『アンネの日記』の初版が一九四七年にひとたびオランダで出版されるとともに大反響が巻き起こり、引き続いて世界各国から出版依頼が殺到するようになったが、その間の推移をオットーは逐一《ちくいち》私にも知らせてくれた。当時私は両親と妹に会うため渡英を計画していたが、それを聞くとオットーはロンドンの出版社との打ち合わせをこの計画に合わせることにして、私たちは一緒にロンドンに船で渡った。汽車と船を乗りついだこの旅行の間にもオットーは、目を通すようにと言ってまたどっさり関係書類を私に渡してよこすのだった。

時がたつにつれオットーはますます私の中に良き相談相手を見つけ、私とても同じことで自分の胸に溜《たま》っている繰りごとを彼に向かって吐き出した。私は何度もハインツを悼《いた》んで同じことを彼に聞いてもらうのだった——めくるめく天分《てんぷん》に恵まれていたあの子、リセウムでもその後通ったユダヤ人学校でも見事な成績を収めたうえ、楽器使いのうまさといったらどんな楽器でも一度手にしただけで苦もなく扱って見せたものだし、隠れ家に移ってから絵筆にも手を染め、はては立派な詩歌《しいか》まで作った。イタリア文学が読みたいからといって、イタリア語まで独りで覚えてしまった……。

同じ経験を経てきたことで私もオットーも共有共鳴するところ多く、またエヴァについても心を砕いてくれていたオットーは、自分がロンドンで開催された進歩的ユダヤ主義世界連盟のオランダ代表として選出された際、エヴァをオランダ系ユダヤ人青年連盟の代表としてロンドンに連れて行ってくれたりもした。

私は種々の講演会やコンサートによくオットーを誘った。エヴァがリセウムの最終学年を迎えるようになると、将来の進路を三人で話し合った結果エヴァは職業写真家を目指して出発することになり、週に何回かフォト・スタジオに通って見習いにつくことになった。しかし結局エヴァにとってアムステルダムはあまりにも悲しい思い出で彩《いろど》られていたので、エヴァは単身オランダを去ってイギリスで修業を続けることになった。

エヴァが独立したこともあり、お互いにいよいよ引かれ合うようになっていたオットーと私は再婚に踏み切ることにした。一九五三年十一月、アムステルダムで挙式した私たちは、続いて、オットーの身内が住んでいるスイスに移り住んだ。その時からオットーがこの世を去る時まで、私たち二人は幸せに満ちた生活を送ることができた。

各国で次々に『アンネの日記』が出版されるのを追って、世界中からたくさんの手紙が舞いこむようになり、私はオットーを助けて二人してこれらの手紙のすべてに返事を書くように努めた。アンネ・フランクの名を冠した学校や各国の出版社を訪ねて世界各地をめぐり、アンネの父親を慕《した》って訪ねてくれる大勢の若い人を家に迎えた。その間、結婚したエヴァには可愛い三人の娘が生まれたがオットーはこの子たちを孫として籍《せき》に入れ、孫たちも心の底からオットーを愛した。

それぞれの悲劇の人生を通して、私たちは新しい幸せな人生を見いだしたのである。

八十代のエヴァが語る、アウシュヴィッツとその後

（※このインタビューは二〇〇九年秋に行われ、Wm.B.Eerdmans 社刊行のソフトカバー版に掲載）

――一九三八年、あなたの一家がウィーンを出てブリュッセル郊外の宿舎に移ったところで、「私たちは一夜のうちに避難民となってしまった」とありますが、九歳の少女にとって「避難民」というのはどんな風に感じられたのですか？

私たちは自分たちの生まれ育った国を去り、それまで住んでいた家、そして親しい親族とも別れなければならなかったのです。そして着いた先は言葉の通じない国の、二間《ふたま》きりの手狭《てぜま》な仮宿《かりやど》でした。母は家庭の主婦として切り盛りもできず、周囲は私たちに敵意を向ける人たちでした。それに僅《わず》かな手持ち金と衣類。彼ら住民からすれば私たちは見た目も言葉も振る舞いも、自分たちとはかなり違って見えたことでしょう。

●避難民としてオランダで

――オットー・フランク一家は一九三四年にドイツを去り、すでにアムステルダム市内のメルウェーデプレイン地区に移り住んでいました。そこに移ってすぐにフランク一家と知り合ったのですか。アムステルダムではすぐにノーマルな生活に戻った様子ですが、その当時、界隈《かいわい》の様子はどのようなものでしたか。

アムステルダムに私たち家族が住むようになったのは一九四〇年で、南アムステルダムに新しく開発されたメルウェーデプレイン地区のアパートメント（中層集合住宅）に自分たちの住まいをもつことができました。この地域は、多くのドイツ系ユダヤ人移住者の中心地になっていたのです。オランダの子どもたちは私に対してとてもフレンドリーで、オーストリアの生活についてあれこれたくさん聞きたがりました。このことが私に自信を取り戻させてくれたのです。メルウェーデプレインでアンネ・フランクと知り合って二年半、彼女は私より一カ月遅い生まれの同い年でした。その地区の子どもたちは学校が終わるとみんな外で遊んでいましたから、アンネとも毎日のように顔を合わせていました。でもアンネは私よりずっとませていて洗練《せんれん》されていて、おしゃべり好き。いつも仲間の中心にいるのが好きでした。一方で、当時の私はかなりシャイでした。アンネはまたパーティーが好きで、ボーイフレンドを欲しがっていましたが、私は兄のハインツがいたので男の子のことを何とも思っていませんでした。ハインツはアンネのお姉さんのマルゴットと、よく一緒に学校の宿題をしていました。その地区にはドイツ語を話す人が大勢いたので、ごく自然な日常生活ができたのです。

――あなたはそこで出会ったオットー・フランクについて、愛情をこめて書いています。十一歳だったあなたは、優しくしてくれるオットーに何か特別のつながりのようなものを感じていましたか？

私はフランク家で飼っていた猫と遊びたくて、ときどき家に上がり込んでいました。オットーは私の父よりかなり年が上だったので、私の感覚ではむしろ自分の祖父に近いように思えました。ウィーンで別れた、大好きだった母方の祖父に抱くような気持ちだったのかもしれません。もっともオットーは、誰に対しても同じように優しかったのですが。

――一九四〇年五月十日、オランダはドイツの占領下に置かれましたが、アムステルダムはそれまでと、どのように変わりましたか？　とくに子どもの目から感じられたこと

は？　その日から起こるだろうことについて、ご両親はどの程度あなたたちに話してくれましたか？

ウィーンに住んでいた頃、私たちはすでにナチスのやり方を経験していました。ドイツやオーストリアのユダヤ人がどのように扱われたか。ですから今後どのようなことが起こるか、私たちには想像がついたのです。しかしオランダにずっと住んでいた人たちは私たちほど怖《おそ》れてはおらず、どちらにしろキリスト教徒のオランダ人と違わない扱いを受けるだろうと考えていたのです。私たち子どもにとっていちばん辛《つら》かったのは、非ユダヤ人の友人たちとはもうプールにも映画にもクラブにも一緒に行けなくなったことでした。そのうち学校にさえも。やがてユダヤ人が路上で突然連行されたり、あるいは姿を消したりするようになると、買い物をしに戸外《こがい》に出るのさえ非常に危険なことになったのです。私たちの両親は、いよいよ隠れ家に移るという直前になるまで詳しいことは余り話してくれませんでした。

●隠れ家の二年間

——アムステルダム在住の多くのユダヤ人はみな、一九四二年七月までには身を隠しま

した。この行動の直接の引き金になったのは何でしたか。フランク一家や同居のファン・ダーン一家ほか、八人は一カ所に住むことができた一方で、あなた方はなぜ二手《ふたて》に分かれなければならなかったのですか。

私の父やオットー・フランクは一九四二年七月に入って決断をしました。一万人あまりの若者たちに国外の労働収容所への呼び出し状が送られてきたからです。それは兄のハインツにもアンネの姉のマルゴットにも届きました。しかし大勢のユダヤ人は身を隠しませんでした。資金がなかったり、ツテがあるから大丈夫だと思っていたり、まさか殺されることはないだろうと。その結果、多くの人が強制収容所や絶滅収容所へ送られることになりました。

私たちは命を賭《か》けてユダヤ人を助けてくれる勇敢なオランダ人を頼みとしていました。けれど都市部では、ほとんどの人はみな狭いアパートメントに住んでいましたから、家族全員を受け入れることは不可能でした。それはまた、大変な危険を冒《おか》すことにもなります。四人家族というのは、すでに多すぎる数でした。フランク家が隠れ住んだのは、ビジネスで使っていた事務所の建物の屋根裏だったことを思い出してください。こういう建物には、捜索の手もそれほど入らなかったということもありました。また農家には広さにゆとりがあったので、都市部よりずっと多くの人が一緒に隠れることができたのです。ハインツとパパも農家に隠れていました。

配給制だったので、隠れ家ではいっそう僅かな食べ物しかありませんでした。世間で起こっていることはラジオを持っていたのでうすうす知ることができましたが、同じラジオを通して友人たちが姿を消したことも伝わってきました。夜間は手入れの急襲《きゅうしゅう》がいつあるかもしれず、とても怖かったけれど、日中はこれもまた何もすることがなく、同じ一日がただ過ぎていくばかりでとても辛いものでした。もっとも、こんなことが自分の子ども時代に二年もの間つづくなんて思ってもみないことでしたけれど。その間ずっと遊び相手もなく、ひとりだまって座っていなければならなかったのです。もちろん愛する母がいつも一緒でしたが、それは遊び合えるもう一人の子どもではありませんから。

――ナチは当然、大勢のユダヤ人が忽然《こつぜん》といなくなるのを認識していました。身を潜《ひそ》めたユダヤ人を見つけ出すため、どのぐらい頻繁《ひんぱん》に捜しまわってきましたか。そして、あなた方は何回隠れ家を変えなければなりませんでしたか。

家宅捜索は毎週のようにありました。逮捕されるまで母と私は、二年の間に七回場所を変えなければならなかったのです。兄と父は四回ぐらいだったと思います。というのも移って何カ月か経《た》つうちに、週ごとの〝手入れ〟に神経をすり減らした家主《やぬし》が結局、

「申し訳ありませんが、お分かりになるでしょう……、他所《よそ》を探していただくしかありません」となるのです。

母と私は、パパとハインツと別々に隠れていましたが、それでも私たちはたまに彼らのところを訪ねることができました。汽車にさえ乗ったのです。二人ともブロンドでユダヤ人に見えなかったし、偽《にせ》の身分証も持っていたからです。しかし、たった一度だけずっとつけられていたのでした、最後の訪問のときに。オランダ人の看護婦は二重スパイだったのです。こうして私たち四人は一網打尽《いちもうだじん》にされ、ナチの本部へ連行されました。

●ビルケナウ強制収容所

――ビルケナウで、あなたとお母さんは三カ月ものあいだ引き離されていました。その時のこと、その後の再会について教えてください。

母はメンゲレ博士自身によってガス室送りに選別され、三カ月のあいだ私は母が殺されたものとずっと思っていました。あの時が最も辛い時期でした。

病棟で働いていた看護婦のミニが母を救い出し、病棟にずっと匿《かく》まってくれていました。母はどんどん悪くなっていったのですが、何とか匿まい続けてくれたのです。

一九四五年一月には、ドイツ軍もソ連軍が接近しつつあるのを認めざるを得なくなって、収容所の規律も乱れ始めました。そして突然、状況が一変したのです。うまく頭を働かせれば、敷地内を自由に動くことができるようになりました。それで私は病棟まで行くことができ、母と再会することができたのです。これは、奇跡以外の何ものでもありませんでした。

――強制収容所から生きて戻ることができたのは、ほんの僅《わず》かの人々でした。そんななか、あなたやお母さんやオットー・フランク、フランツィ、そしてミニが生還できたのは、どうしてだったと思いますか。

ぎりぎりのところで、何度も運が繋《つな》がったからです。私たち家族がビルケナウに送られたのは一九四四年五月、フランク一家は同じ年の八月でした。それ以前に送られていたら、誰も帰ってくることはなかったと思います。また、私たちは一九四五年の一月の時点でソ連軍によって救出されていましたが、これが（五月の）終戦まで待たねばならなかったとしたら、生還することはありえなかったでしょう。アンネとマルゴットは飢《う》えと衰弱《すいじゃく》によるチフスで、兄は「死の行進」で……そして父も同じようにして死んだのだと思います。父の場合は息子が死んでしまい、妻もすでに死んでいるし娘の私ももう生きてはいないだろうと、すべての希望を失って……。

数百万の人が収容所の日々と「死の行進」で命を落としました。これが実際にどういうことだったのかを人々に知っていただくのは、とても大切なことです。私はしばしば、こう訊《き》かれることがあるのです。「あそこでお友だちはできた？」「気晴らしにはどんなことをしていたの？」「自由な時間はあった？」。こういった質問がされるのは、強制収容所がどんなところだったか全く知らないということの表れです。とにかくそこは何ひとつ無いところ、私たちはただ死を待つだけの存在だったのです。どのみちガス室送りになる前に死んでしまえば、彼らにとってはそれだけ手間が省けるということだったのです。ですから彼らは、私たちの日々を出来うる限り過酷《かこく》なものにしようと努めていました。夜明け前の四時に点呼《てんこ》の起床、夜は八時、九時まで横になれず、もちろん時計などないのですから正確な時刻は分かりませんが。私たちは絶えず、死ぬほど疲れきっていました。ある時は大きな岩石をこちらからあちらへと素手《すで》で運ばされました。重たい岩石と格闘してよろけながら進む私の姿を見て、後に続く母はただ泣くばかりだったと、のちに母が話してくれました。子どもにこんな苦痛を与え、そしてそんな我が子に手も差し伸べられないということに。

大勢の人がチフスや赤痢《せきり》、コレラ、極度の衰弱、そして飢えで死んでいきました。冬は積もり積もった雪の中でもバラックには火の気もなく、食べ物さえみな冷たいものばかりでした。寝るときも上に掛ける布ひとつなく余分の衣類もありませんでした。しかし母と私はほとんどいつも一緒にいることができ、それにミニもフランツィもいました。ビルケナウでは実際に命の危機を感じたことがたくさんありましたが、それでも私は希望を失いませんでした。一瞬でも希望を失えば、すぐに死んでしまうのです。ですから私たちは〝あきらめること〟だけは決して、しなかったのです。

●解放、そしてその後

――あなたはアウシュヴィッツ・ビルケナウを解放してくれたソ連兵を称賛し、敬愛をこめて描いています。のちにロシア革命とスターリン下の圧政について学んだとき、どう思われましたか。

当時スターリンがどんな政治を行っていたか、私たちは何も知識がありませんでした。ロシアは遠く離れた国で、現在のようにすぐには情報が入ってきませんでしたし。でも、あの時、ロシア人たちは皆こぞってスターリンを称《たた》え愛慕《あいぼ》の気持ちを表していたのです。もっとも私が接したのは、ほとんどが兵士たちでしたが。この人たちは一様《いちよう》に心の広い、勇敢で素晴らしい人たちでした。

――文中に何回か「祈りが聞き届けられた」という表現が出てきます。あなたの家庭は厳格な伝統的ユダヤ教徒ではありませんでしたが、戦時中、そして収容所経験を通してあなたの信仰に変化はありましたか。

これは重要な質問だと思います。というのは、実に大勢の人たちが、私もその一人ですが、神の存在に対する信仰を失ってしまったからです。収容所の中で唯一妨《さまた》げられずに私たちに許されたのは、心の中で祈ることだけでした。元の生活に戻れますように、そして私の場合は父とハインツともう一度、一緒になれますように、と。しかし、これらの切実な祈りも虚《むな》しく終わったように思われ、収容所を出てから、私は無神論者になっていました。

しかし戦争が終わり、時が移ろい、周囲にある美しい自然や自分の子どもたち、そして孫たちの誕生を迎えるうちに私は思ったのです。すべてはなんと素晴らしく驚きに満ちているのだろう……何か高みにあるものが存在するにちがいない。ただ生きながらえて、最後に「That's it!（人生とはこんなもの！）」と言って終わるのでは、私の人生にはまったく意味がないのでは、と。また死の収容所が存在しえたのは、はたして神の責任なのだろうか……。そして私は結論を出しました。そうではない、人間には自由意志が与えられていて、善と悪のどちらを選ぶかは私たち自身に委《ゆだ》ねられているのだと。自分が経験してきたすべてのことや生還できたことをなおも思い巡《めぐ》らすにつれ、私は信仰心を、それも篤《あつ》い信仰心を取り戻したのです。ユダヤ人には生き残る道が全く許されていなかったのに、幾多《いくた》の絶望的状況を乗り越えてユダヤ民族は生き残ることができました。私たちはこの世界でやり遂《と》げなければならない使命があるのだと思います。それがどんなことなのかはまだ明らかではありませんが、しかしいつの日か、神はその御顔《みかお》を現してくださるでしょう。

――アウシュヴィッツ・ビルケナウの解放を目の前にして、あなたの知っている多くの女性たちが飢えと病《やまい》で毎日のように死んでいきました。あなたのお母さんも重体のまま病室に横たわっていました。こんな状況のなかで生きてここを出られる可能性は、どのくらいあると思っていましたか。

母は熱を帯び、極端な低栄養で衰弱《すいじゃく》しきっていました。私の足の指の凍傷《とうしょう》は重症化していき、あと一週間そこらで敗血症《はいけつ》になって歩くこともできなくなったでしょう。収容所がまだドイツ兵のもとで機能していたとしたら、その状態は殺されるに十分な理由でした。ソ連兵の到着があと一週間遅ければ、母も私も生きて彼らと対面することはなかったでしょう。

しかし一九四五年の一月にソ連兵が到着したとき、まだ戦争は終わっていなかったので、自分たちが本当に解放されたとは思っていませんでした。実際、戦争が終結したのはそれから五カ月後だったのです。解放されてからも大勢の人々が死んでいきました。食べ物を与えられてももう消化する力がなく、消化不全で死んでいったのです。

私たちはその後、ほとんどの時間を彼らソ連兵の近くで過ごしました。彼らは自分たちの兵糧《ひょうろう》がどんなに少ないときでも分けてくれましたが、私たちが寝るのは相変わらず木の床でした。帰還の際も家畜用貨物列車で運ばれていましたから。そして貨車から目にするのは恐ろしいほどに荒れ果てた光景ばかりだったのです。

私たちはみんな弱りきっていましたし、それぞれの家族がどうなっているか心騒がせるばかりで、解放された歓《よろこ》びの実感は実際にはそれほどなかったのです。

――その後の生活で、収容所で負った後遺症というべき、健康上の問題は残りましたか?

長い間、凍傷の後遺症、また消化不全に悩まされました。何年もの間、パスタやお米、マッシュポテト以外の食べ物は消化が難しく、摂《と》ることができませんでした。

母は解放後ずっと、かなり具合が悪かったのですが、しかし人間の身体《からだ》は凄《すご》いものです、母は九十三歳まで生き、オットー・フランクも九十一歳まで生きることができたのです。私も今では八十歳を超えていますが、自分の足で活動的に動きまわっていますから。

――解放後、ロシアを通ってフランス経由でアムステルダムに帰国されました。当時のオランダはフランスと較《くら》べてどんな状態でしたか。

南フランスやヨーロッパの多くの地はオランダより数カ月早くすでに解放されていましたが、オランダは終戦までずっとドイツの占領下に置かれていました。とくにその最後の冬は「飢餓《きが》の冬」と呼ばれ、この期間に何千人ものオランダ国民が食糧難で餓死していきます。フランスでは私たちは贅沢《ぜいたく》すぎたといっていいほどの食べ物やワイン、その他のものを与えられましたが、アムステルダムに戻ると食べる物はほとんどなく、燃料さえありませんでした。オランダは悲惨そのものの状態でした。

――アウシュヴィッツ・ビルケナウで解放されたとき、あなた方はパパとハインツを見

かけませんでした。二人はどこにいると思いましたか。アムステルダムで再会したオットー・フランクも、マルゴットとアンネの所在を探していましたね。

一九四五年一月当時は、パパとハインツは生きていました。その直後、彼らはドイツ国内に撤退するときの行進で連れていかれたと聞いたので、戦争も終わりに近づいている様子だし二人とも無事に生き延びるはず、と望みをもっていたのです。戦後になって私たちは初めてこのときの行進がいわゆる「死の行進」と呼ばれるもので、この行進で何千人もの収容者が死んだということを知りました。ヨーロッパ全土で戦闘が止《や》んでから二カ月後の七月の初め頃、以前のアパートに戻ってから、赤十字を通して二人の死亡を知らされました。

オットー・フランクは、妻が死んだことはすでに帰国の途《と》、ソ連のオデッサへ向かうところで知らされていましたが、アンネとマルゴットの死を知ったのは、アムステルダムに戻ってからでした。ベルゲン・ベルゼンで二人の死を目撃した女性を探しあてたのです。オットーが初めて私たちの家を訪ねてきた時このことを教えてくれたのですが、彼は打ちのめされ、やつれきった様子でした。

数日後、彼は再び訪ねてきましたが、その腕の中にひとつの包みを抱えていて、それを私たちの目の前で、さも大切そうにそっと開きました。アンネの日記帳でした。私はあのときの光景をありありと目に浮かべることができます。彼はおそるおそる数ページを開いて私たちに聞かせようと読み始めたのですが、二行ほどもいかないうちにどっと涙にむせびこんで、あとを続けることができませんでした。娘の日記は彼にとって余りにも胸をえぐられるものだったのです。しかしまた、この日記帳が彼にとって真《まこと》のライフラインとなりました。娘の日記を通して、それまでの絶望的な状況から抜け出すことができたのです。アンネは今も自分と一緒なのだと分かったからです。

——収容所から生還して二十年の間、あなたはずっと頑《かたく》なで、憎《にく》しみでいっぱいになって生きていたとおっしゃっています。そのような長期にわたった状態からどのようにして脱け出し、人生の再構築を図ることができたのでしょう。

重いうつ状態やナチに対する憎しみ、人に対する猜疑《さいぎ》心など、克服するのに長い長い年月が必要でした。オットーは、しばしば我が家を訪ねてくれるようになり、私たちと語り合ったり、私のことでママの相談にのってくれたりしていました。私は内にこもった、とても暗い難しい少女で、友だちもつくれず、要するに普通の十代の子どもらしい生活ができずにいたのです。オットーもまた、娘たちを喪《うしな》い、人生のもっとも大切なものをすべて失った人でした。そんななか、私たちは互いにとても近しい存在になっていったのです。

オットーは、驚くべき人でした。もっとも大切なものをことごとく失ってしまったにもかかわらず、険《けわ》しいところや恨《うら》みや復讐心《ふくしゅう》を持たなかった……。ドイツ人に対してさえ。むしろ自分がドイツ人であることをとても誇りに思っていたようでした。こう言うのです。「結局のところ、ドイツ人すべてが悪いのではない。私たちだってドイツ国民なんだし、すべての人間を責め続けたヒトラーのように、永遠に彼らを責め続けてはいけない」。オットーのこうした考え方は私には普通ではないように思えたのですけれど。人の心を引きたててくれるようなオットーの振る舞いとその頻繁《ひんぱん》な訪問は、もしかするとこの先にはもう少し幸せな人生がありうるのかもしれないと私に思わせるものがありました。

学校を卒業すると私は一年の予定でイギリスに渡りましたが、その間に母とオットーは親交をより深めていったようです。一九五三年、私がイギリスで結婚してから一年後に二人は結婚し、一九八〇年、オットーが亡くなるまでずっと一緒でした。私はこの二人ほど幸せな夫婦を見たことがありません。互いに協力し合って『アンネの日記』の出版とそれに引き続き舞台化、映画化、そして世界七〇カ国での出版へと……その後の全生涯を捧《ささ》げました。一九九八年に母が亡くなったとき、私は二人が世界中の人々に送った三万通にも及ぶ手紙や文書のコピーの束を見つけましたが、これこそ彼らの人生そのものだったのです。

――ユダヤ人を匿《かく》まった人たちは、その後どうなりましたか。

多くの人は逮捕され、ドイツやポーランドではなくオランダ、ベルギーにある収容所へ送られました。これらの収容所は絶滅収容所のように人々を処刑することが目的ではありませんでしたが、生活の条件は最悪でしたし、あらゆる病気が流行《はや》っていました。ですから抑留《よくりゅう》の長さによっては飢えや病で大勢の人が亡くなりました。レジスタンスの囚人やユダヤ人を匿まった人は銃殺されることもありました。避難者を匿まうのは非常に勇気のいることだったのです。けれど幸いにも私たちの周辺には、こういう勇気あるオランダ人がいてくれたのです。

――戦後間もなくホロコーストのあなた自身の経験を人に話したくても、人々は戦争中のことは話すことも聞くことも避けたがったということですが、イギリスに渡ってからも同じ反応でしたか。どのくらいそのような状況が続いたのでしょうか。

私は自分が味わってきた恐ろしい経験を人に聞いてもらい、また同情も感じてほしかったのですが、皆こう返してくるだけでした。「酷《ひど》い状況だったそうですね。私たちは戦時中だれもが皆、本当に大変でした。一生胸にたたんで生きていくということでしょうね」。言うは易《やす》しですが、当人にとってはそうではありません。イギリスとオランダではまさにこのような反応でした。ドイツでも当然同じような反応だったと思います。ドイツは戦後占領下に置かれ、自国の犯罪について口にしたくはなかったでしょう。十年ぐらい後になってようやく人々が関心を持ち始め質問をするようになったときには、生存者たちはもう口を開こうとはしなくなっていました。すでに胸に押さえ込んでしまっていたのです。

——戦後、ホロコーストから四十年以上経った一九八〇年代終わり頃になって、あなたは初めて本を書かれました。それはなぜでしたか。

実際にどんなことが起こったのか、世の中の人々は学んでいないとはっきり感じたのです。私の経験をすべて書き表すことによって、真実を知ってほしいと思いました。戦後、人々はこう言ったのではありませんか。「私たちはしっかり学んだ。アウシュヴィッツは二度と起こらない」と。ところが一九七〇年代、一九八〇年代になる頃には、偏見や憎み合いが再び頭をもたげ、世界のあちこちで戦争やジェノサイド、民族浄化が起きるようになったのです。人種差別や特定のグループに対する偏見や暴力がどんなに危険をはらんでいるか、若い人たちに教えなければならない。それは自分たち生き残った者の義務であり、責任だと考えたのです。

アンネは、自分は死んでからなお生き続けたいと日記に綴《つづ》りましたが、『アンネの日記』が出版され、それも驚くべき成功を収めたことによって、彼女は自分の望みを実現させたのです。彼女の名前を聞いただけで、世界中の人々は彼女の生涯を思い出すことができるでしょう。

一方で母と私は、いつも感じていました……死んでいったハインツや一五〇万人のユダヤ人の子どもたちのことは、誰も覚えていてくれない。私の兄はあのとき十八歳にも満たない年齢でしたが、並外れた才能をもち、感性豊かで芸術的な天分に恵まれた若者だったのです。でも誰も彼がこの世に生きていたことを覚えていない。私は自著のなかで、そんなハインツのことや父のこと、愛する家族のことにも触れて、生き残った家族としての務めを果たしたいと思ったのです。

――あなたの本を通して、子どもたちやティーンエイジャー、そして大人たちはどんなことを学べるとお考えですか。民族浄化やホロコーストが再び起こらないようにする

ため、この二十一世紀の初めにいる私たちはどうしたらよいでしょう。

私は、イギリスやアメリカの人々に語るとき、〝私の物語は『アンネの日記』が終わったところから始まる彼女の続きの物語〟と表現します。アンネが自らは語ることができなかった、「彼女のその後」です。同い年で、アムステルダムでともに遊んでいたもう一人の少女は、生き残ることによってアンネのその後を補完することになった。アンネと、そして他の裏切られ逮捕された大勢の人々の、その後の物語でもあるのです。

私はこの本を、ひとつにはヨーロッパ全土でナチスの犠牲となった一二〇〇万の人々を追悼《ついとう》する思いで書きました。一族全員がこの世から消されてしまった人々がいたことを忘れてはいけないのです。しかしそれだけではありません。二十一世紀が明けた今でも、世界にはジェノサイドが起きています。私たちの周囲にいる少数民族やマイノリティーに対する宗教的無理解や憎悪《ぞうお》や差別など。こういうことは起こってはならないと私は心底から願っています。

私たちは相手がどのような立場の人であっても、分け隔てなく受け入れて互いに尊重し合って調和しながら生きていかなければならないのです。人々がそれぞれもつ違いは、かえって私たちを豊かにするはずです。自分たちと異なる人々を怖れるのではなく、彼らのもつ信仰や生活様式を受け入れることができれば、私たちは子どもたちや未来の人々のために、もっと安全な世界を残せるでしょう。私たちはこれからの世代の人たちに道義的な勇気を育てる大切さを教え、伝えなければなりません。寛容《かんよう》な心を養い、人種的な偏見や組織的差別を目にしたときは目を背《そむ》けず立ち上がり、声を上げることができるように、と。

私はこの本のなかで家族の大切さについても触れているつもりです。これは若い人たちにとって、とても大切なことです。両親とその愛がなかったら、私は生き残ることができなかったでしょう。

――わずか十五歳のあなたが、女の人たちの死体をバラックの外へ引き出している場面が出てきます。この生々しい経験とこの時あなたが味わった感覚は『アンネの日記』にはない非常に恐ろしい場面です。もちろん、『アンネの日記』にはいつナチに踏み込まれるか分からない隠れ家生活の恐怖が描かれていますが、大部分は閉じ込められた屋根裏部屋での変化のない日々の描写です。

近年出版された『Anne Frank: The Book, the Life, the Afterlife』（二〇〇九年）で、著者の Francine Prose はこう考察しています。「オットー・フランクが努力を尽くしたにもかかわらず、アメリカにおける日記の舞台化（一九五五年）、映画化（一九五九年）

は、アンネをいたいけな女の子のように描き出し、〝人間は、本当は善なるものだと信じます〟（日記のなかのフレーズ）で締めくくって、一種のポリアンナ効果でアメリカの観客を安堵《あんど》させてしまった。当時の舞台や映画を観《み》た人たちはそれでこと足りてしまって、それ以上深くホロコーストの本当の姿について知ろうとはしなかった」と。

あなたの本には身体的、心理的に受けた数々の恐ろしい場面が出てきますが、最終の部分はこれもまたオプティミスティックな叙述《じょじゅつ》で締めくくられています。それぞれの悲劇の人生を通して、私たちは新しい幸せな人生を見いだしたのであると（→P312）。あなたの本を読んで読者は、人間はこの地上で平和的に生きていけると楽観的に考えられるでしょうか。あるいは、人間は殺し合いを止めることはできないと悲観的になるのでしょうか。それともこの相反する考えの間で矛盾に陥《おちい》ってしまうでしょうか。

この複雑な問いに対しては二つ述べさせてください。一九五〇年代当時は、アメリカでは（そしてたぶん、ヨーロッパでも）『アンネの日記』を扱った舞台や映画で、あれ以上にホロコーストの恐怖を描いたものは、受け入れる準備ができていなかったと思います。一方で私自身はオプティミストです。世界には常に争いや、時には戦争に発展することがあると思いますが、それでも人間は話し合いを通じて何とか争いや不一致を避けるように努力していくようになると思います。長い目でみれば、異なった民族間の結婚もたくさん増えていくはずですから、人種差別はずっと減っていくでしょう。悪意をもった人は常に存在するでしょうが、まっとうな人が大きなマジョリティーになっていくと思います。

私たち一人一人が、物事はよりよくなっていくのだと希望をもたねばなりません。そうでなければみな、あきらめることになってしまいます。これだけは、なんとしても避けねばならないのです。

謝辞

本書は肉親や友人たち多数の関心と励ましなしには生まれえなかったが、とりわけ次の方々に特別の感謝の気持ちを表したいと思います。有益な助言とともに、最後まで辛抱づよく私たちを支えてくれた夫ツヴィ・シュロスに。物語の置かれている第二次世界大戦中の歴史的背景と出来事の推移の関係を、詳しく考証してくれたマイケル・デイヴィースに。深い共感をもって編集に当たってくれたアリステール・マクゲッキーに。本書の出版の意義を固く信じてくれたパット・ヒーリーに。かずかずの建設的な意見や賢慮ある指導をもって私たちの多難な道のりを拓いてくれたフランク・エントウィッスルに。

そして最後に、余すところなくかつての記憶をたぐり寄せ、助言に加えて本書の一部をうけもってくれた母フリッツィ・フランクに心からの愛と感謝を捧げます。

写真で見るエヴァと家族

❷

❶

❸

❶１歳の頃のエヴァ(左)、ママ、兄ハインツ。1930年、ウィーンにて
❷20歳当時のパパ
❸エヴァ一家が1935年まで住んでいたウィーンの家

❹

❻

❺

❹恋愛時代のパパ（18歳）とママ（15歳）
❺オーストリアの湖畔にて（1933年）。ママ、エヴァ、ハインツ
❻チロル地方に旅行する（1935年）

❽

❼

❾

❼ウィーンを去った翌年、ベルギーの海辺で（1939年）。パパとママ
❽同。ハインツ、ママ、エヴァ
❾ブリュッセル時代、王子様と王女様に扮したジャッキーとエヴァ

⑩

⑬
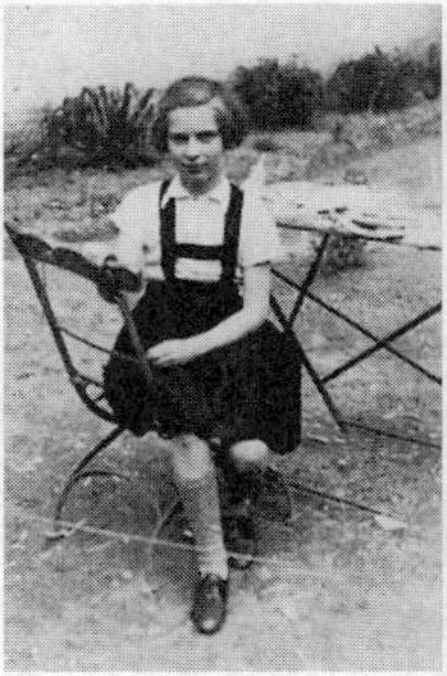

⑪

⑫

⑩1939年、ブリュッセルにて。右からエヴァ、ジャッキー、ハインツ、同じ避難民の友達
⑪ブリュッセルの街角で。ハインツとエヴァ
⑫⑬ブリュッセルの下宿先で

⑮

⑭

⑯

⑭ギターを弾くハインツ。アムステルダムのアパートの外で（1941年）
⑮アムステルダムに移住後のママ、ハインツ、エヴァ（1940年）
⑯メルウェーデプレインの集合アパートと広場。向かって左側の棟にエヴァの一家が、そして右側の棟にアンネ・フランクの一家が住んでいた

⑰

⑱

⑰アムステルダムの小学校の記念写真（1940年）。エヴァ、11歳
⑱ビルケナウ収容所で一緒だったフランツィ（左から２人目）。1942年に逮捕される前に撮影されたもの。
彼女の左右は後に強制収容所で死亡した兄と姉。右側の男性は戦後バイオリニストとして有名になったヘルマン・ポス。手前にいるのは、隠れ家で生き残った２人の姪たち

⑲

⑲占領国ドイツ発行のものに切り替えられたパパのパスポート。
ユダヤ人の男子は「イスラエル」、女子は「サラ」という名前をそれぞれの氏名に併記しなければならなかった

⑳

㉒

㉑

⑳隠れ家でハインツが描いた油絵のひとつ。想像上の書斎で机に向かう自画像。
隠れ家にいる間パパとハインツが残したたくさんの絵は、そのまま床下に隠され、戦後ママとエヴァによって引き取られた

㉑隠れ家でパパが描いたママのポートレート

㉒戦後、レイツマ夫人の手ほどきでエヴァが描いた静物画（1948年）

㉔

㉓

㉕

㉖

㉗
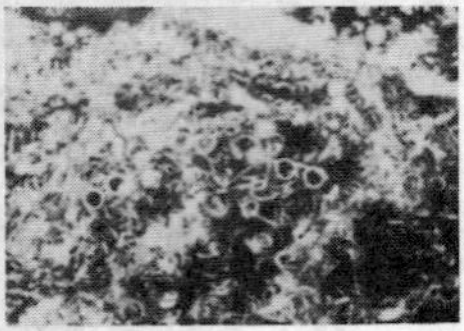

㉓ビルケナウ収容所の正門に続く鉄道の引き込み線
㉔貨車が到着すると、荷下ろしホームで男女別々に分けられた
㉕空から見たビルケナウ収容所の一部
㉖解放直後のビルケナウ収容所バラック内の一部
㉗エヴァも働かされた「カナダ」の中のメガネの山

㉙

㉘

㉚

Tymczasowa Rada Miejska
m. Oświęcimia

Zaświadcza

że Pan Geiringer Elfriede
urodz. dnia 13.2.1905 w
tatuowany numerem A.5271 przebywał w Obozie Koncentracyjnym w Owięcimiu i obecnie udaje się do Krakowa
Uprasza się wszystkie Władze o udzielenie wymienionemu wszelkiej możliwej pomocy.

Oświęcim, dnia 14.2 1945 r.

Tymczasowa Rada Miejska
m. Oświęcimia

Zaświadcza

że Pan Geiringer Eva
urodz. dnia 11.5.1929 w
tatuowany numerem A.5272 przebywał w Obozie Koncentracyjnym w Owięcimiu i obecnie udaje się do Krakowa
Uprasza się wszystkie Władze o udzielenie wymienionemu wszelkiej możliwej pomocy.

Oświęcim, dnia 14.2 1945 r.

㉘アウシュヴィッツ本収容所の高圧電流を通した鉄条網
㉙「働けば自由になれる」と刻まれたアウシュヴィッツ本収容所の鉄門
㉚解放後、アウシュヴィッツでソ連軍から発行されたママとエヴァのパスポート

31

㉛アムステルダムのフォト・スタジオに勤めていた頃のエヴァ（1950年）

㉝

㉜

㉞

㉜ビルケナウ収容所時代の仲間だったフランツィ（1950年）
㉝ミニがオランダを訪ねてきた時、エヴァが撮影したもの（1950年）
㉞アムステルダムのフォト・スタジオに勤めていた頃のエヴァ（1950年）

❸❺

❸❼

❸❻

❸❺1952年、アムステルダムで結婚式を挙げたエヴァ夫妻。
左からママ、オットー・フランク、エヴァ、夫ツヴィ、ツヴィの母、エヴァの祖母ヘレン
❸❻ロンドン近郊にあった新婚時代の家で、夫とエヴァ(1954年)
❸❼スイス・バーゼルのフランク邸のテラスで。
エヴァの3人の幼い娘たちとママ(左)、祖母ヘレン(1962年)

㊳

㊴

㊳結婚当日のママとオットー。1953年、アムステルダムにて
㊴イギリスのコーンウォールの海辺にて。
（左から）娘キャロライン、ジャッキー、オットー、ママ、末娘シルヴィア

40

41

❹⓪ママとオットー（1961年）
❹①1970年、イスラエルにミニを訪ねた時。ママとミニ（左）

㊷アムステルダム近郊のユダヤ人墓地に建つ、アムステルダム在留ユダヤ人ホロコースト犠牲者を記念する追悼碑のひとつ。その両面に犠牲者の名前が刻まれている。
パパとハインツ（右上）、アンネたちフランク家の人々の名前（左下）もみられる

❹❸

❹❸エヴァ（左）と母フリッツィ

訳者あとがき

ナチの強制収容所の実態は、第二次世界大戦後になって初めてその全貌《ぜんぼう》が明らかになり全世界を震撼《しんかん》させたが、これらの強制収容所はナチス・ドイツのヒトラー政権成立以降と大戦の全期間を通じて、その狂気の支配を思うがままに遂行《すいこう》させるのに大きな役割を果たした。

ドイツ本土を皮切りに、ナチの侵略の推移に従ってヨーロッパの被占領地に、多くの強制収容所がつくられたが、収容者の中には政敵やナチに抵抗する人々、ロシア人が大多数を占めた戦争捕虜《ほりよ》、さらにヒトラーの狂信的な人種主義によって最終的にはこの地球上から抹殺《まっさつ》されなければならないとされたユダヤ民族やスラブ民族、ジプシー等が含まれていた。これらの人々はその社会的地位の如何《いかん》を問わず片っ端《かたぱし》から収容所に放り込まれて、奴隷労働に使役《しえき》されたり、あらゆる残酷な方法で虐殺《ぎやくさつ》されていった。

とりわけユダヤ人に対するナチの憎悪《ぞうお》と迫害は徹底していた。ナチは、それまで帰属国の一般市民と何ら変わるところなく暮らしてきたユダヤ人を、ヨーロッパ各地から組織的に狩り出し、彼らを大量抹殺するため、いわゆる「人種絶滅収容所」を設けた。絶滅収容所の大半は、ポーランド国内につくられたが、それはポーランドがナチによって最も過酷《かこく》に蹂躪《じゅうりん》された国であり、またユダヤ人が数多く居住していたからである。これらの絶滅収容所のなかで、最大規模のものが、クラクフから西に五〇キロ余りの地にあるアウシュヴィッツ（ポーランド語でオシヴィエンチム）だったが、主に婦女子を収容するために当てられたビルケナウ収容所と併せて「アウシュヴィッツ・ビルケナウ収容所」ともよばれていた。この地が選ばれたのは、鉄道の便に加え近くに化学工業地帯を擁《よう》しながら世間とは隔絶《かくぜつ》した広範な低湿地地帯に位置していたからだった。

ユダヤ人問題の〝最終的解決〟を実施に移すため、一九四一年から四二年にかけて、一九四〇年当初から存在していた基幹収容所区域に隣接するビルケナウの村を取り払って、四基の大きなガス室と死体焼却炉を併せもつ、広大な収容施設が増設された。さらに近隣に散らばる軍需産業の大工場に付属していた三十九の小規模な収容施設も統合して、アウシュヴィッツは巨大な収容所群を構成するにいたった。

一九四二年の夏、本書の主人公エヴァ一家が隠れ家に移った時期はナチの絶頂期に当たっていた。この頃を目処《めど》にアウシュヴィッツへの組織的なユダヤ人大移送が本格的に開始されて、ヨーロッパの被占領地の隅々からユダヤ人をすき間なく詰め込んだ長い貨物列車がぞくぞくと到着するようになり、青酸《せいさん》ガスによる集団ガス殺害が本格化した。

移送者はすでに輸送の途中で四人に一人が息絶《いきた》えていたといわれるが、彼らは、ビルケナウ構内に引き込まれた線路の荷役《にやく》ホームに降ろされると、すぐさま「選別」され、その大部分がそのまま前方にそびえる浴場と偽《いつわ》られたガス室に連れて行かれた。そしてわずかに残った人々が「労働可能」とみなされて、いずれは使用済みになって死ぬ運命の労働力提供源として収容所のバラックにいれられた。

アウシュヴィッツはまた、移送されてきた人々が最後まで隠し携《たずさ》えてきた高価な財産を没収して、死体の「再利用」と合わせナチス・ドイツの戦費をうるおす財源を生み出す富の一大集積地の役割も果たした。その収奪品《しゅうだつひん》の金銭的価値は、天文学的数値にのぼったということである。

ナチの手で虐殺されたユダヤ人の総数は、ヨーロッパに住んでいたユダヤ人の三分の二に当たる六〇〇万人に達した。そのうちアウシュヴィッツ、ビルケナウ、モノヴィッツにおける最大の殺害数は二五〇万、最少の殺害数は現在公称値である一五〇万とされている。

アウシュヴィッツに象徴されるナチの強制収容所から、奇跡にも等しい幸運をたどって生き延びることができた人々のなかで、その当時少年少女だった人の数はさらに稀《まれ》である。十五歳をひとつの基準として、それより若い人たちは、年配者や子ども、女たちともに最初から「選別」の対象にされて殺されたからである。強制収容所の生存者によって今までに数多くの優れた記録や作品が残されてきたが、戦後半世紀近い年月が経《た》ってまとめられた本書は、そのなかにあってそうしたわずかに限られた十代半ばの生存者である一人の少女の目を通して、この間の自分や家族の上に起こった事柄を、アウシュヴィッツ体験を中心にありのまま率直に綴《つづ》ったいわば「自分史」的な記録である。

著者エヴァ・シュロスはとうてい他者には語り得ないアウシュヴィッツ当時の記憶を、ひたすら抑圧し沈黙を通すことによって、戦後四十年を経る永《なが》い年月を過ごしてきた。一方でまだ幼い著者が当時置かれていた環境は、膨大《ぼうだい》な人員を収容する巨大な施設の中のごく限られた一部分であり、また意図《いと》的に人間的な営みを収奪された、死と重なり合った次元での体験だった。それゆえ本書の構成でその体験の主要部分を形成する収容所時代に比べて、今は亡き愛する父や兄と過ごした子ども時代と、少女の胸をとめどない自由と興奮で満たしたであろう解放前後の日々に、多くの頁《ページ》がさかれているのも無理のないことであろう。

当時多くのユダヤ人市民が辿《たど》らなければならなかった経過について、他では余り知られることのない側面のいくつかが本書で明らかにされている。たとえば撤収後のアウシュヴィッツの状況、解放から帰国にいたるまでの経緯、ガス室寸前まで行った母フリッツィの証言、同世代の子どもとして間近《まぢか》で接したアンネ・フランク像、そして家族や同居者の中からただ一人生きながらえたアンネの父オットーにまつわるエピソードなど。これらの記述は、本書の記録としての普遍的な意義を高めているのではないだろうか。ときにユーモアのある温かい観察をまじえながら、率直で飾らないやや地味な文章で語られる著者の物語（エヴァズ・ストーリー）の中に、平明素朴《へいめいそぼく》であるがゆえのひとつひとつの事実がもつ重さや真実を受けとめたいと思う。

ほとんど同じ時期に符合《ふごう》するアンネとエヴァの隠れ家生活。幼なじみの二人は前後してそれぞれ捕らえられ、アウシュヴィッツに送られる。アンネはビルケナウに二カ月間収容されたのち、おそらくは撤収初期の移送者の一陣に加えられてアウシュヴィッツを去り、ドイツ本土のハンブルク近郊にあるベルゲン・ベルゼン収容所に再移送され、五カ月後にそこで息をひきとった。ベルゲン・ベルゼンは絶滅収容所ではなかった代わり、戦争終局近くになって、前線にある他の収容所から後退のため送られてくる収容者であふれかえり、食料も収容棟も完全に不足して、悲惨そのものだったといわれる。

幾百万《いく》の中から母とともに生き残ってオランダに帰還したエヴァは、長く痛ましいブランクを経て学校生活に復帰するが、クラスの中で強制収容所を経験して来ているのが自分一人だけだということを知る。屈託《くったく》なく生きる現在のクラスメートとの間にはコミユニケーション不能に近い深い溝が横たわっていた。「普通の生活」を再び手にしてからも、エヴァは最も多感な時をこうしてまた別の大きな疎外《そがい》感を味わいながら生きなければならなかった。エヴァは母の再婚によってオットー・フランクを義父と呼ぶことになったが、オットーの人柄もあずかって新しい関係のもとで互いに心を通わせ合いながらも、実の父にたいする気持ちは最後まで胸の内を占め続けたという。

著者が手記をまとめようと思い立った一九八五年は、ナチス・ドイツ敗戦から四十年のひとつの節目に当たる特別な年だった。同じ年、ロンドンで開かれた「アンネ・フランク展」を見学した著者の胸の内に、当時の思い出が一度にありありと甦《よみがえ》って来たという。奇《く》しき縁で義姉妹となったアンネとのゆかりもあり、また生存者のほとんど最後の生き証人の一人になったとの思いもあって、著者はようやくこの期《ご》になって自らの記録を残すように勧める周りの意見を真剣に受け入れる気持ちになったのであろう。

著者は序文の中で、迫害当時味わわなければならなかった苦しみや憎《にく》しみの感情は今ではまったく消え去っているが、人間がほんとうに善《よ》いものだと信じることはもはや自分には難しいと正直に述べている。この著者の言葉はその口から語られるとき、非常に重い意味をもつものであるが、一方で著者が母フリッツィ同様、人一倍の人間肯定論者であり、人の善良さを見いだすのに敏感な、健康で勇気のある誠実な人柄の持ち主であることが、本書を通してよく伝わってくる。

私ごとではあるが、『アンネの日記』が日本で初めて出版されたとき（一九五二年）、訳者はアンネが逝《い》った年齢と同じ十五歳だった。数カ月経ってから、たった一人残された父オットー・フランクの一家逮捕後を綴《つづ》った手記が同じ出版社の文芸誌に掲載され、それを読んだ私は更《さら》なる衝撃を受けた。なんとしても氏を支えたい、と強い思いに駆《か》られ、私はたどたどしい英語で手紙を書いた。「"letter daughter"（手紙の娘）ともなって、あなたを支えたい」と。しばらくして、フランク氏から返事の遅れを詫《わ》びながら、「I'm proud to call you my letter daughter（あなたを手紙の娘と呼べることはうれしい）」と書いた温かい手紙が届いた。これが機縁となって、以来永《なが》きにわたってフランクご夫妻と親交を結ぶことになった。

文通が始まってから二十年近く経った一九七二年秋、渡欧《とおう》する機会が巡《めぐ》ってきて、初めてスイスに暮らすフランク夫妻のご自宅を訪ねることになった。当日バーゼル駅に降り立つと、人気《ひとけ》の散ったホームのずっと先の方に、ひと組の二人連れが立ってじっとこちらを見ている。近づいていくと『アンネの日記』の日本版を抱えた背の高い気品あふれる老齢の紳士と、寄り添う美しい女性——はにかんだようにやさしくほほ笑むフランク夫妻だった。それから一週間毎日、朝から夜まで夫妻の家や街中、近郊の景勝地を訪ねたりして、心温まる語らいの日々を三人で過ごした。

フランク夫妻はそろって容姿《ようし》人柄ともずばぬけて優れ、彼らに接するすべての人に深い感銘《かんめい》を与えずにはおかない人たちだった。よりによってこのような人々が、どうしてあのような酷《ひど》い扱いを受けなければならなかったのか、そのことを考えただけでも胸が衝《つ》かれる思いがした。

フランク夫人は「追記」の中でオットー・フランク氏との再婚後のことについてごく控えめに語っているが、のちにこの卓越《たくえつ》した女性と結ばれたことが、どれほどフランク氏の後半生を支え、幸せなものにしたか、また『アンネの日記』が広く世界に読まれるために直接間接の力となったか測りしれない。その後一九八〇年、九十一歳の高齢で逝《い》ったフランク氏を看取《みと》った夫人は、その後も四季折々の花々が咲きそろう、二人で過ごしたバーゼルの家で一人暮らしを続け、最晩年はロンドンのエヴァの家に身を寄せた。そして一九九八年、家族の見守るなか九十三歳で静かに息を引きとった。夫妻は現在、バーゼル市内にある公共墓地に、一緒に眠っている。

人のいかなる理解も越えるナチの人間大量抹殺と人間性に対する試みは、行き着くところ人間に具《そな》わる善と悪、あるいはもっと極端に、善い人と悪い人が存在するとでもいう形而上学的考察をもってしなければどうしても謎が解けない——こういう当時の訳者の単純稚拙《ちせつ》な言葉に対して、夫妻は即座に答えてくれた。この世に善い人と悪い人がいるわけではない。教育こそすべての鍵であって、ドイツ国民の各世代が、子どもの頃からユダヤ人に対する人種差別意識と果てしない憎悪を吹き込まれていなければ、あれほどの排斥《はいせき》と迫害にまで行き着くようなことはなかったはずであり、何にもまして大切で人々がしっかり心に刻みつけなければならないのは、差別意識や偏見を人の心に棲《す》み着かせないような正しい教育が小さいうちからなされることなのだ、と膝《ひざ》を乗り出して強調するのだった。

あの苦しみの体験をくぐり抜けてきた人たちから、感情に支配されることのない本質を見すえたこのような言葉を聞くのは、胸が熱くなると同時に、ある広義の意味で神の心から出るにも似た、ひとつの赦《ゆる》しのしるしを受けるような思いがして粛然《しゅくぜん》とした。

一九八八年、フランク夫人を通して、英語で編まれその年イギリスで最初に出版された『Eva's Story』を日本でも翻訳出版する道はないだろうかと尋ねられた。かつての同僚だった友人の村山恒夫氏にこのことを相談してみたところ、氏が主宰する新宿書房で引き受けていただけることになった。そして、さらに訳者とフランク家との永い関わりから、翻訳をしてみてはどうかとの申し出をうけた。

初めての経験のことゆえしばらく躊躇《ちゅうちょ》したが、結局フランク夫人の承諾も得た上で、なれない訳業にとりかかることとなった。その間フランク夫人には細部にわたるいくつもの質問を寄せることになったが、夫人はそのつど親身に積極的にこれらに答えてくださった。先に戦後のエヴァの学校生活について述べたが、それはフランク夫人から直接うかがった、または送られた、本国での書評や記事などの資料によっている。まがりなりにも訳業が完了した一九九一年、この機会が与えられたことに感謝した。

エヴァに初めて会ったのは、翌一九九二年。ロンドン北郊外にあったエヴァの自宅へ、フランク夫人と一緒に訪ねた。アンティークショップを経営していたエヴァの自宅の、その室礼《しつらい》のセンスの見事さと緑あふれる背景の裏庭の美しさに目を瞠《みは》ったものである。

単行本が出版されてから約四半世紀が経った二〇一七年、朝日新聞出版の内山美加子さんから思いがけず文庫化の依頼が届いた。あらたにエヴァのインタビューも収録され、このようなハンディーな文庫版というかたちとなって仕上がった本書が、より広く、若い方々の手に届くことを願っている。

このたびの文庫化という知らせに、エヴァから「楽しみにしている」という喜びの言葉とともに、日本の読者へメッセージを受け取ったので、ここに記したい。

一九八八年、手記『Eva's Story』が初めて出版されてから、私の身の上、そして世界中にも多くの変化が起こりました。

あの大戦で、地球上の六〇〇〇万を超える人々を失ったという事実を知った私たちは、これからの世界は互いに偏見や差別意識を捨て、みな調和し合って生きてゆかなければならないとしっかり学んだはずでした。

ところが、そうではなかったのです。人類はその後も、他国の国土を踏み荒らし、罪なき人々を殺戮《さつりく》し、そして宗教的不寛容《ふかんよう》やテロの惨劇をもたらし続けているのです。何百万もの人々が国を追われ避難民《ひなんみん》となって住《す》み処《か》を求めてさまよっています。

それゆえ私は、アウシュヴィッツでの経験をもとに、世界のあちこちに足を運び、ことに若い人々と対話する機会をつくる努力を続けてきました。不寛容の心や不正、不当なことに目をつぶってただ傍観《ぼうかん》していることがどんなに危険であるか、若い方たちにお話しすることが、私の使命だと考えているからです。

私たちが棲《す》んでいるこの惑星は、ほんとうに美しい。

私たちの素晴らしい地球を、核兵器や環境汚染で破壊してしまわないよう、人は誰もがこの地球を慈《いつく》しみ守っていかなければならない。切にそう望み、皆さまにお伝えしたいのです。

二〇一七年夏　ロンドン

エヴァ・シュロス

なお原書の扉裏には、マルティン・ギルバート著『ホロコースト　ユダヤ民族の悲劇』の一部から、強制移送途上や収容所で、目に映る・映らないを問わず精いっぱいとられた個人レベルの抵抗についての引用が付されている。その一節は「あらゆる苦難をひたすら耐えてただ生き残ることも、また人間性の勝利のひとつである」という言葉で結ばれている。

（本書の単行本版に記載したあとがきを元に、大幅に加筆修正した）

二〇一七年十二月十一日

吉田寿美

解説

八十六歳のエヴァ、その美しき横顔

猪瀬美樹

二〇一六年二月。私はドキュメンタリー番組を制作するため、本書の著者エヴァ・シュロスと末娘シルヴィアがアウシュヴィッツを訪ねる旅に同行していた。ふたりが最初に足を運んだのが、ユダヤ人たちが貨物車で連行され最後に辿《たど》り着いた降車場跡だった。まさにこの場所でナチスによる最初の「選別」が行われ、多くの家族が永遠に引き裂かれた。車から降り立った瞬間、八十六歳のエヴァは〝十五歳の少女〟の顔に戻っていた。震えるような視線の先には、七十一年前にこの地で生き別れた兄ハインツの姿が見えているかのようだった。

「兄の顔は恐怖でひきつっていたわ。最悪の体験……。それ以来、兄とは二度と逢《あ》えなかった……」

普段は心の奥底に仕舞《しま》い込み、用心深く鍵をかけているエヴァの記憶の扉が再び開き始めた瞬間だった。シルヴィアは、母の背中にそっと手を回した。

ベストセラー『アンネの日記』で知られるアンネ・フランクの〝義理の姉〟が生きている。その事実を知ったのは、偶然手にした新聞の記事がきっかけだった。エヴァとアンネ。同い年のふたりは十代に差しかかった頃、オランダ・アムステルダムで出逢った。同時代を生きたユダヤ人の少女たちは差別や迫害、隠れ家での生活、強制収容所への連行を体験。アンネはわずか十五歳で短い生涯を終え、エヴァは生き延びた。戦後、共に伴侶《はんりょ》を亡くしたアンネの父親とエヴァの母親が再婚したため、ふたりは時を越えて〝義理の姉妹〟になったのだ。

アンネが生きることができなかった戦後を、エヴァはどのように生きたのだろう。

そんな興味から本書の原書『Eva's Story』を取り寄せ、一気に読み進めた。そこには『アンネの日記』では描かれることのなかった強制収容所の過酷《かこく》な実態が、十五歳の多感な少女の視点で綴《つづ》られていた。

「今を生きるあなたの番組を作らせてほしい」。二〇一五年秋、ドイツで講演をするというエヴァと落ち合い、撮影を開始した。旅慣れた装いで小さなスーツケースを片手に空港のゲートから出てきたエヴァは「ハイ、美樹。逢いたかったわ！」と軽やかに微笑《ほほえ》んだ。目的地に向けて、車を走らせていた時のこと。茜《あかね》色に染まるアウトバーンに目を輝かせた。

「見て、なんて美しいのでしょう! 私のアパートメントには小さなテラスがあって、夕暮れ時に心を落ち着けて美しい日の入りを眺めるの。その瞬間、『Life is beautiful(人生は美しい)』と思うわ」

夕景に目を細めるエヴァの横顔は美しかった。しかし、『Life is beautiful』とつぶやくその瞳《ひとみ》に深い憂《うれ》いの影を感じたのも、また事実だった。エヴァに漂うひと筋の影の秘密は、娘シルヴィアへの取材で像を結んでいく。互いにキスや抱擁《ほうよう》を交わし合う仲のよい母娘。けれども、アウシュヴィッツに話題が及んだ時、ふたりの間にピリピリとした緊張が走るのを感じた。その原因が、まさにエヴァと亡きアンネの関係に端を発していることが後の取材で明らかになっていく。

エヴァは、戦後長くアウシュヴィッツでの体験を誰にも語らなかった。正確には「語ることができなくなった」のだ。アムステルダムに生還した時、エヴァは十六歳になっていた。直後に最愛の父と兄の死を知らされている。ふさぎ込むエヴァに、周囲の人たちは「過去のことは早く忘れて、前に進みなさい」と諭《さと》したという。深い孤独と喪失感《そうしつ》に苛《さいな》まれていたエヴァに追い打ちをかけたのが、母親フリッツィとアンネの父親オットーの再婚、そして、『アンネの日記』の存在だった。一九四七年に出版された『アンネの日記』は瞬《また》く間に世界的なベストセラーになっていく。人々が熱狂すればするほど、エヴァの心は冷めていった。日記には、アンネの家族がナチスの迫害から逃れるために移り住んだ隠れ家での日々が綴られている。一家はその後、ゲシュタポに逮捕され強制収容所に送られたため、日記にはホロコーストの悲惨な実態までは描かれていない。

「日記には〝全て〟が書かれているわけではありませんでした。世間は、本当に残虐《ざんぎやく》な出来事は知りたくないのだと感じました。私には、なぜ人々が〝隠れ家の話〟のみに強い関心を示すのかが理解できませんでした。『それ以上の内容』には踏み込みたくなかったのだと思います。当時は、ホロコーストについて学校で教えられることもありませんでした」

死して脚光を浴びた義理の妹アンネのまばゆいばかりの光から逃れるように、エヴァは単身イギリスへと渡った。結婚して三人の娘に恵まれ、地に足の着いた現実を生きようともがき続けていた。過去は心の奥深くに「封じ込めた」、つもりだった……。

無言の悲しみと不安に満ちた家で成長することが、子どもたちにとって簡単であったはずがない。それぞれの成長に影響を与えたのではないかと思う。娘に「時々、お母さんの心がここにはないように感じる」と言われたことがある。この言葉にとても傷ついた。私は正常ではなかっただろう。正常とはどういうものか、どうして私に分かるだろう。心の中で切れたワイヤーがぶらぶらしていて、つながらないような具合だった。

　私の心は、一九四五年にアウシュヴィッツから解放された当時のトラウマを負った十代の頃のままだった。

『After Auschwitz（未邦訳）』二〇一三年出版
　そんなエヴァに転機が訪れたのは、戦後四十一年目のこと。偶然、聴衆の前でアウシュヴィッツでの体験を語ることになったのだ。人々が自分の言葉に真剣に耳を傾ける姿に、初めて「自分は語ってもよいのだ」と気づかされた。

　しかし、その後三年の月日をかけて書き上げた本書は、今度は娘シルヴィアとの間に波紋を投げかける。それまで、家族の間でもアウシュヴィッツについて語ることはタブーだった。エヴァの左腕に刻まれた囚人番号についてさえ触れることができずにいたシルヴィアは、秘密を隠し持つ母親との間にずっと《壁》を感じていた。

「初めてこの本を読んだ時、様々な感情が湧《わ》き上がってきました。本に書かれていることが本当に母親のことなのか信じられませんでした。次第に悲しい気持ちになってきました。なぜ肉親である自分が、他人と同じように本を通して〝母の過去〟を知らされなければならなかったのか。頭では理解できても、悲しかったのです」

語ることができなかった母。尋ねることができなかった娘。戦後七十一年目を迎えた二〇一六年、エヴァは遂《つい》にシルヴィアを連れてアウシュヴィッツを再訪することを決意する。アンネの影としてではなく、エヴァ固有の物語を娘に語り継ぐために。旅の終盤に絞り出すように語ったのは、収容所で偶然再会した父エーリッヒの〝最後の姿〟だった。

「ここでの体験は乗り越えることができた。でも、大切な人を失った心の傷は決して癒《い》えることはないわ。誰にでも別れはあるけど、大切な人がどんなふうに亡くなったかも分からないなんて……。これだけは、決して乗り越えられないわ……」

「死の門」を背に泣き崩れるエヴァを、シルヴィアは包み込むように強く抱き締めた。

アウシュヴィッツ強制絶滅収容所に送られた人の数は、一三〇万人にも上る。その九割に近い一一〇万人がガス室や強制労働、人体実験によって虐殺《ぎゃくさつ》された。一人ひとりにかけがえのない人生があり、愛する家族がいた。アウシュヴィッツを生き抜いた一人の女性の物語から、あなたはいま何を受けとめるだろうか。

二〇一七年十一月

（いのせ　みき／ＮＨＫ　番組ディレクター）

エヴァの震《ふる》える朝《あさ》
15歳《さい》の少女《しょうじょ》が生《い》き抜《ぬ》いたアウシュヴィッツ
朝日文庫

2018年1月30日　第1刷発行

著　者　エヴァ・シュロス
訳　者　吉田寿美《よしだすみ》

発行者　友 澤 和 子
発行所　朝日新聞出版
〒104-8011　東京都中央区築地5-3-2
電話　03-5541-8832（編集）
03-5540-7793（販売）
印刷製本　大日本印刷株式会社

Published in Japan by Asahi Shimbun Publications Inc.
定価はカバーに表示してあります

ISBN978-4-02-261911-2
落丁・乱丁の場合は弊社業務部（電話03-5540-7800）へご連絡ください。
送料弊社負担にてお取り替えいたします。